La Clé des Champs

Audrey Faulot

La Clé des Champs

Gallimard Jeunesse

À ma fille, Esther.

I

Robine des Bois

Tout le monde dit que ce n'est pas bien de voler. Et: *Bien mal acquis ne profite jamais.* Et: *Qui vole un œuf vole un bœuf...* Vos parents vous ont sans doute déjà grondé pour avoir attrapé un bonbon sur l'étal du marché. Vous avez peut-être le cœur battant quand vous passez le portique au supermarché, comme si vous vous attendiez à ce que la sonnerie retentisse et qu'un vigile vous saute dessus, l'air furieux.

Si c'est le cas, bravo, vous faites partie des gens honnêtes et, je le dis sincèrement, j'aurais bien aimé être l'une d'entre vous! Mais ce ne sera jamais le cas, car je viens d'une très célèbre et très ancienne famille de voleurs.

Chez moi, le vol est considéré comme un sport national. Quand mon père part faire des courses pour le repas, ma mère lui crie depuis la salle de bains:

– N'oublie pas de voler un pot de moutarde, chéri, il n'en reste presque plus!

Il rentre peu de temps après, la silhouette gonflée des provisions qu'il cache sous son grand manteau. Quand j'étais petite, il sortait souvent de sa chaussette un paquet de fraises Tagada qu'il avait chapardé rien que pour moi et il me le donnait en cachette, pour que mes frère et sœur ne le réclament pas.

– C'est pour toi, Robine, murmurait-il en le faisant disparaître au fond d'une de mes poches, avec un art qu'il maîtrisait à la perfection après des années d'entraînement.

Il arrivait que ma sœur débarque, plus tard dans la soirée, transpirante et échevelée, tandis que les sirènes de police hurlaient en arrière-fond.

– Bravo, ma petite pie voleuse, disait ma mère en l'embrassant, encore une course-poursuite parfaitement menée! Viens te mettre à table avec nous, je t'ai gardé du gratin.

La vie n'est plus tout à fait la même depuis que Bonnie, l'aînée de la fratrie et la plus douée d'entre nous, a fini en prison. Mes parents vont toutes les semaines lui apporter un gâteau (dans lequel mon père s'obstine à cacher des objets tranchants, pour aider Bonnie à préparer son évasion), mais le cœur n'y est plus.

Je crois que l'emprisonnement de Bonnie a beaucoup affecté mes parents. Finis, les vols inutiles, juste pour le plaisir de fanfaronner, finis, les pieds de nez faits aux vigiles en s'enfuyant. Depuis que Bonnie est partie, mes parents insistent pour qu'on devienne, mon frère Arsène et moi, les meilleurs voleurs du monde, pour qu'on ne se fasse *jamais* prendre.

Pour mon frère Arsène, ce n'est pas un problème. « Petit prodige du brigandage ! » s'extasient tous nos proches. Arsène s'est toujours senti à l'aise avec la carrière de voleur. Il aime crâner devant moi, vêtu d'habits de marque tout juste dérobés, faisant tourner entre ses doigts une bague en diamant un peu trop grande pour lui qu'il est très fier d'avoir volée dans une bijouterie de la ville.

– Oh, Arsène, elle te va à merveille ! lui dit ma mère, admirative devant ses prouesses. Et toi, Robine, tu n'aimerais pas faire comme Arsène et aller chercher de quoi te mettre un peu en valeur ? ajoute-t-elle en tirant sur le vieux gilet qui m'accompagne partout. Ce soir, ton père va cambrioler une boutique de chaussures de luxe. Tu devrais l'accompagner…

Mais il faut que je vous avoue quelque chose, quelque chose que j'ai l'impression de traîner comme un boulet… Je n'ai jamais aimé voler. Les cambriolages, les vols à la tire, les braquages : rien de tout ça ne me fait vibrer. C'est même l'inverse. Je tremble à l'idée de sortir d'une boutique sans être passée à la caisse. Je culpabilise de manger la tarte que ma mère a subtilisée à la boulangerie, à la table recouverte de dorures que mon père a empruntée sans autorisation à un musée. Je fais des cauchemars dans lesquels je m'enfuis dans des ruelles de plus en plus étroites, poursuivie par des policiers qui se rapprochent de moi à chaque seconde, inéluctablement, jusqu'à ce que… Impossible de décrire ce que je ressens quand je me réveille, le souffle coupé, avec la sensation qu'une main m'attrape par l'épaule et me fauche en plein élan.

J'ai si peur de voler que je laisse tomber par terre les objets que je suis censée cacher sous mes vêtements, devant le regard navré des vendeuses. Je déclenche toujours les alarmes de sécurité, comme si c'était moi qu'elles détectaient comme intruse. Je rougis et je bafouille dès que je dois inventer le moindre petit mensonge. Autant ma sœur Bonnie et mon frère Arsène ont fait la fierté de nos parents, autant j'ai toujours été la honte de la famille, celle dont on se demande si elle n'a pas été adoptée à la naissance. Ma mère lève les yeux au ciel quand elle parle de mes récents échecs :

– On a envoyé Robine voler un bouquet de fleurs pour l'anniversaire de Bonnie, et devinez avec quoi on s'est retrouvés ? Un vieil arrosoir ! Elle a eu si peur pendant que le fleuriste était en train d'emballer le bouquet qu'elle a attrapé la première chose à portée de main, avant de filer comme un lapin. Et vous savez ce qu'elle a osé me dire après ça ? « Au moins, l'arrosoir, on pourra s'en resservir ! » Mais qui m'a donné une fille pareille ? Moi dont l'arrière-arrière-arrière-arrière-grand-mère était une des plus célèbres pirates de la Méditerranée, connue pour avoir pris à l'abordage le navire du roi de France en personne ! Dire qu'on l'a appelée Robine, en l'honneur du grand Robin des Bois…

Mais l'Initiation approche et je ne vais pas pouvoir échapper encore longtemps à mon destin. L'Initiation, c'est cette grande épreuve que doivent passer chaque voleur et chaque voleuse, au cours de laquelle on commet notre premier vol solo d'importance, sans aide extérieure, sans complice, sans soutien. Après son

Initiation (si on en ressort libre), on est considéré comme un voleur à part entière et respecté comme tel.

Et justement, mon frère Arsène, qui vient de fêter ses quinze ans, va passer son Initiation dans quelques heures. Il trépigne d'impatience à la perspective de montrer ses talents à tout le monde.

– Je vais faire un casse qui va rester dans l'histoire, Robine! m'a-t-il confié, sans vouloir m'en dire plus.

Moi, j'ai le cœur serré à l'idée que la date fatidique de mon Initiation approche de jour en jour (je suis un peu plus jeune que lui). Le soir dans mon lit, je ferme les paupières aussi fort que possible et je murmure une prière au grand Robin des Bois:

– Ô Robin, fais en sorte de guider ma main quand je saisirai l'objet convoité...

Il ne me reste plus beaucoup de temps pour me préparer.

Mais en attendant, c'est à l'Initiation d'Arsène que je vais assister. Toute la famille s'agite pour les ultimes préparatifs de cette cérémonie extraordinaire. Ce soir, soit mon frère reviendra en héros, soit il sera banni de la société des voleurs et je devrai alors couper tout lien avec lui. C'est aussi le sort qui m'attend, si j'échoue le moment venu.

2
L'Initiation

Dans les fêtes de famille, il y a toujours un malchanceux (généralement le plus jeune) qu'on désigne pour faire office de portier. Et ce soir, bien sûr, c'est tombé sur moi. Justement, la sonnette se met à retentir.

– Robine ! Va ouvrir, s'il te plaît ! crie ma mère depuis la cuisine.

Je sors de ma chambre et dévale les marches deux par deux jusqu'à la porte d'entrée. Mon oncle Klepto se tient sur le seuil, un grand chapeau vissé sur la tête.

– Robinette ! s'exclame-t-il en m'apercevant.

Ça commence bien : je déteste ce surnom. Klepto me pince le bout du nez et le tire vers lui. Puis il me montre ses doigts repliés d'un air faussement choqué :

– Oh ! J'ai volé ton nez !

Mon oncle me fait cette blague chaque fois que je le vois depuis que je suis toute petite. Sauf que maintenant, j'ai presque quatorze ans et je me sens un peu ridicule.

– Ha, ha... Bonjour, tonton...

– Robine, fais-le entrer ! lance ma mère dans mon dos. Ton pauvre oncle ne va pas passer la soirée sur le paillasson !

Elle traverse en trombe le couloir, lui plante deux bises, une sur chaque joue, et retourne s'affairer dans la cuisine. Je me retrouve seule avec Klepto, qui se débarrasse de ses affaires. Même si j'aime bien mon oncle, je préférerais filer en douce plutôt que de lui faire la conversation. À vrai dire, chaque famille possède son propre « oncle Klepto ». Vous voyez de quoi je veux parler ? C'est celui qui rit trop fort à table, qui fait toujours les mêmes blagues et qui raconte des anecdotes d'enfance un peu humiliantes, comme la fois où je suis restée coincée dans les toilettes de la piscine municipale.

– Alors, Robinette, qu'est-ce que ça fait d'être la petite dernière ? demande Klepto, qui appuie là où ça fait mal. Bientôt ton frère sera Initié et il ne restera plus que toi. Ça ne va pas être trop dur pour lui, ce petit Arsène a toujours eu du carburant dans le moteur, si tu vois ce que je veux dire ! Ah, je me souviens de la fierté de tes parents quand ta sœur Bonnie a été Initiée... C'était une sacrée fête... J'ai fini bien arrosé... On se comprend, hein !

Je me souviens surtout que l'oncle Klepto avait si bien profité du bar qu'il s'était retrouvé, en fin de soirée, à draguer la vieille voisine de mes parents en chantant sous sa fenêtre.

– Ce soir aussi, on va bien s'amuser, reprend-il en me faisant un clin d'œil. Tiens, d'ailleurs, tu peux aller porter ça à ta mère ?

Il me tend deux bouteilles de champagne que je m'empresse de saisir, trop contente de pouvoir échapper au bavardage de mon vieil oncle. Je détale vers la cuisine, où ma mère, très concentrée, s'emploie à décorer à la poche à douille un immense gâteau à plusieurs étages qui ressemble à une forteresse de génoise et de crème. La pièce est d'ailleurs remplie de plats tous plus appétissants les uns que les autres. Mais impossible de savoir si nous allons pouvoir y goûter. Car ce festin incroyable étalé devant moi finira peut-être en cendres, brûlé jusqu'à la dernière miette...

L'Initiation, c'est un événement hors norme, un jour unique à l'échelle d'une vie. On prononce ce mot avec un respect qui fait sentir la majuscule. Quand on est petit, on nous dit toujours: «Quand tu seras Initié...», tandis que les vieux soupirent d'un air nostalgique: «Ah, mon Initiation, c'était le bon temps!» Chaque fois que je rencontre des adolescents, on précise toujours, pour faire les présentations, qui a déjà été Initié et qui ne l'est pas encore. Dans la famille, on sait très bien qui a réussi son Initiation haut la main ou de justesse, et celui-là, on s'en moque gentiment comme du cousin qui a passé cinq fois le permis de conduire.

Je me souviens parfaitement de l'Initiation de ma sœur Bonnie. À l'époque, je devais avoir neuf ans et j'avais été très impressionnée par l'ampleur des préparatifs. Pour organiser l'Initiation d'un membre de la famille, on doit monter dans le jardin un grand bûcher, fait d'un bois très sec prêt à s'embraser d'un seul coup.

On place sur ce bûcher un véritable festin. Mes parents avaient cuisiné pendant des jours et des jours avant l'Initiation de Bonnie, et les invités eux-mêmes avaient apporté leurs meilleures spécialités.

– Robine, Arsène, vous n'avez pas intérêt à toucher à quoi que ce soit ! avait grondé notre mère. Vous m'avez bien comprise ? Votre sœur va partir commettre son vol et nous allons tous l'attendre autour de la table. Si elle revient victorieuse, nous pourrons commencer à faire la fête. Sinon, nous allumerons le bûcher et tout ce que vous voyez là partira en fumée.

– Oh non ! m'étais-je écriée, paniquée à l'idée que disparaissent les dizaines de tartes multicolores et les saladiers remplis de friandises.

– C'est le principe de l'Initiation, ma chérie, avait répondu ma mère. Tout ou rien. Toi aussi, dans quelques années, nous t'attendrons attablés autour du bûcher…

– Ne t'inquiète pas, Robine ! avait lancé Arsène. Bonnie va revenir super vite, c'est sûr !

En vérité, personne ne sait à l'avance si l'apprenti va réussir. Avant chaque Initiation, il y a toujours un doute qui plane sur l'assemblée, un doute qui crispe les sourires et qui étrangle les voix. On ne dit rien pour ne pas porter malheur, mais au fond, on a tous peur que ça tourne mal. L'Initiation est une épreuve redoutable, et peu de candidats s'en sortent sans dommage. On peut finir emprisonné, blessé… sans parler de la pire issue possible : revenir les mains vides.

L'atmosphère est aussi fébrile aujourd'hui que pour l'Initiation de Bonnie. Sans même lever les yeux de son ouvrage, ma mère me lance :

– Robine, puisque tu n'as rien à faire, peux-tu aller demander à Arsène s'il a besoin de quelque chose ?

Je file en direction des chambres. En croisant mon reflet dans le miroir de l'entrée, comme chaque fois, je manque de sursauter. J'ai toujours l'impression, quand je me vois, de surprendre en flagrant délit une petite voleuse mal dégourdie : les cheveux raides tirés en arrière, les lèvres aussi serrées que si je gardais un secret. Mais le plus bizarre chez moi, ce sont mes yeux. J'ai tendance à les plisser et à froncer les sourcils quand on me parle, comme si j'essayais de déchiffrer quelque chose d'écrit en tout petit sur le visage des autres. Souvent, les gens croient que j'ai besoin de lunettes, mais non, c'est ma façon à moi d'examiner le monde qui m'entoure. J'ai fini par comprendre que mon regard perçant les mettait un peu mal à l'aise. Ils doivent avoir peur que je découvre les détails les plus intimes de leur vie juste en posant les yeux sur eux.

– Tu comptes tes boutons ou quoi ?

Je me retourne d'un bloc en entendant la voix d'Arsène. Il est en train de descendre l'escalier, son renard dans les bras. Je soupire :

– Maman veut savoir si tu as besoin de quelque chose.

– Non, je suis tout à fait prêt ! J'espère qu'il y aura des toasts au saumon, j'adore ça.

Arsène a l'air tellement détendu, à croire que ce n'est pas aujourd'hui qu'a lieu son Initiation.

– Tu n'es pas inquiet ?

– Inquiet ? Non, je planifie ce vol depuis des mois. Pas vrai, Cabriol ? ajoute-t-il en s'adressant à son renard.

Cabriol est l'animal-totem d'Arsène, celui qu'on lui a attribué pour préparer son épreuve. C'est la seule créature vivante qui aura le droit de l'accompagner ce soir, et mon frère y tient comme à la prunelle de ses yeux. Cabriol aussi me regarde d'un air moqueur, tandis que la main d'Arsène passe et repasse sur son pelage.

– Tu ne veux toujours pas me dire ce que tu vas voler ?

– Non, c'est mieux si je vous fais la surprise ! Un magicien ne doit jamais révéler ses tours. Mais je peux t'assurer que ce sera éblouissant. Ça te met la barre haut, pas vrai ?

Un frisson me parcourt, comme chaque fois qu'on évoque ma future Initiation. Je contre-attaque :

– Moi, j'ai entendu dire que ton Initiation ne sera qu'une pâle copie de celle de Bonnie… Mais bon, c'est ton rôle de cadet, d'arriver toujours deuxième, hein ?

– … dit le boulet de la famille ! répond Arsène, vexé.

– Les enfants, arrêtez de vous disputer ! lance mon père derrière nous. On a encore beaucoup à faire et j'aimerais que tout soit prêt avant que votre tante Rapte arr…

La sonnette s'excite comme pour lui donner raison. Tante Rapte surgit dans un tourbillon de parfum trop fort.

– Mon petit Arsène ! Quel grand jour pour toi ! s'exclame-t-elle en fonçant droit vers lui pour plaquer sa bouche gluante contre sa joue. (Au moins, j'échappe à ce supplice.) Et personne ne m'aide avec les valises? enchaîne-t-elle. Robine! On laisse sa vieille tante dans l'entrée, comme une vulgaire Marchandeuse? Oh, Arsène, ton habit de soirée te va à ravir! C'est la grande classe, d'oser voler dans cette tenue. Les jeunes d'aujourd'hui ne mettent que de vieux survêtements de sport, mais je trouve que rien ne vaut un beau costume comme en portaient les garçons de mon temps...

– Oh, maman, arrête avec ça! soupire un de ses fils en déboulant derrière elle.

– Je dis ce que je pense, voilà tout! reprend tante Rapte. J'aurais pu sortir avec Arsène s'il était né trente ans plus tôt, glousse-t-elle en lui tapotant la joue. Bon, et toi, petit frère, tu es prêt à voir ton fils entrer dans la légende familiale?

– Justement, nous devrions laisser Arsène se concentrer, déclare mon père avec son calme habituel, tout en poussant tante Rapte et ses enfants vers le salon.

J'ai toujours apprécié le sang-froid de mon père (et il en faut pour affronter tante Rapte). Ses yeux sombres et bridés ne trahissent jamais ses sentiments, même quand il traverse une tempête intérieure. Bien sûr, cette maîtrise à toute épreuve lui vient de son activité de contrebandier. Pour pouvoir transporter des marchandises volées, il faut savoir agir dans l'ombre sans se faire remarquer, sans hâter le pas ni hausser le ton – tout ce qui pourrait attirer l'attention des autorités sur la précieuse cargaison. Je me souviens des objets interdits qu'il nous rapportait quand on était petits : des jouets étiquetés *Dangereux*, des livres condamnés par la censure... Des livres qui, souvent, parlaient de nous, les voleurs. Des livres qui pourraient choquer les gens honnêtes, les non-voleurs, les « Marchandeurs », comme on dit chez nous avec un soupçon de mépris dans la voix.

Dans la pièce qui a enfin retrouvé son calme, j'entends un petit bruit sec du côté de la fenêtre. Ma pietotem est en train de taper du bec contre la vitre pour entrer.

– Merci, Spira..., je souffle en lui ouvrant. J'ai bien besoin de ton soutien ce soir, avec toute la famille qui commence à rappliquer...

Spira volette jusqu'à mon épaule et je sens le contact réconfortant de ses longues plumes qui me caressent la joue.

Le répit est de courte durée.

– Robine ! crie ma mère. Tu peux nous aider à porter les plats dehors ?

Dans la cuisine, l'effervescence est à son comble. De lointains cousins et des amis de la famille arrivent par groupes entiers. Ma mère, telle une cheffe d'orchestre, répartit les tâches et surveille leur exécution, en bonne marraine de la mafia. Elle sait si bien donner des ordres qu'il ne viendrait à l'idée de personne de s'y dérober, même quand il ne s'agit, comme aujourd'hui, que de parfaire le lustrage d'un poulet rôti. À peine ai-je posé le pied sur son territoire qu'elle me colle entre les mains un saladier plus gros que ma tête.

– Mets-le sur le bûcher avec le reste des plats! La cérémonie va bientôt commencer. Il faut que tout soit parfait ce soir...

Tout le monde commence à disposer les plats dans le jardin, à la lumière des flambeaux. Je vois les flammes danser et je sais qu'elles sont là autant pour nous éclairer que pour embraser le bûcher le moment venu, si par malheur Arsène venait à échouer. Leur chaleur me fait frissonner.

– Bon, je crois que ça y est..., déclare ma mère, qui cache mal sa nervosité.

À son signal, les invités forment une haie d'honneur depuis l'entrée de la maison jusqu'au portail du jardin. C'est un des rituels de l'Initiation, une cérémonie aussi ancienne que la société des voleurs elle-même et dont chacun suit le fonctionnement à la lettre. Les conversations s'éteignent les unes après les autres, tandis qu'un silence lourd de respect s'abat sur l'assemblée. Dans le clair-obscur qui les déforme, les visages ont presque l'air menaçants. Je serre Spira, ma pie, entre mes mains, un peu trop fort peut-être car elle me pince l'index avec son bec en signe de protestation.

La porte s'ouvre à la volée et Arsène apparaît dans l'embrasure, majestueux. Il marche avec assurance, comme si ce qu'il s'apprêtait à accomplir n'était qu'une simple formalité. Pourtant je devine, à ses mâchoires serrées, son extrême concentration. Cabriol le suit en ondulant près de ses jambes. À sa vue, les gens commencent à applaudir, des encouragements fusent de tous les côtés.

– Vas-y, Arsène ! s'écrie une cousine dans la rangée en face de moi.

Mes parents se tiennent par la taille, les yeux brillants d'émotion. Au moment où Arsène passe près d'elle, ma mère l'arrête et lui pose la main sur l'épaule, dans un geste qui tient autant de l'encouragement que de l'avertissement.

– Bon courage, mon chéri, murmure-t-elle.

– Reviens-nous vite ! conclut mon père.

Arsène bondit vers l'entrée du jardin et, déjà loin, il nous adresse un dernier signe d'au revoir. Il est censé revenir en tant qu'adulte mais, l'espace d'un instant, je revois en lui le petit garçon que j'ai toujours connu. Aussitôt sa silhouette disparaît dans la nuit qui semble, ce soir-là, plus épaisse que d'habitude.

Et enfin, la longue attente commence.

3
Le scandale

– Dis, Robine, tu penses qu'il va bientôt revenir, Arsène ?

La petite voix de ma cousine Chena me tire de mes pensées. Cela fait maintenant plusieurs heures que nous attendons et... rien. Toujours aucune nouvelle. Bien sûr, réaliser un casse spectaculaire, ça prend du temps, mais Arsène avait l'air tellement sûr de lui en partant ! On pensait que l'affaire serait vite réglée. Il ne peut pas se permettre de traîner, car le compte à rebours est enclenché. Arsène doit rentrer avant minuit, sous peine d'être disqualifié.

Je me force quand même à sourire aux enfants pour faire bonne figure.

– Je suis certaine qu'on va le revoir d'une minute à l'autre. Ça vous plairait, un jeu, en attendant ?

– Oh oui ! s'exclame Chena. Si on jouait aux gendarmes et aux voleurs ? Je fais la voleuse, et toi le gendarme qui nous poursuit !

– Et moi, alors ? intervient son jumeau, Pan.

– T'as qu'à faire le Marchandeur à qui on vole des trucs, propose sa sœur.

– Ah non ! C'est nul ! refuse-t-il d'un air dégoûté. Maman dit que tous les Marchandeurs sont bêtes et qu'ils sentent mauvais ! Est-ce qu'Arsène deviendra Marchandeur s'il rate son Initiation ?

– Tu connais des Marchandeurs, toi, Robine ? enchaîne Chena.

– Eh bien... Pas vraiment, je réponds, hésitante. Comme tout le monde, je croise les Marchandeurs quand je vais en ville, mais je crois bien que je n'ai jamais eu de vraie conversation avec l'un d'entre eux. Papa et maman me l'ont interdit...

Les enfants se sont lassés de mes discours et courent désormais dans le jardin, tout excités, en quête d'un butin imaginaire. Je sens une présence derrière moi et, en me retournant, je tombe nez à nez avec mon père.

– Désolée, Robine, commence-t-il l'air vaguement gêné, je venais voir si les enfants allaient bien et je n'ai pas pu m'empêcher d'entendre ce que tu disais à propos des Marchandeurs. Ce n'est pas que nous ne voulons pas les fréquenter, mais... nous ne pourrions nous apporter que des problèmes. Depuis la nuit des temps, les Marchandeurs accaparent tout ce qui se trouve autour d'eux. Nous, nous les volons et, eux, ils nous dénoncent.

– Voilà le gendarme ! hurlent les jumeaux en passant près de moi à vive allure. Au secours, il va nous attraper ! Prends ça, gendarme ! Et ça !

Je tombe sous les coups que feignent de me donner

les enfants, le visage faussement tordu de douleur. Ils s'enfuient en riant pendant que je me relève en menaçant de leur passer les menottes.

– Désolée, papa, c'est dur de discuter avec ceux-là dans les pattes..., dis-je, essoufflée, pour couper court.

La vérité, c'est que je n'ai pas envie de parler des Marchandeurs avec mon père. Je comprends son point de vue mais je ne peux pas m'empêcher d'imaginer un monde différent du nôtre, un monde dans lequel de petits Marchandeurs jouent aussi aux gendarmes et aux voleurs... excepté que, dans ce monde, ce sont les gendarmes qui seraient les gentils.

Tout en lançant quelques grimaces à l'intention de Chena et de sa bande pour continuer à les distraire, je rejoins un groupe d'invités installés près du bûcher. Les conversations vont bon train, mais je trouve les visages plus soucieux qu'au début de la cérémonie. Les gens ne rient plus aux blagues de l'oncle Klepto. Ma mère jette des coups d'œil inquiets à sa montre.

– Il est déjà vingt-trois heures... Dans moins d'une heure...

– Pas d'affolement, le petit a dû s'arrêter sur le chemin du retour pour fêter sa victoire ! assure Klepto.

– Oui, tu as sans doute raison, souffle-t-elle, à moitié convaincue seulement. Mais j'avoue que j'aimerais bien le voir revenir...

– En effet, je commence à m'impatienter, grince tante Rapte. Je n'ai pas mangé depuis midi et devoir attendre près du buffet, c'est un vrai supplice !

– Bonnie était rentrée au bout d'une heure à peine pour son Initiation, vous vous souvenez ? reprend ma mère, dont la voix devient soudain plus tendre.

– Oui ! s'esclaffe mon oncle en se tapant les cuisses. Et avec le dentier du maire !... Ha, ha, ha, il n'avait plus osé sortir de chez lui, le temps qu'on lui en fasse un nouveau ! Une vraie rebelle, cette Bonnie.

– Après ça, on ne l'arrêtait plus. Elle a enchaîné les succès. Si seulement elle n'avait pas fait ce braquage, l'année dernière, pour ses dix-huit ans... Je lui avais dit que c'était trop risqué. Je lui avais dit que je n'avais pas confiance en ce coéquipier sorti d'on ne sait où...

Je n'ai pas assisté à l'arrestation de Bonnie, mais on m'a tellement raconté cette scène qu'elle est comme gravée dans ma mémoire. J'imagine ma sœur entrant fièrement dans la banque, le bas du visage couvert par un bandana. Je l'imagine se diriger vers le guichet avec une totale maîtrise d'elle-même. Ni goutte de sueur sur le front, ni respiration haletante. Elle a étudié le fonctionnement de la banque pendant des semaines, mémorisé les horaires des gardes, disséqué le plan de la chambre forte. Bonnie a tout prévu. Mais ce qui va faire échouer son plan, comme dans beaucoup de situations, c'est le facteur humain : ce complice qu'elle a recruté pour le braquage, mais qu'au fond elle ne connaît pas très bien. Pas assez. Ce détail lui sera fatal. Alors qu'elle arrive devant le guichet et s'apprête à crier : « Que personne ne bouge ! », son instinct de voleuse, comme un sixième sens, l'avertit que quelque chose ne va pas. Elle se retourne : son coéquipier n'est plus là. Soudain, les portes de la banque s'ouvrent à toute volée. Un groupe de policiers entrent, l'arme au poing, et se jettent sur elle. Elle comprend qu'elle a été trahie, mais trop tard. Mettant machinalement les mains derrière sa nuque, elle tombe à genoux et, tandis qu'on se rue sur elle pour la menotter, elle ferme les yeux et pense très fort à nous, qui l'attendons pour le déjeuner et qu'elle ne reverra plus. Ou alors dans très, très longtemps.

Elle n'est jamais rentrée à la maison, ce jour-là. Ma mère a posé son assiette sur la table. Le repas avait refroidi. « Bon, on commence sans elle, je lui ferai réchauffer son plat ! » On a mangé dans un silence si lourd que j'entendais chacun mastiquer. « Elle revient quand, Bonnie ? » j'ai demandé. Mon père a répété : « Bientôt, bientôt... » tout en faisant la vaisselle avec des gestes un peu trop crispés. Une assiette lui a échappé, se brisant par terre, comme un mauvais présage. N'y tenant plus, ma mère a allumé l'écran de la télévision. Et là, les images nous ont sauté aux yeux. Des policiers traînaient Bonnie, menottée, jusque dans un fourgon. Elle avait le regard sombre de ceux que l'univers a trahis. Sous les images, un bandeau précisait : *Un braquage évité grâce aux informations données par un complice – La meneuse arrêtée – Aucun blessé*. Trois petites phrases si cruelles pour dire que notre famille ne serait plus jamais la même...

Un bruit au loin m'arrache à mes pensées. Les invités s'agitent. Ils ont entendu, eux aussi.

– Encore des jeunes qui s'amusent avec des pétards! marmonne tante Rapte.

– Tu es sûre que c'était un pétard? demande ma mère en se levant.

– Oui, quoi d'autre?

– J'ai cru... On aurait dit...

Elle laisse sa phrase en suspens mais j'en devine la fin: un coup de feu. Ça ressemblait à un coup de feu.

Mes parents s'élancent vers l'entrée du jardin. Je les suis dans l'espoir de voir Arsène revenir sain et sauf. Pendant un moment qui me paraît durer une éternité, je scrute l'obscurité, mais la nuit tend devant moi son miroir sans reflet.

– Ô Hermès, murmure l'oncle Klepto, anormalement sérieux, faites qu'il ne soit pas encore arrivé malheur à cette famille...

– Pourquoi plus personne ne bouge? geint Chena dans mon dos. Il s'est passé quoi?

– Chut, taisez-vous! rugit soudain ma mère. J'entends quelque chose!

Le silence retombe aussitôt, encore plus inquiétant que l'agitation qui précédait. Je distingue enfin des pas, légers mais pas très réguliers, comme si quelqu'un boitait... Quelques mètres plus loin, des buissons s'agitent et laissent s'échapper une silhouette à forme humaine. Elle avance laborieusement, pliée en deux, serrant contre elle une forme que je n'arrive pas à identifier.

– Arsène! crie mon père, à mi-chemin entre la terreur et l'espoir.

C'est bien lui! Mais il ne ressemble plus au garçon fier

et alerte qui est parti un peu plus tôt. Aucun sourire de triomphe n'illumine son visage. Son costume est en piteux état, et sur sa chemise auparavant immaculée se détache une longue trace comme un éclair rouge.

– Mes dieux, il est blessé ! hurle ma mère en courant vers lui.

– Non, je ne suis pas blessé…, souffle Arsène.

Je m'approche, le cœur battant. Alors seulement je remarque ce qu'Arsène tient dans ses bras : Cabriol. Il y a un trou sombre sur son flanc droit, béant dans le pelage mordoré.

Arsène le dépose par terre, au pied d'un arbre, avec une infinie tendresse. Les larmes coulent de son visage jusque sur le corps sans vie de son animal. Mon père passe son bras autour de ses épaules pour le réconforter. Seule ma mère, elle qui sait que la cérémonie doit continuer coûte que coûte, ose finalement rompre le silence terrible qui semble irradier du renard :

– Arsène… Je suis désolée de devoir te demander ça maintenant… Tu as… Qu'est-ce que tu nous rapportes ?

Arsène fourre sa main dans sa poche. Je m'attends à ce qu'il en sorte un trésor. Une pierre précieuse aussi grosse qu'un œuf, peut-être ? Qu'est-ce qui pourrait valoir la vie de Cabriol ? Mais, dans son poing serré, il n'y a qu'un vieux papier roulé en boule.

– Tu ne t'es pas contenté d'un simple papier pour ton Initiation, j'espère ? gronde tante Rapte en fronçant le nez.

À vrai dire, elle exprime à voix haute la déception de tout le monde. Dans un sursaut d'orgueil, Arsène plante ses yeux dans les siens et lâche, épuisé :

– J'ai volé le plan de la prison de Bonnie.

Soulagés, les invités fondent sur lui. On l'enlace, on le félicite, on lui tape sur l'épaule: « Bravo, petit ! », « J'ai toujours cru en toi ! », « Je savais que tu allais y arriver ! », « Tu es un homme, un vrai voleur, maintenant ! » Et même si des regards émus convergent encore vers l'endroit où repose le corps de Cabriol, le lancement des festivités efface peu à peu le sentiment amer qui nous avait tous étreints. Le buffet nous tend les bras, les assiettes se remplissent à ras bord, le champagne mousse dans les verres. Tout le monde s'efforce d'oublier ce qui s'est passé un peu plus tôt. Mon frère a réussi son Initiation, et c'est censé être le plus important, pas vrai ?

Arsène, cependant, reste hébété au milieu du brouhaha. Il esquisse un sourire lorsqu'on vient le féliciter, mais je vois bien que le cœur n'y est pas. Je profite d'un moment où il n'y a personne autour de lui pour aller le voir.

– Arsène, tu… Ça va ?

– Oui, bien sûr que ça va. Je suis Initié maintenant, répond-il comme s'il débitait un message automatique.

– Je voulais te dire… Je suis vraiment désolée pour Cabriol.

Arsène lève vers moi des yeux surpris. Je suis probablement la seule personne à lui avoir parlé de Cabriol depuis son retour. Sa main effleure l'endroit sur sa chemise où le sang de son renard a laissé une tache.

– J'aurais peut-être dû cibler un bâtiment moins dangereux, moins bien gardé, murmure-t-il. Mais je voulais tellement rapporter le plan de la prison, en l'honneur de Bonnie ! Cabriol me suivait, à peine deux pas derrière moi. Tout se passait comme prévu. J'avais réussi à ouvrir le coffre où était gardé le document. On était sur le point de sortir quand une alarme que je n'avais pas repérée s'est mise à sonner. Cabriol et moi, on a détalé aussi vite que possible. Il aurait pu courir plus vite, mais il est resté volontairement à ma hauteur. Il avait l'air d'un éclair de feu, tu sais ! Alors qu'on était presque tirés d'affaire, déjà loin de la prison, j'ai entendu un coup de feu. J'ai ri parce que je pensais que les gardes étaient beaucoup trop loin pour nous atteindre. Mais quand j'ai regardé sur le côté, je n'ai plus vu Cabriol. J'ai fait demi-tour. Il était là, au milieu de la route, essayant de se redresser sur ses pattes malgré la blessure. Je l'ai pris dans mes bras en espérant le ramener suffisamment vite à la maison pour le soigner. Mais à mesure que j'avançais, j'ai senti son corps devenir plus mou, plus léger aussi. Je crois que son âme pesait très lourd et qu'elle l'a quitté en chemin, voilà.

Arsène a livré son récit d'une traite, en contemplant le fond de son verre. Je suis stupéfaite : c'est la première fois depuis bien longtemps qu'il se confie à moi. Avant, quand nous étions petits, nous avions l'habitude de tout partager. On nous prenait souvent pour des jumeaux, parce que nous avons presque le même âge. Et puis, en grandissant, Arsène s'est mis à briller tandis que je suis devenue celle qui ne sait pas faire le guet, qui ne court pas assez vite, qui ne connaît pas l'histoire des grands voleurs sur le bout des doigts.

J'ai peur de dire quoi que ce soit qui pourrait briser

ce lien ténu, alors je me tais. Je ne sais pas comment le consoler. Rien de ce que je pourrais dire ne lui rendra son renard.

– Demain matin, j'irai l'enterrer au cimetière des animaux-totems, conclut-il brusquement.

L'instant est passé. Arsène me tourne le dos et part en direction d'un groupe de cousines qui s'extasient devant lui, tout auréolé qu'il est de son nouveau statut d'Initié. Je reste les bras ballants, comme si je ne faisais pas vraiment partie de la fête. Spira, qui sent mon malaise, me rejoint à tire-d'aile et se met à picorer le petit-four que je tiens bêtement dans la main depuis tout à l'heure, sans l'avoir entamé.

– Oui, je sais, Spira, je suis à la ramasse... Mais ça ne te paraît pas injuste, l'Initiation ? Cabriol est mort et Arsène aurait pu être blessé. Tout ça pour qu'on puisse faire la fête et se vanter d'être la plus grande famille de voleurs qui ait jamais existé ! Quand je pense à tout ce qu'on nous fait subir, les devoirs, les rites, les épreuves... À quoi ça sert ? Et on doit s'y plier, au motif que nos parents, nos grands-parents et nos arrière-grands-parents ont vécu la même chose avant nous !

Spira ponctue mon discours d'un pépiement rageur. Je m'apprête à rebrousser chemin vers le buffet, mais c'est le moment que choisit ma mère pour s'adresser à l'assemblée :

– Chers invités, nous allons pouvoir passer à la dernière partie de l'Initiation !

Je connais bien cette étape de la cérémonie. Chacun doit offrir un cadeau volé à Arsène pour célébrer son entrée officielle dans le monde des voleurs. Ça dure longtemps, car la liste des offrandes peut être interminable, le tout dans une ambiance ultra-solennelle. Moi, cette fois, j'ai décidé de faire les choses un peu différemment.

On installe Arsène dans un fauteuil et tout le monde fait la queue pour venir lui donner son cadeau. Je me place en dernier dans la file. Oncle Klepto lui offre un nœud papillon.

– Volé pour parfaire ton costume de gentleman cambrioleur, mon petit Arsène !

Tante Rapte lui tend un carnet en cuir.

– Volé pour que tu puisses prendre des notes sur tes futurs cambriolages... C'était celui d'un ministre !

À mesure que les invités défilent, le doute m'envahit. Je n'aurais pas dû choisir ce cadeau. Jusque-là, ça me semblait une bonne idée, mais, maintenant que mon tour arrive, je commence à paniquer. Trop tard pour changer d'avis, me voilà déjà devant Arsène, avec le petit paquet qui me brûle les mains. Je lui passe en toute hâte, comme pour m'en débarrasser. Arsène lève un sourcil interrogateur.

– Pourquoi c'est enveloppé ?

– Ça s'appelle du papier cadeau. Pour faire joli. Il faut que tu le déballes.

Nous autres, nous n'utilisons pas de papier cadeau. Pourquoi cacher les choses au lieu de les laisser à disposition du prochain voleur qu'elles attireront ? Mais ce n'est pas pour ça que je m'inquiète. C'est ce qu'il y a à l'intérieur du paquet qui pose problème.

Après s'être débattu avec l'emballage, dont il n'a pas l'habitude, Arsène parvient à sortir son contenu : un collier pour animal sur lequel est brodé, en lettres bleues, le nom *Cabriol*.

– Je l'ai fabriqué pour Cabriol, dis-je, mais je ne pensais pas qu'il lui arriverait…

Un silence de mort tombe sur l'assemblée. Pas parce que j'ai évoqué le défunt renard de mon frère, non, mais parce que…

– Robine, demande ma mère d'un ton glacial, tu as *fabriqué* ce collier toi-même ?

Je fais oui de la tête.

– Mais peut-être qu'elle a volé les matériaux dont elle s'est servie, objecte mon père, plein d'espoir. C'est ça, Robine ?

– Je… Non. J'ai découpé le cuir dans un vieux manteau et j'ai teint les fils à broder moi-même.

Ma mère explose :

– Mais qu'est-ce qui t'a pris, Robine ? Tu sais très bien que nous devons honorer l'Initié avec des cadeaux volés ! C'est pour lui porter chance ! Je ne t'apprends rien, c'est une de nos règles sacrées ! Tu n'as donc aucun respect pour nos traditions ?

Elle arrache le collier des mains d'Arsène, qui assiste à la scène pétrifié, sans chercher à prendre ma défense. Les invités échangent des regards atterrés, dans lesquels je distingue pourtant une lueur de soulagement, une lueur qui semble dire : « Heureusement que ce n'est pas *mon* enfant qui a fait ça. » Mon père ajoute :

– Tu savais combien c'était important pour nous…

La déception dans sa voix me saisit à vif. Je regrette instantanément mon geste, même si j'ai adoré fabriquer le collier. Je pensais que mes parents lèveraient les yeux au ciel, pas qu'ils en feraient une affaire aussi grave.

– Tu devrais retourner dans ta chambre, le temps que nous nous occupions de nos invités, ordonne ma mère, excédée. Nous réglerons ce problème demain, quand nous aurons tous les trois les idées plus claires.

La mort dans l'âme, je me dirige vers la maison. Les conversations reprennent derrière moi, mais plus basses, moins enjouées. J'ai gâché la fête. Surtout, quoi que mes parents décident, je sais déjà que je vais avoir de gros ennuis.

4
Redressement

En me réveillant le lendemain matin, j'ai l'espoir pendant quelques secondes que les événements de la veille n'aient été qu'un cauchemar. Je me lève et cours jusqu'à la fenêtre pour vérifier. Les vestiges de la fête jonchent le jardin : des serviettes en papier froissées qui ont pris des formes bizarres, une guirlande de lampions à moitié décrochée par le vent, des cadavres de confettis un peu partout, et même un os de poulet qui traîne dans l'herbe, probablement rongé par le chien d'un des invités. Le jour qui suit une fête, ça ressemble au début de la fin du monde.

Spira, qui m'a repérée, fond sur moi à tire-d'aile. En cet instant précis, je donnerais n'importe quoi pour pouvoir m'envoler comme elle, échapper à mes parents qui doivent m'attendre dans la cuisine. Je lui ouvre la fenêtre et, dans un vrombissement de plumes, elle s'engouffre dans la chambre.

– Merci de ne pas me laisser tomber au pire moment. Prête ?

– Tcha ! répond-elle vaillamment.

Bon, il va falloir faire face. J'enfile des habits propres, pour avoir l'air aussi digne que possible. Une coiffure nette. Les dents brossées plus longtemps que nécessaire, pour repousser l'échéance. Avant de me diriger vers l'escalier, je jette un dernier coup d'œil à mon reflet dans le miroir de la salle de bains et je murmure :

– Courage, Robine. Sois honnête envers toi-même et tout ira bien.

Surtout, je glisse Spira dans ma poche, là où je pourrai sentir sa présence réconfortante.

Alors que je m'apprête à sortir de ma chambre, j'entends quelqu'un claquer la porte d'entrée, tout en bas. Un invité qui partirait tardivement ? Je me penche par-dessus la balustrade pour être sûre de ne pas avoir à croiser oncle Klepto ou tante Rapte, mais c'est mon frère qui monte l'escalier à pas lents. Il a les traits tirés et le même costume que la veille, maculé de boue comme ses mains.

– Salut, Arsène, dis-je quand il arrive à ma hauteur.

– Salut. Tu descendais voir papa et maman ? Je crois qu'ils veulent te parler.

– Ouais. Et toi, tu montes te coucher ?

– C'est ça. J'ai… Je reviens du cimetière des animaux-totems. Je voulais… que ce soit fait.

– Oh.

Je comprends d'un coup, bouleversée, d'où viennent les traces de terre.

– Je lui ai mis son collier avant de lui dire au revoir, poursuit Arsène d'une voix blanche. Ça lui allait parfaitement. Écoute, Robine…

Je sens qu'il a quelque chose d'important à me dire.

– Je ne sais pas ce que papa et maman te réservent, même si, à mon avis, tu vas le sentir passer. Tu dois probablement me détester, parce que j'ai toujours eu le rôle de l'enfant préféré. Mais je tenais à te remercier... pour ton cadeau, hier... Cabriol l'aurait aimé.

Avant que je puisse répondre quoi que ce soit, Arsène fonce vers sa chambre et referme la porte, me laissant seule.

Dans la cuisine, tout a l'air étrangement normal. On dirait que j'entre dans une publicité pour céréales. Mes parents sont attablés côte à côte; une chaise vide m'attend en face d'eux. Ils ont même préparé mon petit déjeuner.

– Bonjour, Robine, dit mon père sans animosité. Assieds-toi, s'il te plaît.

– Et sers-toi du jus d'orange, ajoute ma mère.

Alors ça, c'est très bizarre. Les mains un peu tremblantes, je verse le jus dans un verre en essayant de ne pas en mettre à côté.

– Tu devrais manger une tartine, il faut prendre des forces, dit encore ma mère.

– Euh... OK... Mais des forces pour quoi faire?

– Mange, on en parlera après.

Cette fois, j'ai vraiment l'impression d'être tombée dans un piège. J'étale tant bien que mal du beurre sur un bout de pain. Quand je croque dedans, on dirait qu'il me râpe l'intérieur de la gorge et reste coincé quelque part dans mon œsophage. Mes parents me regardent toujours sans rien dire, tels des robots défectueux. Je n'y tiens plus.

– Maman, papa, je suis désolée pour hier et...

– Tu n'as pas à t'excuser, Robine, me coupe mon père. C'est nous qui sommes désolés pour toi.

Je ne m'attendais pas du tout à ça. La tournure que prend la conversation me semble de plus en plus inquiétante.

– Euh... Ah bon?

– Oui, nous sommes désolés de ne pas avoir été assez vigilants avec toi. Nous t'avons laissée évoluer librement, probablement parce que tu étais la petite dernière et qu'on se disait qu'il te suffirait de marcher dans les traces de ta sœur et de ton frère. Depuis l'arrestation de Bonnie, surtout, nous avons la tête ailleurs et cela s'est fait au détriment de tes progrès en matière de vol. Mais l'incident d'hier nous a ouvert les yeux.

– Nous avons décidé de t'envoyer dans un endroit très spécial, m'annonce ma mère. Un endroit parfait pour toi. Nous sommes certains que tu t'y plairas.

Elle reprend son souffle avant de lancer sa bombe:

– Bientôt, Robine, tu étudieras à l'école des voleurs.

Je reste sonnée par la nouvelle. L'école des voleurs? J'en ai souvent entendu parler comme d'un pensionnat de la dernière chance, où l'on expédie les jeunes voleurs qui risquent de rater leur Initiation. Mais jamais je n'aurais cru que mes parents en arriveraient à une telle extrémité.

– Vous me chassez de la maison? je m'écrie.

– Mais non, on ne te chasse pas, répond mon père.

On t'offre la chance de pouvoir t'épanouir en tant que voleuse.

– Il reste à peine un an avant ton Initiation et tu as tellement de lacunes ! soupire ma mère.

– On dirait une maison de redressement !

– Nous faisons ça pour ton bien, Robine.

Je les regarde, ma stupide tartine à la main, et pendant un instant, j'ai l'impression que ce ne sont plus mes parents qui se trouvent devant moi, mais des ennemis intimes. Ainsi, je vais devoir tout quitter ? Ma chambre, ma famille, mon petit univers personnel ? J'ai envie de hurler, mais tout ce qui sort de ma bouche, c'est :

– Quand est-ce que je dois partir ?

– Nous avons tout arrangé ce matin en attendant ton réveil. Ils vont arriver d'une minute à l'autre.

– Comment ça, d'une minute à l'autre ? Qu'est-ce que vous voulez dire ? Là, maintenant, tout de suite ? Mais ce n'est pas possible, je ne suis pas prête !

– Tout ira bien, assure mon père. On t'enverra tes affaires dans les jours qui viennent. Ce qui compte, c'est que tu sois convenablement prise en charge.

C'est la dernière phrase que j'entends.

La porte s'ouvre à toute volée tandis que plusieurs individus en tenues noires pénètrent dans la pièce. D'autres déboulent au même moment par la fenêtre. De surprise, je lâche mon verre qui explose en vomissant du jus d'orange sur le carrelage. Une femme s'approche de moi, un sac dans la main.

– C'est elle qu'on doit emmener ?

Mes parents acquiescent. Dans une ultime vision,

j'aperçois mon père agripper le bras de ma mère. La femme me dévisage comme si j'étais une fiente d'oiseau sur son pare-brise et, d'un coup sec, elle m'enfonce le sac sur la tête.

J'ai l'impression de tomber dans un trou noir sans fond. Plus rien ne me retient, je deviens une poupée de chiffon. Le sentiment de trahison m'a engourdie, comme une araignée paralyse sa proie avant de l'emmailloter. Toujours sous le choc, je sens qu'on m'attache les mains et qu'on me hisse sur des épaules musclées. L'instant d'après, on me jette sur ce que je suppose être la banquette arrière d'une voiture qui démarre aussitôt. En route pour l'école des voleurs, ce pensionnat que je redoute désormais plus que tout. Car si les gens qui la dirigent ont des méthodes aussi brutales que celles que je viens d'expérimenter, jusqu'où pourraient-ils aller ?

La voiture roule depuis de longues minutes maintenant, peut-être des heures. Difficile à dire car j'ai perdu toute notion du temps. J'essaie en vain de deviner où nous allons. Tout ce que je distingue à travers le tissu du sac, c'est une alternance de lumière et d'obscurité. Les bruits de la ville s'estompent pour laisser place au silence de la campagne. Aucun doute, l'école des voleurs se trouve loin de chez moi.

Je prends mon courage à deux mains pour m'adresser à mes ravisseurs :

– Euh... Vous m'entendez ? Où est-ce qu'on va ?

Pas de réponse. Pourtant, je sais qu'ils sont là. La voiture, lancée à pleine vitesse, gronde comme un animal dangereux. Et moi, dans ses entrailles, je commence à craindre de devoir rester en face à face avec ma solitude. J'insiste sans trop y croire :

– Y a quelqu'un ?

– Réfléchis, petite, claque une voix dans laquelle je reconnais la femme qui m'a mis un sac sur la tête. Si on t'a couvert les yeux, c'est pas pour un bal costumé. La localisation de l'école est absolument secrète.

– Et vous faites souvent ça, emmener les gens de force, sans même les laisser prendre leurs affaires ?

– C'est la procédure. Tu voulais quoi ? Qu'on t'envoie un carton d'invitation ? *Mademoiselle est cordialement invitée à ramener son petit cul fragile en maison de redressement* ? On débarque à plusieurs et sans sommation pour éviter toute tentative de fuite. Par le passé, y en a qui ont essayé de se tailler et on s'est fait engueuler. Maintenant, on prend plus de risques. Et encore, t'as de la chance, je t'ai pas bâillonnée. J'aurais peut-être dû, vu comment t'es bavarde !

– Je promets de me taire si vous me dites comment c'est, l'école des voleurs...

– Tout ce que je sais, c'est que les gamins que j'y emmène finissent par rentrer chez eux Initiés en bonne et due forme... ou alors, ils rentrent pas du tout. Je te recommande la première option. Fais bien tes devoirs, rends-les contents, les profs de là-bas, et tout ira pour le mieux.

Je reste silencieuse, cette fois. De toute façon, je ne

pourrais plus parler, ma voix s'est brisée tout au fond de ma gorge. Je commence à comprendre qu'il n'y a plus de retour en arrière possible. C'est sûr, je vais finir mâchée, avalée, digérée par cette école dont la raison d'être est de me transformer en une espèce de zombie obéissant. Une créature qui fera la joie de mes parents: «Voici notre animal de compagnie... euh, notre fille de compagnie, Robine!» Et l'angoisse, la révolte, la rage et l'effroi se fondent en une seule chape de désespoir qui m'engloutit plus sûrement que l'obscurité du sac.

La femme semble me prendre en pitié car elle ajoute d'une voix radoucie:

– Va, t'inquiète pas, petite... Tu rencontreras d'autres gamins comme toi, t'auras un toit sur la tête et un édredon bien chaud dans lequel te rouler le soir. J'avais pas cette chance, à ton âge, quand je devais voler du pain pour me nourrir. C'est comme ça que j'ai rejoint le monde des voleurs, d'ailleurs, alors que j'aurais jamais dû y mettre les pieds.

Un peu plus loin, la voiture commence à ralentir et finit par s'arrêter tout à fait. Je sens qu'on enlève les liens qui m'entravaient. Je frotte mes poignets meurtris pour soulager l'inconfort. Soudain, on m'arrache sans ménagement le tissu qui me couvrait la tête. Je cligne des yeux devant le jour éblouissant, d'où émerge peu à peu, comme découpé dans la lumière, le visage de la femme au sac.

– On est arrivés. Écoute, je vais te donner un conseil. Mes collègues ont pour consigne de te conduire chez le principal de l'école. Il s'appelle M. Chippe et il ne plaisante pas. Fourre-toi bien ça dans ton petit crâne : il-ne-plaisante-pas. Donc tu fais profil bas et tu dis : « Oui, monsieur, d'accord, monsieur. » Et, règle d'or : surtout, tu ne lui poses jamais de questions.

– Mais est-ce que... ?

– Tut tut tut ! Qu'est-ce que je viens de dire ?

– Euh... Oui !

– C'est mieux ! Tu captes vite. T'as peut-être une chance de tenir le coup ici, finalement. Au fait, je m'appelle La Buse. Je suis la cheffe des gardes, ceux qui protègent l'école de l'extérieur. À ne pas confondre avec les surveillants, qui s'occupent de la sécurité intérieure. Autrement dit, c'est pas moi qui vais venir te secouer pour que tu ailles en cours, mais on se reverra sans doute.

Elle s'éloigne à grandes enjambées. Je voudrais la retenir car, même si elle m'a kidnappée, c'est la seule personne sur laquelle je peux mettre un nom dans cet univers où j'ai perdu tous mes repères. Deux gardes moins amènes prennent le relais pour m'escorter ; mon ombre leur emboîte le pas et je suis mon ombre à mon tour, sans plus chercher à résister.

Je m'attends à voir surgir un bâtiment à plusieurs étages, des barreaux aux fenêtres, fermé par un pont-levis peut-être. Mais devant moi, il n'y a rien. Un énorme rien. Nous nous trouvons au milieu d'un immense terrain vague, dont la terre nue et caillouteuse ne laisse pousser que quelques ronces et des touffes d'herbes sauvages qui nous lèchent les mollets jusqu'aux genoux, à mesure que nous progressons. La bordure sombre d'une forêt cerne le terrain de tous côtés, et, aussi loin que mon regard peut porter, il se heurte à cette frontière végétale. Pas d'édifice, pas de cour, pas même de chemin. Juste un endroit désolé, le genre d'endroit loin de tout, idéal pour faire du trafic.

– Attention ! rugit l'un des gardes.

Mon pied dérape, je me rattrape de justesse à la branche d'une ronce qui m'écorche au passage. J'ai failli tomber dans un trou ! Mais ce n'en est pas un, pas exactement : c'est l'entrée d'un tunnel qui s'enfonce profondément sous terre. Au ras du sol, son ouverture n'est repérable que par celui qui la cherche. De toute évidence, l'école des voleurs est un bâtiment souterrain. Pas étonnant, puisqu'elle doit rester cachée aux yeux des Marchandeurs...

Je pénètre dans le tunnel comme dans de l'eau froide, chaque pas plus désagréable à faire que le précédent. Les gardes me conduisent devant une porte blindée. L'un des deux pose sa main sur le métal docile, tire et, contre toute attente, l'ouvre aussi facilement qu'un cahier.

– Elle n'est pas verrouillée ? je demande, surprise.

– Non, pas en journée. Pour quoi faire ? Tu peux toujours t'enfuir, mais pour aller où ?

Il n'a pas tort. Cette fois, nous nous engageons dans un couloir qui a tout de celui d'une école. Les murs en béton sont couverts d'affiches rappelant les règles de conduite et invitant les élèves à divers ateliers.

**ADHÉREZ AU CLUB DE VOL À LA TIRE !
ENTRAÎNEMENT TOUS LES SAMEDIS
AU MARCHÉ VOISIN.**

NE PAS COURIR DANS LES COULOIRS
SOUS PEINE DE SE FAIRE CONFISQUER SES CHAUSSURES.

Il y a aussi des graffitis dans les coins.

Gavroche + Malandrine = ♥

Miss M**** cette vieille folle**

Qui a encore pissé dans les douches ??

Est-ce que les élèves qui ont tracé ces mots se trouvent toujours dans l'école ? Ou est-ce qu'ils sont déjà partis, Initiés, ne laissant derrière eux que ces petites inscriptions dont un coup d'éponge aura bientôt raison ?

Un peu plus loin, nous passons devant une série de portraits officiels, tous peints et encadrés avec soin. Je reconnais les grands héros du vol : Robin des Bois, Catwoman, Fantômas… J'ai l'impression qu'ils me fusillent du regard, moi, l'intruse, la petite voleuse minable, la trouble-fête dans leur dynastie parfaite.

– On y est. Attends ici qu'on t'appelle, ordonne un des gardes en me montrant la chaise sur laquelle je dois patienter.

De toute évidence, au vu de l'imposante porte qui bloque le passage, nous sommes arrivés devant le bureau du principal. L'homme dont La Buse m'a dit de me méfier, le cœur et le cerveau de cette école, celui-là même avec qui j'ai rendez-vous dans quelques minutes.

Les gardes commencent à rebrousser chemin. Malade de peur, je leur demande :

– Vous me laissez toute seule ?

– Ben oui…, ricane l'un d'entre eux. C'est le boss qui va s'occuper de toi, maintenant.

Au moins, je suis prévenue.

5
Trop de questions

– Bonjour, mademoiselle Larcin.

C'est un secrétaire un peu guindé qui m'a introduite, après une longue attente, dans le bureau de M. Chippe.

Je m'attendais à ce que le principal ait l'air d'un voleur de roman ou, en tout cas, qu'il soit à la hauteur de sa réputation. Un vieux pirate à la barbe répugnante et aux dents abîmées par l'eau de mer. Un cambrioleur rasé de près, à la silhouette assez svelte pour se glisser par les soupiraux les plus étroits. Un espion ténébreux, les yeux voilés de son propre mystère. Mais le principal Chippe ressemble à tout sauf à ces caricatures. Très propre sur lui (un peu trop peut-être, et c'est ce qui met mal à l'aise), il n'a pas plus de plis sur son costume que de rides d'expression autour de sa bouche. On dirait qu'il a lissé son visage au fer à repasser.

– Vous pouvez vous asseoir, dit-il en désignant la chaise qui se trouve en face de lui.

Il a dit : « Vous pouvez », mais ça sonne comme : « Vous devez » – une camisole de force faite de mots.

Il prend tout son temps pour finir d'écrire quelque chose sur un document. J'entends sa plume écorcher très légèrement les fibres du papier, comme s'il les avertissait de se tenir tranquilles, sans quoi il appuiera plus fort. Enfin il lève ses yeux vers moi, d'un lent mouvement du globe oculaire, sans même bouger le reste de son visage.

– Avez-vous fait bon voyage ?

– Euh... Oui, on peut dire ça comme ça.

– Non, mademoiselle Larcin. Personne ne fait « bon voyage » s'il est emmené sans sommation, un sac sur la tête et les mains liées. Et c'est fait exprès pour que le voyage ne se passe *pas* bien. La prochaine fois, j'attends une réponse plus honnête de votre part. Car si vous voulez atteindre vos objectifs, nous allons devoir nouer une relation de confiance, vous et moi. Aussi, je vous repose la question : avez-vous fait bon voyage ?

– Pas tellement, monsieur.

– Bien. Nous pouvons commencer, dans ce cas.

Le principal se tient devant un lourd bureau ciselé, le genre qu'il serait difficile de renverser même dans un accès de colère. Derrière lui, une étagère protège des dizaines de dossiers qui portent, sur le dos, les noms d'élèves que je ne connais pas encore. Il y a un trou là où devrait figurer le mien. Le principal l'a pris entre ses mains, il le tient comme on caresserait un vieux chat de salon.

– Savez-vous pourquoi vous êtes ici ?

– Je crois que mes parents me trouvent nulle en vol.

À son air pourtant imperturbable, je sens que je me suis encore trompée de réponse. Il aspire un peu d'air entre ses dents, dans un sifflement presque imperceptible, et ouvre mon dossier d'un geste sec, dénudant.

– *Dernière d'une famille de trois enfants. Allergique aux crustacés. Aime le gratin de macaronis, les tartelettes aux framboises, mange ses céréales sans lait. Chausse du 35. A un grain de beauté en bas du dos, près des fesses. Sait faire du vélo, nager la brasse (mais pas le crawl ni sur le dos). Compte encore sur ses doigts. A cru à la Petite Souris jusqu'à neuf ans. A utilisé une veilleuse jusqu'à onze ans. Dort roulée en boule sur le côté gauche, en respirant par la bouche. Range sa chambre en entassant les affaires sous le lit. Redoute plus que tout son Initiation*, etc. Et enfin : *A perverti l'Initiation de son frère aîné en commettant un grave impair. Au-delà de son manque d'aptitudes, semble peu intéressée par tout ce qui touche à la carrière de voleur.* Qu'en pensez-vous, mademoiselle Larcin ?

Je suis présentement incapable de penser à quoi que ce soit, bien trop choquée à l'idée que ces informations pourtant si intimes (et qui datent à peine de la veille pour certaines !) sont déjà en sa possession, comme si on avait commencé à grignoter mon existence.

– Tout est vrai, finis-je par lâcher, la voix éraillée.

– En effet, vos parents et vos précepteurs ont été très coopératifs. Ils nous ont dit tout ce qui était susceptible de nous aider dans notre mission.

Mes précepteurs ? Je revois tous ceux qui se sont succédé à la maison, pour nous instruire, Bonnie, Arsène et moi. Nos parents, suivant la grande tradition familiale, ne nous ont jamais envoyés à l'école. De savoir qu'on a contacté ces gens, probablement dans la matinée, pour obtenir des informations...

– Savez-vous où vous vous trouvez ? reprend le principal.

– À l'école des voleurs ?

– Oui. Et savez-vous ce que nous faisons ici ? Quel type d'élèves nous accueillons ?

– On m'a dit que... que c'était une maison de redressement.

Pour la première fois depuis que j'ai rencontré M. Chippe, j'entends son rire. Puissant et rude, il sort de ses poumons sans que pourtant aucune partie de son corps s'agite, comme si on avait branché un haut-parleur quelque part et que le principal s'esclaffait en play-back.

– Redressement ? Non, contrairement à ce que vous croyez, les jeunes gens qu'on nous confie ne sont pas des incapables ou des rebelles. Certains, en effet, doivent étudier avec assiduité pour pouvoir réussir leur Initiation. D'autres doivent être intimement convaincus du bien-fondé de notre mode de vie. Mais beaucoup sont placés ici pour qu'ils puissent se concentrer sur la préparation de leur épreuve... ou parce que c'est la tradition familiale... ou encore parce qu'il n'y a personne pour s'occuper d'eux et que notre mission est aussi de les prendre en charge. Dans tous les cas, c'est une chance pour eux, n'est-ce pas ?

– Je suppose.

– Notre école est réputée pour... *récupérer* celles et ceux qui risqueraient de prendre un autre chemin. Nos anciens élèves sont d'ailleurs reconnus comme d'excellents éléments. Et vous savez pourquoi ? Parce qu'ils ont appliqué nos conseils. Vous verrez que, vous aussi, mademoiselle Larcin, vous finirez par entrer dans le moule. Vous y avez tout intérêt, parce que désormais votre Initiation dépend de moi : je jugerai *si* et *quand* vous devez la passer.

Pendant ce discours qui ne s'adresse pas vraiment à moi, mes yeux se sont mis à vagabonder à travers la pièce. Le mur de droite est couvert de vitrines qui contiennent des objets tous plus fascinants les uns que les autres : des bijoux et des armes, des vêtements suspendus sur des mannequins, des outils exposés sur de beaux présentoirs...

– Ce que je dis ne mérite guère votre attention, à ce que je vois.

La réprimande du principal m'a tirée de ma rêverie.

– Désolée, monsieur, je n'ai pas pu m'empêcher de remarquer votre vitrine. Si vous me permettez... Qu'est-ce que c'est ?

Je repense trop tard au conseil de La Buse : surtout pas de questions ! Mais je sens que j'ai touché juste, car le principal ne peut réprimer un air d'intense satisfaction.

– C'est ma collection personnelle de reliques ayant appartenu à des voleurs et des voleuses célèbres. J'ai mis des années à la constituer, à traquer les plus belles pièces pour leur offrir une place digne d'elles.

Il passe en revue certains de ses objets préférés.

– Voici des bottines totalement silencieuses, qui ne font aucun bruit quand on les porte, même si c'est pour danser la polka. Idéal pour les cambriolages. Oh, et ça, c'est une épée ayant appartenu à la célèbre pirate Mary Read. J'ai connu des gens qui s'en servaient pour se faire une petite cicatrice. Ils croyaient mordicus que cette marque, qu'ils appelaient le baiser de Mary, leur porterait chance. J'ai dû interdire cette pratique après qu'un idiot a failli mourir d'une infection... Et ici, vous pouvez voir un carnet qui a l'air anodin, mais qui recense tous les endroits de Paris où l'on peut se cacher en cas de poursuite. Une petite merveille. Je l'ai récupéré sur le corps d'un receleur qui ne voulait pas le céder.

Je frémis en l'entendant. Est-il en train de m'avouer une agression à demi-mot? Impossible de savoir, la formule est trop allusive. Mon regard est attiré par un petit objet dans la vitrine centrale, un simple crochet de métal si parfaitement lustré qu'il brille sous la lumière des spots.

– Et ça?

– *Elle*? C'est la pièce la plus importante de toute ma collection. Un crochet mythique qu'on surnomme la *Clé des champs*. On dit qu'elle peut forcer n'importe quelle serrure, même la plus inviolable. Mais personne ne sait vraiment comment l'utiliser. Son précédent propriétaire, mon père, Chippe Ier, a disparu après y avoir vraisemblablement eu recours. N'est resté que le crochet sur les lieux de son dernier vol.

M. Chippe se retourne soudain vers moi, les yeux plissés. L'instant de grâce s'est brisé. Je le vois reprendre mon dossier et, tournant une page d'un coup d'index déplaisant, y noter quelque chose.

– Qu'est-ce que vous écrivez ? je ne peux m'empêcher de demander.

– *Pose des questions,* énonce le principal d'un ton neutre.

Aïe. J'aurais dû écouter La Buse. Mais il est trop tard désormais pour ravaler ma curiosité. Le principal finit d'écrire et remet son stylo au garde-à-vous.

– Bien, nous allons devoir terminer cette petite conversation pourtant fort intéressante. Je vais vous présenter le règlement intérieur. Bon, pour toutes les histoires de pétards dans les couloirs et du bon usage des douches collectives, je vous laisserai voir avec les surveillants. Ces petites incartades entraînent des sanctions limitées, bien que désagréables. Non, je veux vous parler des deux règles qui gouvernent notre école. Celles qu'il ne faut transgresser sous aucun prétexte, celles qui vous vaudraient d'être expulsée si vous veniez à les ignorer – et vous ne voulez pas savoir ce qu'il arriverait si nous étions forcés de séparer votre personne... Pardon : de nous séparer de votre personne.

Il prend une inspiration.

– La première de ces règles est la suivante : vous garderez secrète l'existence des voleurs. Il est demandé de faire attention, si vous avez des contacts même très superficiels avec les Marchandeurs locaux, à ne rien révéler de nos activités.

Rien de nouveau pour moi. Ce principe était le même chez mes parents.

– La deuxième règle, enchaîne M. Chippe, est sans doute la plus immuable de l'établissement. Il vous est formellement interdit, pendant toute la durée de votre séjour chez nous, de voler un voleur. Même s'il ne s'agit que de subtiliser un élastique pour les cheveux ou un morceau de fromage à la cantine. Ici, personne ne vole un voleur, vous comprenez ?

Je fais oui de la tête, impressionnée par le ton qu'il a employé et la façon dont ses yeux ont saisi les miens.

– Parfait. Je laisserai les surveillants et vos camarades vous présenter le détail des cours. Vous allez pouvoir y aller.

Je ne sais s'il vient de me libérer ou pas encore. Dans le doute, je me lève, hésitante, le corps à moitié tourné vers la sortie.

– Il reste encore une petite affaire à régler. La boule dans votre poche, qui bouge de temps en temps, c'est votre animal-totem ?

J'ouvre la bouche bêtement, sans pouvoir répondre. Mes doigts se referment machinalement sur Spira, dont le plumage est peut-être la dernière chose sur terre à pouvoir me procurer un sentiment de sérénité.

– Les animaux-totems sont les bienvenus, dans la mesure où ils vous aident à préparer votre Initiation, déclare le principal, mais nous ne pouvons pas tolérer qu'ils se promènent en liberté dans l'établissement. Votre animal-totem – une pie, si mes informations sont justes – sera envoyé à la ménagerie avec les autres. Vous pourrez lui rendre visite de temps en temps, et même la nourrir si vous y tenez.

À peine a-t-il prononcé ces mots que son secrétaire entre dans la pièce, probablement convoqué grâce à un bouton caché sous le bureau. Il tient une cage à oiseau. Sous mes yeux horrifiés, et avant que je puisse tenter quoi que ce soit, il plonge la main dans ma poche et en retire le petit corps noir et blanc de Spira, deux doigts prestement serrés autour de son bec pour la rendre inoffensive.

– Non !

Le mot sort de ma bouche malgré moi, comme une éruption. J'ai l'impression qu'on vient de m'arracher un organe et de le déposer, tout palpitant, sur un plateau. Dans la cage où on l'a enfermée, Spira vole d'un air outré, se cognant frénétiquement aux barreaux. J'ai à peine le temps de lui murmurer : « Shhh... ssshhh... », d'imiter maladroitement le bruit du vent dans les feuilles pour lui donner l'impression qu'elle est encore en liberté, que le secrétaire tourne les talons en l'emportant avec lui. Derrière moi, la voix du principal résonne, pas plus dure qu'avant, mais plus douloureuse parce qu'elle repasse méticuleusement dans les traces de la blessure qu'il vient de m'infliger :

– On va vous conduire dans votre chambre et vous distribuer vos affaires. À bientôt, mademoiselle Larcin. Pas trop tôt, bien sûr. C'est mieux si nous n'avons pas de raison de nous revoir.

6
Visite guidée

J'ai rejoint ma chambre. On dirait une boîte à chaussures grand format. Quatre murs d'un beige déprimant, un lit maigrichon de chaque côté, des bureaux qui se tournent le dos, un couple d'étagères dont l'une, vide, m'est probablement réservée. Aucun doute, la chambre est prévue pour deux personnes. J'essaie de deviner la personnalité de l'autre occupante, mais elle n'a pas laissé beaucoup de traces. Une brosse à cheveux traîne sur ses draps froissés, près de son pyjama roulé en boule. La corbeille à papier menace de déborder. Ce n'est pas une reine du ménage...

Seule dans ce nouveau « chez-moi » qui n'a rien d'accueillant, je me rends compte que je me retiens de pleurer depuis plusieurs heures. Malgré ce qui s'est passé – l'Initiation, la mort de Cabriol, la trahison de mes parents, l'enlèvement de Spira... –, je n'ai pas craqué. Tout me revient comme une seule gifle et je sens monter en moi un grand incendie de larmes, alimenté de rage et de tristesse.

Les jambes soudain tremblantes, je m'écroule sur mon lit et j'enfouis ma tête dans la serviette de toilette qu'on m'a attribuée avec d'autres affaires. La sensation d'étouffement me soulage momentanément; quand il devient impossible de continuer plus longtemps, je repousse le tissu pour prendre une grande bouffée d'air.

Devant moi se tient une fille d'à peu près mon âge, l'air extrêmement gênée. Je ne l'ai pas entendue entrer.

– Pardon, je ne voulais pas te déranger...

– Ce n'est pas ta faute, dis-je, honteuse d'avoir été surprise.

– Je suis Aladina, mais tu peux m'appeler Dina. Il paraît que tu es ma colocataire.

Ainsi, c'est cette petite créature mal assurée, à la voix et aux manières de souris inquiète, avec qui je vais devoir passer le reste de mes jours?

En ce moment, j'ai envie de tout sauf de faire la conversation à quelqu'un. J'étale mes larmes avec les paumes de mes mains; elles sèchent instantanément, laissant une pellicule de sel qui me tiraille la peau. Un peu comme un masque. J'articule aussi calmement que je peux:

– Enchantée, Dina. On ne se rencontre pas sous mon meilleur jour, mais... je suis Robine.

Je commence à ranger quelques affaires en espérant qu'elle me laissera tranquille, mais Dina a manifestement très envie de parler:

– Tu... tu viens d'arriver? Tu dois être fatiguée. Ils t'ont emportée de nuit ou de jour? Oh, je suis bête, on est l'après-midi! Ils ont dû venir te chercher ce matin. Moi, je dormais, j'ai cru qu'un tueur en série m'avait embarquée.

Je te jure, je faisais ma prière dans la voiture ! J'ai été soulagée en découvrant que j'étais à l'école... comme si on m'avait fait une mauvaise blague, mais une blague quand même... Oh, tu as un bracelet ? On n'a pas le droit ici, ils vont te le confisquer. J'adorerais avoir un bracelet. Un jour, j'en ai fabriqué un avec une cordelette. Mais je l'ai jeté à la poubelle par précaution. Autant ne pas attirer les problèmes, tu ne crois pas ?

Le bavardage de Dina m'insupporte. Est-ce que tous les élèves de l'école sont comme elle, avec cet air de servilité qui semble les rétrécir à l'intérieur d'eux-mêmes ? Je l'observe du coin de l'œil, dans l'espoir de lui trouver quelque chose de particulier, un détail qui pourrait me faire penser : « Tiens, je vais peut-être avoir une amie à l'école des voleurs. » Je repère ses cheveux, d'épaisses boucles noires qu'elle a laissées pousser jusqu'à ses mollets.

– Tu as les cheveux drôlement longs, dis-je avec un sourire forcé.

– Ah, merci, tu as remarqué ? Je n'y ai pas touché depuis mon arrivée à l'école des voleurs, et ça fait... un bon moment. J'ai fait le vœu de ne les couper qu'à ma sortie, le jour de mon Initiation.

Comme chaque fois que j'entends ce mot, je frémis. Il me fait l'effet d'un jet d'eau salée sur une coupure fraîche. Ainsi, c'est à ça, et uniquement à ça, que pensent les élèves de l'école ? S'Initier, retrouver la famille qui les a mis de côté, comme si leur séjour ici n'avait été qu'une parenthèse un peu honteuse ? Je referme un peu trop brusquement la trousse de toilette réglementaire qu'on m'a donnée. La fermeture éclair me reste entre les doigts.

– Oups, fait Aladina. Tu vas avoir des ennuis, ils n'aiment pas qu'on abîme le matériel.

– Je vais marcher dans les couloirs, dis-je en ravalant mon énervement.

– Non, attends ! Tu n'es pas encore habilitée ! Ils m'ont dit de te faire visiter et de t'emmener en cours !

Elle attrape un gros sac qu'elle serre contre son cœur, visiblement déstabilisée.

– Alors, attends... Alors, ça, c'est ton emploi du temps... Tiens, voilà tes cahiers... Et puis, il y a aussi les manuels...

Elle me les dépose un à un dans les bras et une pile d'une hauteur inquiétante commence à se former.

– Je crois que le compte est bon, marmonne-t-elle en vérifiant le fond du sac. Hum, hum, chère Robine, déclare-t-elle en s'éclaircissant la gorge d'une façon un peu grandiloquente, permets-moi de te faire visiter l'école des voleurs !

« D'accord, petit singe, je vais te laisser faire le numéro qu'on t'a appris, puisque ça te tient tellement à cœur... »

– Nous nous trouvons, commence Dina en me guidant à travers les couloirs, dans le bâtiment D – pour « dortoir », tu l'auras deviné. C'est ici que nous dormons...

« Sans blague... »

– ... et que nous faisons notre toilette. Il y a un couvre-feu à vingt et une heures. Si on ne le respecte pas, on est privé de sommeil pour le reste de la nuit. Ça m'est arrivé une fois et j'ai eu l'impression de me transformer en zombie. On ne peut pas le rater, le couvre-feu. Il est annoncé par une longue sonnerie. Et les surveillants passent aussi dans les couloirs pour vérifier qu'on l'a entendue.

– Ils sont comment, les surveillants ?

– Ce sont tous d'anciens élèves et, comment dire... Je suppose que ça dépend de chacun. Tu vois, c'est comme si on devenait surveillantes, toi et moi. On n'aurait sans doute pas la même façon de faire.

« En effet. »

– On arrive à la cantine. C'est le bâtiment C – logique, non ? On peut s'y rendre pour prendre le petit déjeuner, le déjeuner, le goûter et le dîner. Contrairement à ce que je pensais en arrivant ici, les repas sont plutôt bons et assez copieux. À croire qu'ils veulent nous engraisser pour l'Initiation ! Non, je plaisante. Mais on ne peut pas leur reprocher de nous affamer.

« De nous affamer physiquement, certes... »

– Il n'y a jamais de dessert au menu, cependant. Par contre, on a droit à deux entrées. Tu trouves pas ça bizarre, deux entrées et pas de dessert ? Bref, peu importe, ça fait partie des petites bizarreries de l'école. Ici, tout a l'air normal, à part des détails perturbants qui te rappellent sans cesse que tu n'es plus chez toi.

J'ai un peu de mal à suivre Dina avec la pile de livres qui m'entrave la vue. Nous n'avons encore aperçu aucun autre élève. Un instant, je sens une bouffée d'angoisse à l'idée qu'il n'y a peut-être *pas* d'autres élèves, que Dina et moi sommes les deux seules pensionnaires de l'école, condamnées à vivre comme un couple de clowns tristes.

Mais soudain, j'entends une voix masculine, chaleureuse et réconfortante, s'élever devant moi :

– C'est la nouvelle ?

J'essaie d'incliner la tête vers la droite, au prix d'une pirouette périlleuse, pour voir qui vient de prendre la parole. J'aperçois une moitié de garçon : une demi-frange tombant sur un œil interrogateur, les cheveux s'entremêlant aux cils, une moitié de bouche et une joue rebondie, creusée par une fossette. J'ai toujours aimé les fossettes, parce qu'elles révèlent quand les gens sourient de bon cœur, sans arrière-pensée. Et justement, la fossette du garçon s'accentue quand son regard croise le mien.

– Voyons, Dina, elle ne peut pas visiter l'école si elle ne voit même pas où elle met les pieds ! On va diviser tes affaires en deux, la nouvelle, et j'en porterai une partie. Tu ressembleras moins à un périscope de sous-marin, comme ça.

Il attrape mes livres, laissant apparaître l'autre moitié de son visage. C'est un grand garçon à la silhouette massive, avec un peu de duvet blond sur le menton. Il a l'air plus âgé que Dina et moi. C'est bizarre, parce que j'ai cru comprendre que l'école n'accueillait les élèves que jusqu'à leur Initiation, vers quinze ans, sauf cas particuliers. En tout cas, j'espère. Sinon, ça signifie que je pourrais y rester beaucoup plus longtemps que prévu...

– Robine, voici Coësre ; Coësre, voici Robine, déclare solennellement Dina. On ferait mieux de continuer, je dois emmener Robine à l'étude et il nous reste...

– Et c'est quoi ton problème ? me demande Coësre en ignorant Dina.

– Comment ça, mon « problème » ?

– Pieds plats ? Phobie du vol à la tire ? Parents voleurs disparus dans un accident d'avion ou une avalanche ? Cousin à la mauvaise réputation ? Tu as fricoté avec un Marchandeur ? Tu ne ranges jamais ta chambre et tes parents ont voulu te donner une bonne leçon ? Allez, dis-nous, il y a forcément une raison à ta présence ici !

– Euh... J'ai joué les trouble-fête pendant l'Initiation de mon frère.

– Oh. Je vois..., murmure Coësre, une nuance de désapprobation dans la voix.

– Je n'avais pas pensé que...

– Ne t'inquiète pas. Quoi que tu aies fait, le résultat est le même. Tu es désormais ici avec nous. Ça te dirait de faire connaissance avec les autres ?

– On doit être en cours à quinze heures ! intervient Dina, visiblement stressée.

– Ça ira, on a encore le temps, répond Coësre du ton de celui qui a pris les choses en main. Comme tu le constates, Robine, nous quittons le bâtiment C pour entrer dans le B. On l'appelle le Bloc. C'est ici qu'on traîne quand on n'a pas cours. À tes risques et périls, bien sûr ! Tu peux y faire de bonnes rencontres, comme de moins bonnes. Mais je te conseille fortement de t'y arrêter, car, si tu continues, tu finiras ta course au bâtiment A – l'administration, autrement dit, le territoire du principal Chippe et des gardes.

Je suis du regard la longue enfilade de couloirs que désigne Coësre. Pour rien au monde je n'y remettrais volontairement les pieds. Je déclare :

– Va pour le Bloc !

En vérité, je suis curieuse de savoir à quoi peuvent ressembler les élèves de cette école. Au départ, je pensais être la seule fille de voleurs au monde à dysfonctionner, peut-être à cause des lamentations de ma mère : « Mais qui m'a donné une fille pareille ? » Un peu prétentieusement peut-être, je croyais que j'étais une exceptionnelle anomalie. En apprenant l'existence de l'école des voleurs, j'ai eu le vertige à l'idée que, dans chaque famille de voleurs, il y a peut-être un mouton noir comme moi.

Coësre nous a conduites dans une pièce peu chaleureuse, meublée de fauteuils en osier, de quelques tables et d'étagères qui contiennent des jeux de société ainsi que du matériel d'entraînement. Sur les murs, quelqu'un a mis les affiches des plus grands films de vol au répertoire : *Ocean's Eleven* et les suivants, la série *La Casa de Papel*, *Le Cerveau*, avec Bourvil et Belmondo…

En pénétrant dans la salle, j'ai l'impression de comprendre confusément la ligne éducative de l'école. Tout est fait pour qu'on ne soit jamais pleinement satisfait. Des fauteuils en nombre, oui, mais pas de coussins. Des affiches, oui, mais en noir et blanc. Deux entrées à la cantine, mais pas de dessert. Se promener dans les couloirs de cette école, c'est comme marcher avec un petit caillou coincé dans la chaussure. Ça n'empêche pas d'avancer, ça ne fait pas souffrir à proprement parler, mais, à chaque pas, on ne peut s'empêcher de se sentir mal à l'aise. Tout est soigneusement conçu pour maintenir notre esprit au garde-à-vous.

Les élèves qui se trouvent dans la salle ont levé la tête en nous entendant arriver.

– Du sang neuf ! ricane l'un d'entre eux.

C'est un garçon assez jeune, mais qui évolue avec une telle aisance et une telle insolence qu'il a l'air d'avoir poussé entre ces murs. Une explosion de taches de rousseur a eu lieu sur son visage. L'instant d'après, il est déjà près de moi et m'inspecte de haut en bas.

– Pas bien grasse, mais propre. Elle vient pas de la rue, celle-là...

– Gavroche, je te présente Robine, déclare Coësre, qui de toute évidence prend son rôle d'intermédiaire très au sérieux.

À une table un peu plus loin, une fille qui médite en étirant des élastiques entre ses doigts ouvre un œil passablement ennuyé.

– Salut, marmonne-t-elle en continuant sa petite gymnastique.

– C'est Malandrine, me souffle Gavroche comme si on se connaissait depuis des lustres. Elle fait ses exercices d'habileté. Faut avoir les doigts musclés pour les cambriolages ! Malheureusement, c'est tout ce qu'elle a de musclé...

– Hé ho, je t'entends, le mioche ! réplique Malandrine en catapultant un de ses fameux élastiques dans la direction de Gavroche.

L'objet poursuit sa trajectoire et vient s'écraser contre le mur du fond, le garçon ayant savamment esquivé l'attaque.

D'autres élèves sont attablés, chacun plongé dans une activité. Certains me saluent vaguement, d'autres avec un peu plus de chaleur, mais tous restent concentrés sur leur tâche. Coësre rejoint un groupe pour entamer une conversation dont je ne saisis pas bien les termes. J'en profite pour poser la pile de livres qui me crispe les bras.

Je sens un vide derrière moi. En me retournant, je vois que Dina n'est plus là. Elle est restée sur le pas de la porte, comme si une barrière invisible l'empêchait de franchir les quelques mètres qui nous séparent.

– Tu ne viens pas? je lui demande.

– Non, non, ça va. On va devoir y aller de toute façon...

Coësre est revenu vers moi avec plusieurs élèves.

– C'est qui ta colocataire? demande l'un.

– Dina, répond Coësre à ma place.

– Pffft... Pas de chance...

– Fais voir ton emploi du temps. Oh, ton premier cours du dimanche, c'est avec Maraude! Y a rien de pire que son bla-bla pour terminer la semaine. Et gnagna la culture des voleurs, la mythologie et tous ces livres qu'elle nous force à lire...

– Il y a cours le dimanche, ici?

– Oui, mais ne t'inquiète pas, on a le mardi pour se reposer!

Encore une de ces petites perversions de l'école des voleurs. Avoir un jour de repos, oui, mais pas le dimanche, trop profondément associé aux grasses matinées, aux croissants et à la paresse. Personne n'aime suffisamment le mardi pour prendre plaisir à s'y reposer.

– Tu veux choisir quelle spécialité, après ton Initiation? me demande Malandrine.

– Spécialité?

– Oui, tu sais, les types de voleurs que nous pouvons devenir. Moi, je voudrais être une cambrioleuse. Déjà, parce que j'aime bien travailler dans le calme et dans le silence. Ensuite, parce que ça me permettrait de découvrir l'intimité des gens : ouvrir leurs tiroirs et en sortir les uns après les autres tous leurs petits secrets !

– Pourquoi est-ce qu'on t'a envoyée ici ? intervient un garçon aux cheveux gras du nom de Kappa.

– Ça n'allait pas avec sa famille, répond Coësre, toujours à ma place.

– Ah ! reprend le dénommé Kappa. Moi aussi, j'avais des problèmes avec mes parents. Du jour au lendemain, ils se sont convertis au marchandisme à cause d'une secte de Marchandeurs qui leur a lavé le cerveau. Moi, j'ai continué à voler. Ils ont tout essayé pour me faire rejoindre leurs rangs, mais j'ai résisté et, finalement, le principal Chippe a proposé de me prendre à l'école des voleurs comme pupille.

– Tu m'as coupé la parole pour raconter ta vie ? s'énerve Malandrine en lui donnant une bourrade. Je voulais savoir quelle spécialité Robine allait choisir !

– Je sais pas trop... Attaque de diligence ? je propose, pour rire.

Elle n'a pas l'air de comprendre la plaisanterie.

– Mais ça n'existe plus depuis des années, les diligences ! Ce serait bien que tu puisses avoir une idée de ta spécialité avant ton Initiation, comme ça, tu pourrais organiser tes coups en fonction de ton projet.

Elle me fourre plusieurs de ses élastiques-muscleurs-de-doigts dans la main.

– Tiens, cadeau ! Au cas où tu voudrais prendre cambriolage, comme moi. En plus, ajoute-t-elle fièrement, ils peuvent servir d'antistress.

J'essaie de lui sourire mais mes lèvres se coincent à mi-chemin. Ils parlent tous autour de moi, j'ai des élastiques dans la main, mon ventre gargouille parce que je n'ai pas mangé à midi, je me demande si j'aurai une paire de chaussettes de rechange ce soir ou si mes parents vont tarder à m'envoyer mes affaires, j'ai l'impression que mon caillou dans la chaussure est devenu un énorme rocher, je n'ai pas eu le temps d'aller aux toilettes, je pense à Spira dans sa cage et je me dis qu'elle doit m'en vouloir à mort de l'avoir amenée ici. J'ai un peu le tournis, à vrai dire.

Quand des cris se mettent à retentir, j'ai d'abord l'impression qu'ils viennent de moi. Mais en voyant tout le monde se ruer vers l'entrée de la salle commune, je comprends que la situation est en train de dégénérer.

7
Un après-midi en enfer

– Laissez-moi !

Je me précipite vers l'entrée du Bloc. Un attroupement d'élèves s'est formé autour de quelqu'un que je n'arrive pas à apercevoir, mais qui, d'après ses cris, a l'air en fâcheuse posture. Je joue des coudes pour m'avancer autant que possible. Aladina se trouve au centre du cercle, face à deux élèves qui la toisent, une fille et un garçon qui se ressemblent comme deux gouttes d'eau.

– On t'a déjà dit de ne plus mettre les pieds au Bloc ! lance le garçon en la repoussant en arrière.

– Je ne suis pas entrée, gémit Dina. Je suis restée sur le pas de la porte…

– J'ai senti ta présence répugnante à au moins cent mètres ! crache la fille, excédée.

Personne ne fait irruption dans le cercle pour mettre fin à l'empoignade. Dina et ses assaillants sont enveloppés d'un brouhaha épais, un concert de murmures outrés ou approbateurs, de ricanements ou de clameurs qui semblent dresser autour d'eux une véritable barrière. J'aperçois Coësre un peu plus loin, au milieu des spectateurs. Son unique fossette a disparu, comme une lumière éteinte.

– Tu ferais mieux de retourner chez toi ! enchaîne le garçon qui fait face à Dina.

– Oui, qu'est-ce que tu attends ? reprend sa comparse. Tu crois que tu vas réussir ton Initiation sans te couvrir de ridicule ?

– Eh bien, on verra ce jour-là ! Si j'échoue, tu pourras venir me cracher dessus comme tu le fais si bien ! Et si je réussis... si je réussis...

Pour seule réponse, ses deux adversaires éclatent de rire. Ils se regardent du coin de l'œil avec dévotion, comme le ferait un couple d'amoureux, mais je devine qu'ils sont frère et sœur. Ils ont le même visage anguleux, comme sculpté au couteau, le même petit creux au-dessus des lèvres particulièrement marqué. Quand ils se déplacent, je peux voir leurs silhouettes athlétiques se dessiner sous leurs vêtements.

– Qu'est-ce qui se passe ? je chuchote à l'oreille de mon voisin de gauche.

– Dina s'est encore mise sur le chemin des jumeaux, répond-il, l'air vaguement ennuyé, comme s'il me faisait un point sur la météo du jour.

– Les jumeaux ?

– Oui, Guilleri et Sélina. Ils ont décidé que Dina ferait mieux de s'endurcir et je me demande bien pourquoi elle prend le risque de les croiser tous les jours.

– Pourquoi ? Qu'est-ce qu'elle a fait ?

– Ce qu'elle a fait ? Ce qu'elle est, plutôt...

Des exclamations emportent ses derniers mots et nous empêchent de poursuivre. La dénommée Sélina a attrapé Dina par sa longue chevelure noire et tire dessus comme sur une laisse. Elle colle sa bouche contre l'oreille de Dina et lui murmure quelque chose qui échappe à la foule, mais dont je pressens, à la détresse qui s'empare du visage de sa victime, la férocité.

– Holà ! Qu'est-ce qui se passe ici ?

Je vois débarquer une femme dont l'uniforme ne laisse planer aucun doute : c'est une surveillante. Son intervention disperse les dernières huées.

– Qu'est-ce que tu fais par terre, toi ? aboie-t-elle à l'adresse de Dina, que Sélina a laissée retomber comme une masse. Et vous, vous devriez être en cours !

Le cercle se défait. Fin du spectacle, chacun retourne à ses petites affaires. En allant récupérer leurs sacs au Bloc, les élèves contournent Dina comme s'il ne s'était rien produit.

La surveillante me lance :

– Tu devrais partir avec les autres, sinon tu ne trouveras jamais ta salle de cours, et ce n'est pas parce que tu es nouvelle que je ne te compterai pas de retard !

Je saisis ma pile de livres et suis la vague d'élèves. Les conversations ont repris, mais leur apparente normalité me met profondément mal à l'aise. Au moment de croiser Dina, je m'arrête et lui demande :

– Ça va ?

Elle me regarde comme si ma question était la plus bête du monde. Et c'est le cas.

– Pars devant, marmonne-t-elle, je dois aller aux toilettes...

Elle s'enfuit dans le couloir sans rien ajouter. Vus de dos, ses cheveux trop longs forment un rideau impénétrable qui la dissimule presque entièrement. Coësre arrive à mon niveau, un peu essoufflé.

– Tu as bien pris toutes tes affaires ? On a cours de maths, et la prof n'aime pas du tout qu'on...

Je l'interromps :

– Qu'est-ce qui vient de se passer, Coësre ?

Il s'ébouriffe les cheveux, l'air gêné.

– Robine, je suis désolé que tu aies assisté à cette scène dès ton premier jour. Il y a des tas de choses formidables dans notre école et j'aurais aimé te les faire découvrir, plutôt que ce regrettable incident. J'espère que tu n'auras pas une trop mauvaise opinion de Guilleri et de Sélina.

– Une mauvaise... opinion ?

– Ils ont leurs défauts, admet Coësre en me souriant sans fossette. Personnellement, je les trouve beaucoup trop rudes. Et Sélina – quelle fille ! – est à peu près aussi douce et compréhensive qu'un bouquet d'orties, si tu vois ce que je veux dire. Mais quand tu les connais sous leur meilleur jour, ils peuvent être de très bonne compagnie. Guilleri a beaucoup d'humour et, sans lui, nos soirées jeux ne seraient pas les mêmes. À ce propos, tu as déjà joué au Monopoly des voleurs ? C'est le même principe que pour les Marchandeurs, sauf qu'on doit cambrioler les maisons au lieu de les acheter.

– Mais ce qu'ils ont fait avec Dina, ils le font avec beaucoup d'autres ?

– Non, non. C'est juste que Dina a... un passif.

– Comment ça, un passif? Tu parles comme un homme politique, Coësre, je ne comprends rien!

Il s'arrête, visiblement contrarié, et attend qu'un groupe d'élèves nous ait distanciés avant de chuchoter:

– Guilleri et Sélina sont à l'école depuis de nombreuses années. Depuis très, très longtemps même... Il paraît qu'ils ont été abandonnés, à la naissance, dans la cour des Miracles. Un vieux mendiant les a découverts dans un couffin, frigorifiés et affamés, et les a pris sous son aile. Bref, c'est ce qu'on raconte... Que ce soit vrai ou pas, ils ont été acceptés très tôt à l'école, par décret spécial. Normalement, la direction ne prend pas de si jeunes recrues. C'est là qu'ils ont rencontré le frère de Dina, qui était élève ici avant elle. On l'y avait envoyé un peu pour les mêmes raisons que toi, si tu veux tout savoir. Un «manque d'intérêt pour la carrière de voleur», comme dirait Chippe. Je ne l'ai pas fréquenté très longtemps, il avait l'âge d'être Initié alors que j'étais encore petit. Je me souviens seulement qu'un jour, les surveillants ont fait irruption dans les chambres pour nous demander si on savait où il était passé. Il avait disparu. Comme ça, du jour au lendemain. On a appris par la suite qu'il avait fugué. Il avait pris sa brosse, son savon et sa serviette de toilette avec lui. Ça a été considéré comme un vol, et il a été banni à tout jamais de la société des voleurs.

– Mais on l'a retrouvé?

– Oui, et c'est bien ça le problème! Il s'est installé dans un village de Marchandeurs où il exerce un travail honnête. Pour la famille de Dina, ça a été le début des ennuis. Qu'un de tes proches devienne Marchandeur, et volontairement en plus, c'est la honte absolue ! Il paraît que les parents de Dina se sont retirés dans un genre de monastère pour échapper aux pressions. Ils ont envoyé Dina ici pour qu'elle n'emprunte pas la même voie que son frère. Je dirais que tous les élèves prennent cette tâche très à cœur, mais pas toujours de la façon la plus amicale... comme Guilleri et Sélina.

– On parle de moi par ici ? Je suis une vraie célébrité, ma parole ! susurre près de nous une voix féline qui me fait sursauter.

Sélina me dévisage. Chaque fois qu'elle bat des cils, j'ai l'impression d'être passée au crible. Indéniablement, elle a la beauté rude de ceux qui ont dû lutter pour grandir. Je l'imagine, bébé, déposée malgré le froid et l'obscurité dans la cour des Miracles, s'époumonant pour se faire entendre d'un passant.

Je m'attends à ce qu'elle m'écrase comme un insecte, mais, à ma grande surprise, elle me dit d'un ton presque chaleureux :

– Je suis ravie de rencontrer la sœur de la grande Bonnie Larcin en personne. J'ai suivi tous ses exploits dans ma jeunesse. Quelle misère, ce braquage raté... Elle méritait tellement mieux ! C'était un vrai modèle pour nous. J'avais même une poupée à son effigie, tu te rends compte ? J'espère qu'elle sortira bientôt de prison. Avec un peu de chance, elle deviendra notre nouvelle prof de maths – tout plutôt que cette vieille peau de Latro !

– Chut, souffle Coësre, on arrive devant sa salle !

Ainsi, tout le monde ici connaît ma famille ? Je sais que la réputation de mes parents les précède et que Bonnie a eu son petit quart d'heure de gloire, mais il ne faudra pas longtemps avant que les autres s'aperçoivent que je n'ai pas grand-chose en commun avec ceux qu'ils idolâtrent. Je me demande combien de temps je pourrai jouer le rôle de la voleuse modèle avant que le masque tombe. Et surtout ce qu'il m'arrivera à ce moment-là, s'ils me réserveront le même sort qu'à Dina et aux autres « traîtres »...

Je n'ai pas le temps de m'inquiéter davantage : le flux des élèves m'entraîne dans la salle. Pendant que je cherche une place libre du regard, tout le monde me double. Il règne dans la classe une tension sous-jacente. Je l'apprendrai plus tard à mes dépens, mais chaque cours à l'école des voleurs est une chasse sauvage dont les proies sont à l'avance inconnues.

Il ne reste plus qu'une seule place, à côté d'Aladina. Comment a-t-elle pu rejoindre la classe si discrètement, comme si de rien n'était ? Je cherche sur son visage les marques des larmes qui ont coulé un peu plus tôt, mais elle a su effacer toutes ses émotions.

À peine ai-je posé mes affaires sur la table qu'une vieille femme entre dans la salle. Elle avance à si petits pas qu'on la croirait montée sur des roulettes. De ce que je devine, il s'agit de Mme Latro, la prof de mathématiques.

– Hum, asseyez-vous à côté de votre binôme, grommelle-t-elle en sortant un à un chaque stylo de son sac, comme si elle préparait des instruments chirurgicaux.

Toi, là-bas, viens, oui, viens, j'ai besoin d'aide. Tends les bras, ne bouge plus et tiens mon sac. Je ne retrouve plus mon stylo bleu. Il a encore dû tomber tout au fond, le vilain…

Elle le cherche pendant un temps qui me paraît interminable et finit par extirper victorieusement un stylo on ne peut plus insignifiant, dont elle teste aussitôt la pointe sur une liste d'appel.

– Ah oui, nous accueillons une nouvelle aujourd'hui, Robine, c'est cela, Robine Larcin, je coche présente, hum…

Je me lève pour qu'elle me voie, mais elle reste pliée en deux sur sa feuille. Un murmure moqueur parcourt la classe. Je me rassois mortifiée.

– Sortez votre cahier, hum, nous allons… Quoi, tu n'es toujours pas retourné à ta place? Qu'est-ce que tu fais encore là, à tenir mon sac comme un portemanteau ambulant? Comment ça, *je ne te l'ai pas dit*, mais tu n'as donc aucune autonomie à ton âge? Eh bien alors, reste là puisque c'est ce que tu sais si bien faire. Non, non, interdiction de regagner ta place maintenant, reste là! Je disais donc: nous allons revenir au problème de mathématiques appliquées de la dernière fois. Quelqu'un peut relire la consigne?

Une main se lève quelque part dans la classe:

– *Soit un tunnel à creuser depuis la cellule d'une prison jusqu'à une forêt. Il y a 320 m entre les deux. Le sujet a le choix entre une pelle pouvant extraire 10 cm*^{3} *toutes les 5 s, mais exposée à un frottement ralentissant la tâche d'1/15 tous les 50 m, et une pioche pouvant extraire jusqu'à 17 cm*^{3}

toutes les 7 s mais exposée à un frottement ralentissant la tâche d'1/13 tous les 100 m. Quel outil doit-on privilégier?

– Bien, bien, on se remet au travail! lance Mme Latro en tapant dans ses mains comme pour chasser une bande de pigeons.

Un peu perdue, je sors une feuille et j'essaie de poser un calcul, mais les chiffres s'effritent devant mes yeux.

– Je n'ai jamais fait ça! je souffle à Dina, qui s'est plongée dans l'exercice.

– Commence par tout noter méthodiquement, répond-elle.

Il me manque la moitié des données. Je me penche vers mes voisins de derrière, soulagée de reconnaître une fille avec laquelle j'ai parlé un peu plus tôt.

– Tu peux me dire si c'est dix-sept ou dix-neuf centimètres cubes, pour la pioche?

Elle me regarde comme si j'avais lâché un gros mot et, sans répondre, se remet à gratter sur sa feuille. Je fais de même, mais la panique m'envahit: je ne comprends rien. Rien de rien.

Je me retourne d'un coup en détectant une présence irritante derrière moi. Le petit visage flasque et mal moulé de Mme Latro est braqué sur moi. Je me demande si je l'ai perçue à son parfum trop lourd ou à cet instinct mystérieux qui nous avertit au moment de manger un aliment avarié. Être près de Mme Latro, c'est comme avoir une gigantesque crise d'eczéma avec interdiction formelle de se gratter.

– Voilà, Robine, hum, tu as pris le train en marche,

n'est-ce pas ? N'oublie pas de faire un schéma du problème avant de rendre ta feuille. Tu as une règle ?

– Je n'ai pas encore reçu mes affaires...

– Oh là là, mais il te faut une règle ! Va voir Portemanteau là-bas, et, hum, demande-lui de t'en donner une.

Je ne suis pas certaine qu'elle soit tout à fait sérieuse mais, devant son air insistant, je finis par me lever et marcher jusqu'au bureau où l'élève attend toujours, les bras repliés en forme de présentoir, tenant le sac en crocodile de Mme Latro. Il me jette un regard haineux avant de me tendre une règle qui se trouve sur le bureau.

Quand je reviens, le visage de Dina s'est animé.

– Regarde ! me dit-elle, tout excitée. J'ai fait la partie du problème sur la pelle, tu penses que c'est juste ? Si tu t'occupes de celle sur la pioche pendant que je recopie mon brouillon, on pourrait avoir f...

– ON A TROUVÉ !

Je reconnais immédiatement la voix de Coësre, qui brandit sa feuille comme un passeport pour la liberté. Aussitôt Mme Latro se remet en marche de son pas d'automate. L'équivalent d'un sourire de satisfaction a soulevé ses bajoues.

– Formidable, formidable, aussi rapide que d'habitude, vous deux. Vous allez passer au tableau pour expliquer la solution à vos camarades moins bien réveillés ce matin ou, hum, moins bien dotés par la nature. Alors, qui de la pelle ou de la pioche...

Le reste de sa phrase se perd dans un radotement

incompréhensible tandis que tous les élèves, sauf le duo gagnant, se murent dans la déception.

– Qu'est-ce qu'ils ont gagné ? je demande à Dina.

– Un privilège.

– Un quoi ?

– Un privilège, répète-t-elle sans plus d'explications.

Tout à coup, je sens de nouveau l'intense démangeaison que j'ai éprouvée un peu plus tôt. Mme Latro se trouve dans mon dos, ses yeux clignotant sous ses verres grossissants.

– Et ce schéma, Robine, ça avance ?

Je passe le reste du cours à copier la correction que Coësre et sa binôme exposent fièrement au tableau. Mais pour moi, c'est comme si j'alignais les mots d'une langue étrangère les uns à la suite des autres. J'ai à peine fini de noter que la sonnerie retentit et que le groupe m'entraîne vers un nouveau cours.

– Qu'est-ce qu'on a maintenant ?

– Sport ! répond un élève.

Formidable. Ce n'est décidément pas ma journée. Si je ne comprends pas grand-chose en mathématiques, je brille par ma nullité pour tout ce qui touche à la course, au lancer de poids et même au yoga. Ce n'est pas que je n'aime pas le sport, non, c'est le sport qui ne m'aime pas. Et il ne se prive pas de me le faire savoir.

C'est lui qui m'emmêle les pieds quand je commence à courir. C'est lui qui ramollit mes bras quand je porte un objet lourd ou qui me fait boire la tasse quand j'essaie de nager. Pour un hors-la-loi, cependant, il est vital de savoir escalader ou s'enfuir le plus vite possible. Mon père aime à répéter : « Il faut deux choses pour faire un voleur : un cerveau et une bonne paire de jambes. » Pour me transformer en reine du sprint et de la grimpette, mes parents avaient recruté ce coach en musculation qui s'était mis en tête de m'obliger à me déplacer en permanence avec un pack de bouteilles d'eau. Aller aux toilettes ? Mettre la table ? « Pas sans le pack d'eau, interdiction de le poser ! » Il y avait aussi eu ce yogi de renommée internationale qui me faisait prendre des poses si contorsionnées que je n'arrivais plus, après ça, à remettre mon corps à l'endroit.

Dès que je l'ai vu, j'ai su que M. Voldingue, le prof de sport de l'école des voleurs, s'inscrirait dans cette lignée de bourreaux.

– Allez, tous en place pour le parcours du combattant ! aboie-t-il en nous faisant ranger le long de la ligne de départ. Mettez-vous en binôme, comme d'habitude. Robine, tu es avec Aladina ?

Je contemple, effarée, la série d'obstacles qui se dressent devant moi : fossé, ponts de corde, parois, poutres, tunnels... J'en regretterais presque mon ancien coach en musculation et son ridicule pack d'eau. Comme chaque fois que je m'apprête à courir, je sens mon ennemi intérieur se glisser près de moi, s'asseoir sur mon dos pour m'alourdir, peser sur mes poumons pour les dégonfler comme des ballons de baudruche.

Dès le top départ, tous les autres élèves sont devant moi. J'essaie de suivre Dina qui, avec ses airs de petit singe, est remarquablement habile. Elle est déjà en train de s'attaquer au mât. Quand j'y arrive à mon tour, je m'efforce lamentablement de soulever mon corps pour le hisser aussi haut que possible, mais je retombe comme une crêpe. Une fois. Deux fois. Trois fois... « Bon, me dis-je, est-ce que de toute façon un être humain normalement constitué est fait pour grimper le long d'un poteau ? On vit dans des maisons, pas dans des arbres, pas vrai ? » J'en suis à ces considérations philosophiques quand la silhouette de M. Voldingue apparaît devant moi.

– Pousse avec tes pieds ! martèle-t-il.

Je me propulse de quelques centimètres et j'enserre le poteau pour tenir ; mais là encore, comme au ralenti, je me sens glisser inexorablement, avalée par la gravité, dans l'affreux couinement que produisent les semelles de mes chaussures collées à la barre de fer.

– Pousse ! répète Voldingue.

Même chose.

– Recommence.

Les élèves ont pour la plupart fini le parcours et nous rejoignent, essoufflés et transpirants, pressés d'assister au spectacle.

– Re-com-men-ce, scande Voldingue. Sauf que, cette fois, tu es prévenue : si tes fesses touchent le sol d'une façon ou d'une autre, je t'envoie avec ton binôme faire dix tours de stade.

– Pourquoi elle aussi ? je demande en me plaquant au poteau pour essayer de ralentir la chute. Elle a fini le parcours, je l'ai vue !

– Ici, on gagne ensemble ou on perd ensemble.

Comme dans la vraie vie, comme quand les flics débarquent et que tu te retrouves dans le fourgon avec ta bande, répond Voldingue, impitoyable.

Je croise le regard de Dina et je tente de formuler: «Désolée» avec mes yeux, mais c'est le moment que choisit mon corps pour rencontrer le sol dans un *paf* sonore.

Voldingue nous désigne le stade de la main.

– Vous savez ce qu'il vous reste à faire, les filles...

En passant devant le groupe des élèves pour rejoindre le stade, je distingue sur leurs visages un mélange de déception et de surprise. Ils avaient entendu parler de moi comme de la sœur de Bonnie, l'icône de toute une génération de voleurs, et voilà qu'ils découvrent une impotente de premier ordre, pas fichue de grimper à un poteau. Ils viennent de comprendre en un après-midi que ma place dans la hiérarchie ne sera pas très élevée, que je ne fais pas partie des meilleurs, des meneurs, des chefs de meute, ceux auxquels les autres veulent à tout prix ressembler. Et leur déception fait écho en moi à celle de mes parents, pour toutes les fois où je n'ai pas su sauter assez loin, frapper assez vite, lancer assez fort. Sauf que, pour les humains, il n'existe pas de service après-vente, on ne peut pas les échanger contre un modèle moins défectueux...

Le stade nous tend les bras dans le soir tombant. Sans mot dire, Dina se met à courir, d'une foulée légère qui résonne à peine sur le sol. Les muscles encore paralysés par l'épreuve, je peine à revenir à sa hauteur pour lui dire:

– Dina, attends ! Je suis… désolée, je… ne savais pas… qu'il allait… te punir… aussi…

– C'est comme ça ici, déclare-t-elle sans animosité ni révolte. Quand on réussit, on reçoit un privilège, et quand on rate, une condamnation. Ce n'est pas très grave, tu sais, j'aime bien courir. Ça me donne l'impression d'avoir des ailes.

8
La gladiatrice

Lorsque j'ouvre les yeux, le lendemain matin, je ne reconnais pas tout de suite l'endroit où je suis. J'ai dormi si profondément, épuisée par ma journée de la veille, que je n'ai même pas réussi à rêver. Ou peut-être que c'est l'école des voleurs qui absorbe nos rêves pour que nous ne puissions pas nous évader dans le sommeil.

C'est quand j'aperçois le dos de Dina, encore endormie dans son lit, que le fil des événements me revient. Je passe les mains sur mon visage pour achever de me réveiller. Leur contact râpeux me surprend: ma lutte ridicule avec le poteau a laissé des traces.

Un instant, je repense à ma chambre chez mes parents. Plus douillette, mieux chauffée, avec des affiches aux murs et quelques vieilles peluches dont je n'ai jamais eu le cœur de me débarrasser, parmi lesquelles une pie en peluche qui m'a accompagnée bien avant Spira. Mais ce souvenir ne me réconforte pas. Je me rends compte que je ne me suis jamais vraiment sentie chez moi. Comme une invitée chez mes parents, plutôt. Leur locataire. Le sentiment de solitude qui m'accueille ce matin, je le connais mieux que personne. Je le retrouve tel un vieil ami. Il a pris la forme d'un dortoir inhospitalier, traversé par la respiration d'une étrangère, mais c'est bien le même.

Je me traîne jusqu'au miroir de la chambre. Il me renvoie mon reflet qui me fait la tête. Il y a quelque chose qui m'a toujours désespérée chez moi, c'est que je n'ai rien de remarquable. Cheveux châtains. Yeux marron. Le teint ni vraiment clair ni vraiment foncé, à mi-chemin entre celui de ma mère et celui de mon père. Même mon nez n'est pas assez long pour être intéressant. S'il était immense ou tordu, je pourrais en faire un sujet de lamentations, je pourrais l'accuser de me pourrir la vie. Mais non, il vient ponctuer de normalité un visage tout aussi normal.

Quand je me vois dans la glace, je sais que je ne pourrai jamais être une héroïne. Elles ont toujours un physique spécial, les héroïnes. De grands yeux bleus pour les princesses, des jambes interminables pour les aventurières. Moi, je plisse les yeux bizarrement et mes jambes me servent uniquement à tenir debout. Le seul détail qui pourrait me distinguer, c'est un grain de beauté en forme d'étoile dans le bas de mon dos, si bien caché que je dois me contorsionner pour l'apercevoir. Mais ça ne sert à rien : vu son emplacement, je ne peux même pas le montrer aux autres !

Je crois savoir pourquoi les gens ne m'apprécient pas

trop au premier abord. C'est parce que je me fonds dans le décor. Ça les inquiète, car ils oublient facilement mon existence. Comme je suis petite et fine, il m'est très facile de me glisser dans les ombres d'une pièce. Mais soudain ils se rendent compte que j'étais là, avec eux depuis tout ce temps, et ils se demandent ce qu'ils ont laissé transparaître devant moi. Ce n'est pas rassurant, quelqu'un de trop banal, ça risque de vous observer en secret.

J'ai à peine le temps d'enfiler quelques habits que la porte de la chambre s'ouvre. Un surveillant se tient dans l'encadrement, silhouette sombre sur un fond aveuglant.

– C'est bien toi, Robine ?

– Oui… Pourquoi ?

– Suis-moi, tu es demandée.

Je lui emboîte le pas, glacée à l'idée de me retrouver chez le principal Chippe. Est-ce qu'il a entendu parler de mes exploits de la veille ? Peut-être qu'il me croit tellement irrécupérable qu'il a décidé de me réexpédier chez mes parents ? *Madame, Monsieur, désolé, nous ne pouvons rien faire pour cette jeune fille que nous vous conseillons de faire adopter par un cirque ou un zoo. Très cordialement.*

Mais c'est dans une chambre somme toute banale et très proche de la mienne que me conduit le surveillant. À l'intérieur, je reconnais le profil familier de Coësre, marqué d'une fossette.

– Entre, Robine !

Le surveillant referme la porte derrière moi. Qu'est-ce qui peut me valoir une telle escorte chez un de mes camarades ?

La chambre de Coësre n'est pas très différente de la mienne. Elle contient deux lits : le second est inoccupé, mais on voit, aux draps fraîchement froissés, que son propriétaire a dormi dedans. Coësre est toujours couché, enveloppé dans une grande robe de chambre qui souligne son corps massif.

– J'ai utilisé mon privilège pour une entrevue avec toi, m'explique-t-il.

– Ton privilège ?

– Oui, tu sais, hier, en cours de maths...

– Ah ! Tu pouvais choisir ce que tu voulais ?

– Dans la limite du raisonnable, oui. J'ai pensé qu'il serait bon que nous ayons une petite conversation de bienvenue, toi et moi. Tout s'est déroulé si vite, hier. Prends une chaise, assieds-toi.

Je tire le siège qui se trouve près de son bureau, couvert de livres et de papiers en tout genre, et je me place en face de lui. Il a l'air d'un petit roi dans son lit, un petit roi qui aurait décidé de m'accorder un tête-à-tête, confortablement installé.

– Alors, Robine, comment as-tu trouvé cette première journée ?

– ... Instructive.

– Lors de mon premier jour, j'ai vomi dans le couloir. Je crois que le garçon qui a marché dedans ne m'a toujours pas pardonné.

– C'est vrai ? Tu as l'air tellement à l'aise. Je pensais que tu t'étais senti comme chez toi dès le départ.

– C'est venu plus tard. Comme ça viendra pour toi, probablement.

– Je peux te poser une question ?

– Je t'en prie, vas-y.

– Tu as l'air plus âgé que le reste d'entre nous. Qu'est-ce que tu fais encore ici ?

Je vois qu'il ne s'attendait pas à ça. Son visage se chiffonne un peu : j'ai vexé le petit roi. Il m'arrive souvent d'avoir, comme ça, très envie de poser une question indiscrète. Elle s'impose à moi comme un bourdonnement d'oreilles dont on prend soudain conscience et, quand je la formule, je sens que j'ai visé juste.

– Eh bien, dit Coësre en tripotant le col de sa robe de chambre, si tu veux tout savoir, je suis déjà Initié. Mais pour des raisons personnelles, l'école continue de m'accueillir jusqu'à ce que je sois assez âgé pour occuper un poste en son sein : surveillant d'abord, responsable de la scolarité ensuite.

Je me rends compte, alors qu'il me fait cet aveu, que son visage présente tous les signes de l'adolescence, jusqu'au bataillon de boutons qui envahit son front. Mais avec son air poupon, Coësre a l'air d'un éternel enfant, sans âge véritable, comme mis sur pause. J'ai l'impression que, si je le rencontre dans une vingtaine d'années, il aura vieilli sans changer et qu'il ressemblera à un déplaisant bébé ridé.

– Quoi qu'il en soit, Robine, reprend-il sans s'appesantir sur le sujet, je voulais profiter de ce moment privilégié pour te donner un conseil. Pour survivre dans cette école, tu dois trouver tes armes.

Je comprends de moins en moins ce qu'il me raconte. Je répète bêtement :

– Mes armes ?

– Oui… Imagine que tu es une gladiatrice en train de te préparer pour un terrible combat. Un de ceux dont tu ne sais pas si tu sortiras entière, ou même vivante. Tu sais ce que sont les gladiateurs, n'est-ce pas ? Ces hommes qu'on envoyait se battre dans une arène.

– Ah, d'accord, tu ne parles pas de vraies armes !

– Oui, c'est juste une comparaison, Robine, répond-il d'un air agacé.

– Ouf, je croyais que j'allais vraiment devoir me battre.

– Bon, on reprend ? On te conduit dans une pièce dans laquelle se trouvent toutes les armes possibles et imaginables. Des épées, du poison, des masses, des lances, des fouets. On te demande de choisir la tienne. Mais attention, ta décision t'engage : tu ne pourras pas en changer. Imagine, si tu prends la mauvaise et que tu te retrouves plus tard en mauvaise posture ! Alors, Robine, quelle arme choisirais-tu ? J'espère que tu as compris : il faut que tu fasses les bons choix pour que ton année ici se passe bien.

Il laisse planer ses mots, apparemment très satisfait de son discours auquel je n'ai pas compris grand-chose. Tout ce que je vois, c'est un grand gaillard engoncé dans sa robe de chambre, en train de m'expliquer le fonctionnement d'une vie dont il a été implacablement mis à l'écart.

Sans me laisser réfléchir davantage, Coësre se redresse et émerge de son lit. Il introduit soigneusement ses deux pieds nus dans des chaussons moelleux et m'adresse un dernier sourire avant de m'inviter à sortir.

J'ai l'impression d'avoir passé une audition avec une star, et de l'avoir ratée. En me dirigeant vers le réfectoire pour prendre mon petit déjeuner, je consulte l'emploi du temps et je m'aperçois que le prochain cours est sur le point de commencer. L'intitulé reste mystérieux : *Miss Maraude, culture, au cloître*. Un cours de culture ?

Dans le réfectoire, je remarque une chose très bizarre. Alors qu'il y a une formidable profusion de pots de confiture, de compositions toutes plus fantaisistes les unes que les autres – fraises loukoums, oranges cacahuètes... –, on ne trouve pas une seule tranche de pain destinée à être tartinée.

– Excusez-moi, je lance à la personne responsable du buffet. Est-ce qu'il y a du pain quelque part ?

– Pas de pain, lâche-t-elle laconiquement, mais servez-vous.

– Comment ?

– Avec la cuillère.

N'osant pas la contredire, je plonge une cuillère dans le pot de « fraises loukoums » et je dépose le tas de confiture au centre de mon assiette. Ce faisant, je comprends que l'absence de pain le matin est préméditée, comme toutes les petites bizarreries de l'école des voleurs. Qui aurait envie de manger de la confiture sans tartine ? Un peu, bien sûr, par curiosité, par gourmandise peut-être, mais l'écœurement viendrait vite noyer toutes les autres sensations et nous inciter à ne pas recommencer. On n'est privé de rien, ici, mais c'est comme si on essayait de nous contrôler de l'intérieur, de nous dresser contre nous-même.

J'ai à peine le temps de me laver la bouche, encore pâteuse de confiture, que la sonnerie se met à retentir. Suivant le plan du bâtiment, j'arrive devant une salle étrange, dont les murs sont recouverts de lumières artificielles qui imitent incroyablement bien celle du soleil, sans la sensation de chaleur cependant. Des plantes poussent de toutes parts, sortant des interstices de la pierre, grimpant le long des parois et retombant en rideaux touffus entre les sièges et les tables. Cet endroit n'a rien d'une salle de classe ordinaire.

– Bienvenue au cloître! m'accueille une femme à la peau sombre.

Au milieu de sa petite forêt, elle a l'air d'une sorcière égarée. Il n'y a encore aucun autre élève, juste elle et moi.

– Bonjour... Miss Maraude, c'est ça? dis-je, craignant d'écorcher son nom.

– Celle-là même. Tu es Robine, je suppose? Assieds-toi, nous allons parler un peu avant que les autres arrivent.

Sa voix est aussi douce et enveloppante que le fauteuil dans lequel je me laisse tomber, encore un peu sur mes gardes.

– Je suis ravie de t'accueillir au cours de culture, Robine.

– On va jardiner?

Elle éclate de rire.

– Non, non! Et d'ailleurs, pas besoin. Sais-tu que j'ai choisi ces plantes pour leur étonnante aptitude à survivre en milieu hostile, sans qu'on ait besoin de leur apporter de soins ? Regarde ce magnifique chiendent, capable de se faufiler même parmi les briques les mieux scellées. Et ce lierre, que les gens passent bêtement leur temps à arracher de peur qu'il envahisse leur terrain. Ce sont ces plantes que les Marchandeurs appellent « mauvaises herbes » et qu'ils ont le mauvais goût de vouloir arracher, alors même qu'il suffit de les laisser croître pour admirer leur extraordinaire pulsion de vie.

Pendant son discours enthousiaste, les élèves ont commencé à entrer au compte-gouttes. Je repère Coësre, qui a quitté sa robe de chambre, mais aussi les jumeaux Sélina et Guilleri, fiers et implacables. Dina se glisse à son tour dans la salle, se frayant un passage entre les bras tortueux du lierre. Et tous les autres – Gavroche et Malandrine, la fille aux élastiques… – nous rejoignent en traînant les pieds. À leur air blasé d'avance, je comprends que le cours de Miss Maraude ne remporte pas un franc succès parmi les élèves.

– Malandrine, déclare Miss Maraude d'une voix redevenue professorale, veux-tu servir la tisane de pissenlit à tes camarades ? Connue pour ses vertus dépuratives, je vous le rappelle – dépurative, ça veut dire que vous urinerez mieux ce soir.

Quand Miss Maraude s'assoit dans son fauteuil, sa longue jupe ondule autour d'elle comme des pétales.

– Bienvenue à tous, déclare-t-elle en attrapant sa tasse pleine à ras bord de tisane de pissenlit. Aujourd'hui, nous allons reprendre notre cours sur les Marchandeurs. Sonia Main-d'Or, peux-tu rappeler à tes camarades ce que nous avions dit la dernière fois ?

Une grande fille, que je reconnais comme la binôme de Coësre, prend la parole :

– Les Marchandeurs ont énormément de préjugés sur ceux qui vivent en marge de leur société et qu'ils considèrent de façon abusive comme des voleurs.

– Tout à fait, reprend Miss Maraude. Merci, Main-d'Or. Alors que les voleurs se retrouvent dans toutes les couches de la population, y compris les plus hautes… Pensons aux spécialistes de la fraude fiscale, par exemple.

– Oh, je connais ça ! s'exclame une fille. C'est quand on triche pour les impôts ! Mon père est conseiller en fraude fiscale et je veux travailler avec lui plus tard.

– C'est une carrière très en vogue, soupire Miss Maraude, bien qu'elle manque un peu de panache. Souvenez-vous que nous sommes les héritières et héritiers des bandits de grand chemin, que diable ! Je reprends… Les Marchandeurs, donc, ont l'habitude de traiter de voleurs ceux dont ils se méfient. Au Moyen Âge par exemple, les gens disaient que les Juifs volaient les organes pour se livrer à un monstrueux trafic. Rumeur absurde, bien sûr. Longtemps également, ce sont les Roms, un peuple d'origine indo-européenne, qui ont été accusés d'être des voleurs d'enfants. Guilleri, laisse mes chardons tranquilles, veux-tu ?

– Aïe !

Guilleri met son doigt, où perle une goutte rouge, dans sa bouche. À côté de lui, les chardons de Miss Maraude, intacts, semblent le défier.

– Quelqu'un a des questions ? reprend posément la

prof, en continuant de clouer du regard Guilleri à son siège.

– Est-ce que vous ne pensez pas que nous avons des idées fausses sur les Marchandeurs, dans cette école comme ailleurs ?

J'ai à peine élevé la voix mais, dans le silence las, ma question a résonné comme si j'avais crié. Tous les élèves se sont raidis sur leurs sièges. Sélina me fusille du regard et Coësre secoue lentement la tête de droite à gauche, comme pour dire : « Non, ne fais pas ça. » Est-ce qu'ils croient que je vais les dénoncer pour ce que j'ai vu hier, la scène avec Dina, ce qu'on lui fait à cause de son frère ? Miss Maraude se penche vers moi et je devine, à l'enthousiasme qui l'anime soudain, qu'elle n'a pas l'habitude qu'on lui réponde.

– Des idées fausses sur les Marchandeurs, Robine ? Tu peux développer ?

– Eh bien, déjà, on m'a toujours dit que, de peur qu'on leur vole l'air qu'ils respirent, les Marchandeurs retiennent leur respiration si longtemps que ça les fait enfler comme des ballons. Ma tante Rapte raconte aussi qu'ils vendent leurs propres enfants quand ils en ont trop. Quand on était petits et qu'on faisait trop de bruit, elle nous disait : « Taisez-vous ou je mets une annonce pour vous vendre comme le font les Marchandeurs ! »

– Assurément, Robine, certaines de ces légendes sont grotesques. Mais elles ont un fond de vérité. Sais-tu que certains Marchandeurs sont si assoiffés de profit qu'ils ont, au cours de leur histoire, acheté par milliers d'autres êtres humains pour les faire travailler comme des bêtes ? Ils appelaient ça des esclaves. Souhaites-tu vraiment gaspiller ton énergie à prendre la défense de tels individus ?

– Et pourquoi pas ? Pas les vendeurs d'esclaves, bien sûr ! Mais quelle raison avons-nous d'interdire toute relation avec ceux qui, tout simplement, n'aiment pas voler ?

– Oh, tu penses qu'ils *n'aiment pas* voler ? Mais au contraire, ils ne rêvent que de ça ! C'est leur désir le plus profond, de s'approprier le bien de leurs voisins. Leur drame est qu'ils n'osent pas. Ils sont écrasés par la honte et dévorés par l'avidité. Une vie de Marchandeur, Robine, c'est une vie de chien. Ils la passent à travailler sans répit pour gagner un ridicule salaire qu'ils auront vite fait de dépenser en s'achetant quantité de babioles inutiles, et ce jusqu'à leur mort.

Tout le corps de Miss Maraude s'est animé pendant qu'elle parlait. Si sa peau n'était pas déjà si sombre, je dirais qu'elle a blêmi. Le long des murs, les bras du lierre se sont crispés à l'unisson de sa colère. Soudain, j'éprouve de nouveau cet instinct mystérieux : le besoin pressant, urgent, de poser une question dont je sais d'avance qu'elle va viser juste et qu'il faut la saisir au vol comme un boomerang.

– Pourquoi est-ce que vous détestez tellement les Marchandeurs ?

Miss Maraude se rejette dans son fauteuil. Je la sens désarçonnée.

– Je ne les déteste pas, proteste-t-elle. Je… je suppose qu'il est l'heure de clore cette passionnante discussion et de vous rendre votre liberté relative.

– Miss, clame un élève, il faut distribuer les privilèges et les condamnations !

– Ah oui, c'est vrai, j'avais presque réussi à oublier cette absurde coutume. Eh bien, un privilège à Robine, pour avoir sorti ce cours de sa mollesse habituelle – et donc pour sa binôme Aladina. Quant à la condamnation… Je suppose que je pourrais te condamner, Guilleri, pour avoir si peu fait honneur à ma tisane de pissenlit. Tu crois que je ne t'ai pas vu vider ta tasse dans le pot du lierre ? Mais va, je te pardonne, je réussirai bien à t'y faire prendre goût un jour ou l'autre. Pour demain, je voudrais que vous fassiez des recherches documentaires sur le mythe des voleurs d'enfants au Moyen Âge, dont nous avons parlé un peu plus tôt. Il ne me reste plus qu'à vous dire au revoir !

Les élèves sortent de la classe un à un, slalomant entre les lianes. Sélina, qui de toute évidence n'a pas apprécié mon intervention, me bouscule en passant à côté de moi. Tandis que je fouille dans mon sac à la recherche de mon emploi du temps, une élève que je ne connais pas encore s'avance dans ma direction et demande :

– Robine ? Je peux te parler ?

Je reconnais la binôme de Coësre, une fille corpulente et chaleureuse. Elle a l'air d'avoir deux sourires, parce que le pli de son double menton répète celui de ses lèvres.

– Oui, évidemm… Oh !

Je sursaute en remarquant un détail choquant : il lui manque la main droite. Elle rit de mon embarras et dit en agitant son moignon devant mon visage :

– C'est ça qui te fait peur ?

– Je suis désolée, je ne voulais pas…

– Pas grave, laisse tomber. Ça surprend au premier abord, et puis on s'y fait. Je m'appelle Sonia, au fait, mais tu peux dire Main-d'Or, comme tout le monde.

– Tu es la binôme de Coësre, c'est ça ? Même si ce n'est pas ton colocataire ?

– Oui, ce sont deux choses différentes. Tu sais que, Coësre et moi, nous sommes le binôme qui a cumulé le plus de privilèges depuis la création de l'école ?

– Ah…

– D'ailleurs, en parlant de privilèges, j'ai été très impressionnée par ta prestation en cours de culture.

– Ma prestation ? J'ai juste posé des questions…

– Oh oui, c'était un grand moment ! s'exclame Dina, qui vient s'incruster dans la conversation. Qu'est-ce que tu vas faire de ton privilège, Robine ?

Comme toujours, la présence de Dina provoque chez moi une petite gêne. Il y a dans sa façon de chercher l'affection des autres quelque chose d'irritant. Malgré moi (et je n'en suis pas fière), je comprends pourquoi les élèves ne l'aiment pas.

– Je sais ! continue Dina. Tu pourrais aller à la ménagerie voir ton animal-totem ! C'est la première chose que je voulais faire en arrivant à l'école. Est-ce que je peux utiliser mon privilège pour venir avec toi ?

– Je ne me sens pas très bien, dis-je. Sûrement la tisane de pissenlit. Je vais aller me reposer un peu avant le prochain cours.

Je laisse Dina, ses yeux suppliants braqués dans mon

dos, et Main-d'Or, qui semble presque outrée que j'ose lui fausser compagnie. Mais c'est pour m'arrêter juste après avoir tourné au coin du couloir. À vrai dire, la proposition de Dina a réveillé en moi le désir de voir Spira, de vérifier si elle va bien, de caresser ses plumes pour y trouver un peu de réconfort.

Je suis l'enfilade des couloirs jusqu'à l'administration, retenant mon souffle en longeant le bureau du principal. J'ai l'impression qu'il suffirait d'un rien pour qu'il détecte ma présence. J'arrive devant une porte sur laquelle est marqué en gros le mot MÉNAGERIE. En la poussant, je découvre une petite pièce dans laquelle se tient un homme en blouse.

– Qu'est-ce que tu veux ? grogne-t-il. Ce ne sont pas les horaires de visite, retourne au Bloc.

– J'ai un privilège de Miss Maraude... Je voudrais voir mon animal.

Le vétérinaire déchiffre avec suspicion le petit papier que je lui tends, celui-là même que la prof de culture m'a donné à la fin du cours précédent.

– Bon, vas-y. Pas plus d'un quart d'heure.

Il ouvre le portillon qui se trouve derrière son bureau et me laisse pénétrer dans la ménagerie proprement dite.

L'endroit est plein d'odeurs et de bruits mélangés, comme un zoo. Je défile devant des cages de toutes tailles, cherchant Spira au milieu d'une multitude d'animaux. Je croise un macaque indonésien, connu pour subtiliser les affaires des touristes, un drongo, capable d'imiter le cri d'autres animaux pour s'emparer de leurs proies, deux coucous voleurs de nids, une fouine et même un crabe de cocotier, tout seul dans son aquarium. Ils font peine à voir. Tous semblent anesthésiés par la captivité, reclus dans un coin de leur cage. Ils me prêtent à peine attention quand je passe près d'eux, trop occupés qu'ils sont à somnoler ou à finir leur interminable toilette.

– Tcha cha cha !

Je me retourne d'un bond en entendant le cri de Spira. Une pie qui jacasse, ça se reconnaît. Elle est là, dans la cage où on l'a enfermée hier. Elle titube sur l'étroit perchoir, les plumes mal lissées et l'œil vide, elle qui d'habitude a le regard si vif.

– Spira ! Qu'est-ce qui t'arrive ?

Je tends ma main pour la glisser aussi loin que possible entre les barreaux, mais ils sont si serrés que je ne peux introduire que quelques doigts. Je n'arrive pas à toucher ma pie et elle, tout engourdie, ne cherche même pas le contact. Elle émet de nouveau un « Tcha... cha... » plaintif, comme si elle actait ma présence, mais c'est tout.

– C'est bon, tu as trouvé ton animal ? crie derrière moi la voix du vétérinaire. Il te reste dix minutes. Ne m'oblige pas à venir quand le temps sera écoulé, j'ai déjà fait ma ronde !

Tout en murmurant une chanson-pie pour Spira, je repense à cet objet que le principal Chippe m'a montré la veille : le crochet censé pouvoir forcer n'importe quelle serrure. La Clé des champs, c'est ça. Est-ce qu'il ouvrirait aussi la cage de Spira ? Ce n'est probablement qu'un ridicule bout de métal. Dans un endroit comme l'école des voleurs, il semble impossible de croire aux légendes. Et pourtant, si brillante dans la vitrine, la Clé des champs vibrait comme une promesse. À bien y songer, elle avait l'air faite dans un matériau inconnu, plus dense que la moyenne. En la saisissant, je pourrais la sentir encore tiède de toutes les mains qui l'ont touchée avant moi, même des siècles plus tôt.

Spira s'est assoupie, probablement de fatigue. J'essaie de m'éloigner sans faire de bruit, le cœur lourd, mais le macaque se jette contre les barreaux de sa cage quand je passe près de lui et le crabe de cocotier fait claquer ses pinces pour me dire au revoir. Je ne sais pas si j'aurai la force de revenir souvent, si c'est pour voir Spira et les autres animaux dans cet état.

Ce soir-là, bien après être rentrée de la ménagerie, je fais un rêve bizarre. Je tiens la Clé des champs dans la main. La sensation est presque électrisante. J'avance vers une porte pour la déverrouiller, mais je me trouve en fait dans une salle avec des dizaines de portes différentes. Impossible de savoir vers laquelle me diriger. Dans ma paume, la Clé des champs commence à me brûler. En voulant la lâcher, je m'aperçois qu'elle a fondu, coulant dans ma ligne de vie jusqu'à la sertir de métal, au prix d'une douleur atroce qui me réveille en sursaut au beau milieu de la nuit.

9
La dernière chose que prend un voleur

Au bout de plusieurs semaines à l'école des voleurs, les jours commencent à se ressembler. Chaque matin, je me réveille en ouvrant les yeux sur la même scène : les murs nus, les tas de livres et de vêtements, Dina de dos recroquevillée dans son lit. Et cette image m'accompagne le reste de la journée. Le soir, quand je me couche, je referme sur elle mes paupières et je l'emporte dans le sommeil.

Plus le temps passe, plus ma vie d'avant me paraît irréelle. Est-ce que j'ai vraiment vécu chez mes parents ? Est-ce que je dégustais des tartines en buvant des gorgées de lait chaud, dans le brouhaha des discussions familiales ? Je ne peux pas dire que j'ai oublié, bien sûr, mais j'ai du mal à me souvenir du quotidien, comme s'il s'agissait moins de mon passé que d'une vie antérieure ou d'une histoire qu'on m'aurait racontée.

C'est en tout cas ce que je ressens le jour où, quelque temps après mon arrivée à l'école, un surveillant vient me déposer les affaires envoyées par mes parents. Ils ont mis tous mes habits dans une grosse valise, le tout rangé avec tant de soin et de délicatesse que je comprends le message : c'est leur façon à eux d'exprimer leur affection. Dans une pochette, je trouve même un petit mot d'Arsène.

Salut Robine,

J'ai appris que tu étais partie pour l'école des voleurs. Je n'aurais pas cru dire cela un jour mais… reviens vite, je ne veux pas être fils unique à la maison ! Maman est tout le temps sur mon dos, elle veut qu'on organise un grand cambriolage ensemble… Je t'avoue que je n'ai pas le cœur à voler en ce moment. Sans Cabriol, ça n'a plus la même saveur. Quand tu seras de retour après ton Initiation, on pourra peut-être se lancer dans un projet à deux ? En attendant, ne fais pas trop de dégâts à l'école, Poltrombine. Je te laisse avec cette devinette à laquelle tu pourras penser chaque fois que tu te sentiras un peu déprimée : quelle est la dernière chose que prend un voleur ?

Je retourne le papier et lis la réponse au dos : *la poudre d'escampette.*

Drôle ou pas drôle, sa blague me fait sourire. Derrière les quelques piques, c'est probablement la chose la plus gentille qu'Arsène m'ait jamais écrite. Je plie le mot en tout petit pour pouvoir le glisser dans un de mes cahiers, comme un porte-bonheur.

La vie à l'école est rythmée par les Initiations des élèves, qui constituent notre seule perspective. Lors de mes premiers jours ici, un garçon que j'avais à peine croisé a passé son Initiation. Les surveillants ont organisé une grande fête dans le réfectoire, au cours de laquelle on a eu le droit de manger ces desserts qui d'habitude manquent si cruellement lors des repas. On s'est adressés à l'Initié comme s'il était devenu quelqu'un d'autre, quelqu'un d'important. Les élèves lui ont préparé une carte sur laquelle chacun a noté un mot d'encouragement. Je ne savais pas quoi mettre car je ne le connaissais pas bien, alors j'ai dessiné le portrait de son animal-totem, un raton laveur que j'avais aperçu à la ménagerie. Le lendemain, l'élève en question a quitté l'école et on n'a plus entendu parler de lui, à part quand les enseignants le mentionnent pour nous inciter à suivre son exemple. Du jour au lendemain, il est devenu comme une statue de musée ou un nom de rue inconnu.

Je suis toujours aussi irrécupérable dans toutes les matières excepté la culture. Mme Latro, la prof de mathématiques, me regarde désormais d'un œil mauvais quand j'entre dans la salle et je crains chaque fois de devenir son nouveau «portemanteau». En travaux manuels, je mets le feu en créant un mélange censé masquer les empreintes digitales. Une autre fois, je couds une cagoule si mal faite qu'elle manque de m'étouffer lorsque je l'enfile. Je repense souvent au surnom que je traîne depuis des années et qu'Arsène a employé dans sa lettre : Poltrombine. Décidément, il me va bien.

Les autres me considèrent comme un danger public, surtout depuis l'incident en cours de travaux manuels, pendant lequel la moitié droite du visage de Coësre a pris un sérieux coup de chaud. Contrairement à Coësre et Main-d'Or, qui raflent toutes les récompenses, Dina et moi formons le binôme qui, évidemment, récolte le plus de condamnations. Dina subit moqueries et bousculades avec une ténacité qui me surprend. Le soir, elle brosse ses longs cheveux noirs, ceux qu'elle refuse de couper avant son Initiation, comme si elle les débarrassait de toutes les tensions de la journée. L'apaisement au prix de chaque boucle démêlée.

Un soir, je la vois rentrer dans notre chambre, le dos plus courbé qu'à l'ordinaire.

– Qu'est-ce que tu as ? je lui demande.

Elle me répond que ce n'est rien, mais sans se tourner vers moi. Je me déplace pour la voir de face. Tout son visage, barré d'un énorme M, a rougi comme s'il avait été frotté violemment.

– C'est pas grave, insiste Dina devant mon air horrifié. Juste un petit rappel de Sélina. M pour Marchandeur, tu saisis ? J'ai essayé de l'enlever sous la douche mais je crois bien qu'elle a utilisé un stylo indélébile.

Si j'étais l'amie de Dina, je passerais mes doigts le long du M pour en apaiser la brûlure. Mais au lieu de cela, je sens monter en moi une immense colère, contre l'école, contre ceux qui y sont passés et ceux qui en sont sortis, contre ceux qui rêvent d'y aller et ceux qui la redoutent, et en cet instant précis, toute cette colère se cristallise sur Dina, qui range ses affaires de toilette, les mains tremblantes.

– Et qu'est-ce que tu vas faire? Rien, comme d'habitude?

– Comment ça, rien? répond-elle brusquement. Je devrais m'inspirer de toi, peut-être? Regarder par la fenêtre en soupirant et rêver au moment où je pourrai mettre les pieds dehors? Moi, j'ai le courage d'aller retrouver mes ennemis chaque jour et de soutenir leur regard, et même de prendre le thé avec eux à seize heures! Je n'ai aucune leçon à recevoir de Poltrombine!

Elle se rue sur la porte et disparaît dans un tourbillon de cheveux. Je n'ose pas bouger. Mon surnom, dont je lui ai parlé dans une conversation, m'a clouée sur place plus sûrement qu'une gifle.

C'est la première fois que je me dispute avec ma colocataire. Je voudrais en parler à quelqu'un, mais ici tous les gens de mon âge sont soit des robots, soit des fantoches. Et si j'allais rendre visite à Miss Maraude?

D'accord, c'est risqué d'aller trouver sa prof de culture, le soir après les cours, pour lui raconter ses problèmes personnels. S'ils le savaient, les autres me traiteraient probablement de fayote ou de lèche-bottes. Et Miss Maraude pourrait me mettre à la porte en disant qu'elle n'a pas que ça à faire. Mais je repense au cloître, à ses herbes folles comme dans un jardin sauvage, au sourire chaleureux et à la folie douce de son occupante. C'est le seul endroit où j'ai envie d'être en ce moment. Celui où rien ni personne ne pourra venir me débusquer, une cachette secrète rien qu'à moi.

Je jette un coup d'œil à l'horloge. Il est tard, presque l'heure du couvre-feu, ça va être serré. Je me glisse dans le couloir en espérant que Miss Maraude sera encore à son poste. Aucune trace de Dina, juste quelques élèves qui reviennent des douches. Je traverse l'école jusqu'au bâtiment des cours. C'est toujours bizarre d'errer dans une école la nuit tombée. Des lieux si fréquentés la journée, il ne reste qu'un décor de carton-pâte un peu lugubre, une scène de crime en puissance.

De la lumière filtre sous la porte du cloître. J'y frappe le plus doucement possible mais, dans le silence impeccable du couloir, mon *toc-toc-toc* fait un bruit d'éléphant. Pendant un trop long moment, personne ne répond. Je m'apprête à repartir quand la porte s'entrouvre de quelques centimètres. Le visage de Miss Maraude apparaît dans l'encadrement, vidé de son énergie, si différent de ce qu'il affiche en cours. Et j'ai l'impression... Non, ce serait vraiment trop bizarre... Pourtant si, on dirait qu'elle a pleuré. Mais les profs ne pleurent jamais, pas vrai?

– Ah, Robine, souffle-t-elle. Qu'est-ce que tu fais ici si tard? C'est presque l'heure de la fermeture. Et je ne suis pas vraiment en état de te recevoir.

Je bégaie:

– Je ne voulais pas vous déranger...

– Tu es toujours la bienvenue, j'ai seulement... mes *humeurs*. Reviens demain, d'accord?

Soudain la sonnerie se met à hurler, transperçant le bâtiment.

– Le couvre-feu! murmure Miss Maraude. Il te reste trois minutes pour retourner au dortoir. Dépêche-toi!

– Non, attendez ! En fait j'ai besoin d'aide parce que... parce que... je veux partir d'ici. Je déteste cet endroit ! Envoyez-moi n'importe où ailleurs, même dans une école de Marchandeurs, si vous voulez vraiment me punir !

– On aimerait tous fuir ce qui nous fait peur, Robine. La vérité, c'est que ce n'est facile nulle part. Tu n'as qu'à chercher quelque chose pour te changer les idées, pour *t'évader un peu*, d'accord ? Un loisir, un projet... Un bon livre peut-être ? Je t'en prêterai un à l'occasion. Allez, on en reparlera.

Elle referme la porte du cloître dans un claquement sec. Je perds quelques précieuses secondes à la fixer bêtement. Je ne peux pas m'empêcher de repenser aux yeux rougis de Miss Maraude. Si même les adultes commencent à perdre pied...

La sonnerie continue, atrocement stridente. Aussi vite que possible, je fais le chemin en sens inverse vers le dortoir, les pieds léchés par les ombres qui s'étirent à mesure que les lumières artificielles déclinent. À chaque virage, je m'attends à voir La Buse ou un autre garde m'attraper par le col pour une petite mise au point.

J'arrive devant le dortoir au moment précis où la sonnerie agonise. Un surveillant se trouve devant la porte, barrant le passage de tout son corps.

– Ouf, juste à temps ! dis-je, essoufflée.

– Comment ça, juste à temps ? Il faut être dans sa chambre quand la sonnerie s'arrête.

– Mais...

– Tu connais la règle. Si tu ne veux pas dormir à

l'heure, libre à toi, mais tu passeras une nuit blanche. On verra si ça te plaît toujours, demain, quand tu seras en train de te scotcher les paupières pour les garder ouvertes en cours !

Le surveillant m'embarque à travers les bâtiments – retour à l'envoyeur. Cette fois-ci, quand nous passons devant la porte du cloître, le rai de lumière qui filtrait tout à l'heure a disparu. Mon bourreau me fait marcher jusqu'à la ménagerie, plus exactement jusqu'à une pièce située sous les cages, là où tous les excréments des animaux sont jetés en vrac. L'odeur me saisit à la gorge, je manque de vomir. C'est fou comme ça sent mauvais, un animal qui a peur.

– Voilà de quoi t'occuper cette nuit ! lance-t-il en me tendant une balayette usagée. Je reviendrai dans deux heures pour voir comment tu t'en sors. Et je te conseille d'avoir avancé, à moins que tu veuilles recommencer demain...

Il me laisse au milieu des crottes et des fientes, dans le concert des bruits d'animaux qui me parviennent de l'étage supérieur.

Au début, je ramasse les ordures d'un bon rythme, me maudissant intérieurement d'être sortie si près du couvre-feu. Et moi qui croyais que Miss Maraude allait m'aider ! Tout ça pour se faire rembarrer avec un conseil complètement inutile ! J'essaie de garder l'esprit clair, mais peu à peu le manque de sommeil me plonge dans un brouillard confus. Mes gestes deviennent mécaniques – pelle, balayette, poubelle, pelle, balayette, poubelle. Il n'y a ni horloge ni fenêtre dans ce dépotoir géant, rien qui permettrait de guetter le retour du surveillant. Il avait dit qu'il reviendrait au bout de deux heures, et je suis sûre que le temps est dépassé. Est-ce qu'il m'a oubliée ? Et si oui, qui viendra me chercher ici ? Balayette, pelle – non, je me trompe, c'est l'inverse.

Soudain, je me fige, en alerte. Il y a quelqu'un dans la pièce. Mais c'est impossible, j'aurais vu la porte s'ouvrir, j'aurais entendu la serrure cliqueter… Pourtant, j'en suis convaincue. C'est comme quand vous vous réveillez dans le noir, et que vous *savez* qu'une autre personne se trouve à côté de vous. Quand quelqu'un, dans votre dos, regarde votre nuque avec trop d'insistance, au point que ça vous picote à la racine des cheveux. C'est ça, je sens… une présence.

Je m'agrippe à la balayette pour me raccrocher au contact du plastique, à la réalité. C'est peut-être simplement une créature de la ménagerie égarée au sous-sol ? Mais je n'ai jamais ressenti quelque chose d'aussi fort avec un animal, ni même avec un être humain. On dirait que l'air bourdonne derrière moi. Ça émet une drôle de chaleur, et surtout ça semble… vivant. Je jurerais entendre une respiration et des battements de cœur qui pulsent, dans l'intervalle des miens. Et quoi que ce soit, ça grossit, comme si la présence se rapprochait de moi.

Je me précipite, terrifiée, vers la porte du dépotoir, sans oser regarder en arrière, et je tambourine à m'en rompre les poings.

– Hé ho ! Venez me chercher ! Vous m'entendez ? Y a quelqu'un ?

– … *quelqu'un*, fait une voix derrière moi, une voix qui ressemble étrangement à la mienne.

C'était l'écho. La pièce est vide, maintenant.

Quand la porte se rouvre enfin, je suis recroquevillée dans un coin, hagarde. Une silhouette se détache dans l'encadrement. Je plisse les yeux, aveuglée par la lumière, jusqu'à reconnaître le surveillant qui m'a amenée ici la veille.

Il jette un regard satisfait sur la pile d'excréments que j'ai rassemblés et s'exclame :

– Bravo pour ton travail !

Et aussitôt, il tire sur une ficelle, déclenchant l'ouverture d'une trappe dans le plafond. Un nouveau flot d'immondices dévale dans la pièce. Ce que j'ai fait n'a servi absolument à rien, ce n'était pas le but. Hébétée par le manque de sommeil, je suis à deux doigts de me mettre à rire nerveusement.

– Viens, dit le surveillant, tu as juste le temps de te laver et de te changer avant d'aller en cours.

– Vous étiez passé où, cette nuit ? Vous deviez revenir au bout de deux heures.

– Comment ça ? grommelle l'homme, visiblement gêné. Tu te prends pour mon chef ou quoi ?

À son air embarrassé, je vois que ma question a appuyé là où ça fait mal. Aucun doute, il m'a laissée à la ménagerie pour aller faire quelque chose de pas très avouable. L'air rageur, il fond soudain sur moi et m'attrape le poignet.

– T'as pas intérêt à aller raconter n'importe quoi à n'importe qui ! On s'est compris, toi et moi ?

Il n'a pas l'air de plaisanter. S'il y a quelque chose que j'ai appris de la fréquentation des voleurs pendant toute mon enfance, c'est qu'il y en a qu'il vaut mieux ne pas provoquer. Je hoche la tête, plus épuisée qu'en colère, et m'engouffre à sa suite vers la liberté. Tout en le suivant, je guette le long des murs une trace de la présence que j'ai sentie cette nuit, un petit bout d'ombre qui pourrait m'indiquer que je n'ai pas totalement rêvé. En regagnant l'étage principal, le sentiment de ne pas avoir été seule s'efface jusqu'à paraître de plus en plus absurde.

Je voudrais pouvoir me faufiler discrètement jusqu'aux chambres mais, en quittant la ménagerie, nous tombons au milieu d'un attroupement. Quelque chose a donné un coup de pied dans la grande fourmilière : les élèves, d'habitude si bien rangés et silencieux, semblent pris de panique. En me voyant, Coësre se détache du groupe et vient à ma rencontre, l'air catastrophé.

– Ah, Robine, on te cherchait ! Le principal veut nous rassembler dans la grande salle pour faire une annonce. Cette nuit, un voleur a été volé.

10
Dans les boîtes

Tout en suivant les élèves qu'on guide vers la grande salle de l'école, celle d'ordinaire réservée aux réceptions, je surprends des bouts de conversation agitée : « Qu'est-ce qui a été volé cette fois ? », « Tu crois que le coupable avouera rapidement ? », « La dernière fois, ça a duré tellement longtemps... »

De plus en plus déboussolée, je tire Coësre par la manche.

– Comment ça, *un voleur a été volé* ? Qu'est-ce qui se passe ?

– Chippe a diffusé une annonce par les haut-parleurs ce matin, tu n'as pas entendu ? Il disait que la règle d'or de l'école, l'interdiction de voler un voleur, avait été enfreinte cette nuit et que le protocole allait être enclenché. Dis donc, tu sens drôlement mauvais ! Qu'est-ce qui t'est arrivé ?

– Le protocole ? je répète en ignorant sa question.

– Oui, ce qui se passe quand ce genre d'incident a

lieu. Ce n'est pas une première dans l'histoire de l'école, même si les conséquences sont… redoutables. Et cette fois, je ne sais pas ce qui s'est passé mais ça a l'air particulièrement grave. La voix de Chippe dans le haut-parleur… Je ne l'avais jamais entendu parler comme ça… Il avait l'air presque ému.

Difficile à imaginer, en effet, de la part du principal glacial et guindé qui m'a accueillie à l'école.

Ça y est, nous voici dans la grande salle. Elle est décorée comme la cour des Miracles, ce lieu mythique où, pendant des siècles, se rassemblaient tous les voleurs et les mendiants de Paris. Sur les murs sont peintes les façades de vieilles bâtisses, sombres et biscornues. Le plafond, un trompe-l'œil imitant un véritable ciel nuageux, donne l'impression d'être en plein air. Nous nous asseyons à même le sol, face à une immense estrade sur laquelle se trouve le principal, immobile et muet, accompagné de plusieurs gardes parmi lesquels je reconnais La Buse.

À côté de moi, Coësre fronce les sourcils, apparemment toujours aussi sensible à l'odeur que m'a laissée mon séjour dans les bas-fonds de la ménagerie. Mais en cet instant mon hygiène est la dernière chose dont je me préoccupe. Je pressens, à l'effervescence des élèves, aux lèvres mordillées et aux mines soucieuses, que le pire est devant nous.

Le principal Chippe attend le silence total avant de prendre la parole.

– Chers élèves, je vous ai réunis ce matin parce que,

pendant la nuit, un incident extrêmement grave a eu lieu. Vous savez que celui qui vole un voleur s'expose à une punition à la hauteur de son geste. Mais cette fois-ci, ce n'est pas n'importe quel objet qui a disparu…

Le principal prend une inspiration laborieuse avant de lâcher :

– Quelqu'un est entré par effraction dans mon bureau et a dérobé la Clé des champs.

Un murmure interrogateur parcourt le groupe des élèves. Certains demandent à voix basse ce qu'est la Clé des champs. Même si je ne l'ai pas vue depuis des semaines, je me souviens parfaitement d'elle : le petit crochet censé ouvrir toutes les portes, que Chippe gardait dans son bureau comme la pièce maîtresse de son musée personnel, sa relique la plus précieuse. Je sens le rouge me monter aux joues. J'ai pensé à la Clé des champs il n'y a pas si longtemps, j'ai désiré mettre la main dessus pour pouvoir libérer Spira… Heureusement que personne ne lit dans les pensées.

– Vous savez comment l'enquête va s'organiser, reprend Chippe. D'ici peu, vos surveillants vont vous mettre dans les boîtes et vous n'en sortirez que quand le nom du coupable aura été dévoilé, soit que quelqu'un le dénonce, soit qu'il se livre de son plein gré. Si cette étape donne lieu à un résultat, la sanction sera, disons, raisonnable. Relativement raisonnable. Dans le cas où nous ne connaîtrions pas l'identité du coupable à la fin de l'épreuve, nous entrerions, vous et moi, dans le domaine de l'inconnu. Un tel cas ne s'est jamais présenté.

Qu'est-ce qu'il entend par là ? Cette fameuse épreuve

des « boîtes » serait si redoutable qu'elle permettrait de résoudre toutes les affaires de vol à l'école ? Je n'ai pas la possibilité de réfléchir davantage. Les surveillants nous poussent hors de la grande salle, dont j'abandonne le plafond-ciel avec regret, vers un autre lieu que je ne connais pas. Il s'agit d'une salle bizarre, au milieu de laquelle se trouve un grand cercle composé de petites cabines pas plus grandes qu'un cercueil, collées les unes aux autres. À n'en pas douter, ce sont les fameuses boîtes. On doit pouvoir s'y tenir debout ou, si l'on n'est pas bien gros, accroupi les jambes repliées contre soi. Aucune ouverture ne permet de voir ce qu'elles contiennent.

– On va vraiment devoir entrer là-dedans ? je demande à Coësre.

Il n'a pas le temps de répondre : des surveillants nous empoignent pour nous placer chacun devant une boîte. Un signal sonore retentit quelque part et, d'un coup, les portes des cabines s'ouvrent toutes en même temps. À l'intérieur règne un noir total. Soudain, une main vigoureuse me projette à l'intérieur de la boîte. Deuxième signal sonore : j'entends la porte se refermer derrière moi.

Pendant un instant, je perds le sens de la gravité. Il n'y a plus ni haut ni bas dans la boîte, juste le contact oppressant des cloisons qui m'entourent et qui semblent se rapprocher à chaque inspiration. Je me répète intérieurement : « C'est juste une impression, Robine, reprends-toi. » Je ferme les yeux et les rouvre en espérant qu'ils se seront habitués à l'obscurité, mais je n'arrive même pas à distinguer mes propres mains.

« Réfléchis. » Évaluer la boîte, tout d'abord, l'apprivoiser. Je tâte les parois de chaque côté sans pouvoir étendre les bras. La cabine est aussi petite qu'elle en avait l'air de l'extérieur. « Ce n'est pas grave, imagine que c'est quelqu'un qui t'a prise dans ses bras et qui te serre fort. »

Peu à peu, je recouvre le sens des réalités. J'entends mon cœur tambouriner dans la boîte, comme si celle-ci s'était réduite aux dimensions de ma cage thoracique. « Tant qu'il bat, c'est que tu es vivante. » Je guette les bruits ou les mouvements de l'extérieur, mais je n'en perçois aucun. La cabine doit être insonorisée.

À force d'écouter le silence, je commence à entendre de petits coups sur ma gauche. On dirait que quelque chose essaie de pénétrer à l'intérieur de ma cabine. Un rat ? Une créature pire encore, qu'on aurait fait entrer pour me torturer ? Je me plaque sur la paroi opposée dans une tentative dérisoire pour lui échapper. La boîte est trop petite, elle me trouvera forcément.

Mais le bruit s'intensifie. C'est trop régulier pour venir d'un animal (un animal normal, en tout cas). Tremblante, je tends la main dans le noir, m'attendant à ce que des dents ou des griffes la saisissent. Mes doigts découvrent, au centre de la cloison, une petite plaque ronde que j'arrive à faire coulisser. Derrière, un trou, pas plus grand que celui d'une serrure. On dirait qu'il relie ma cellule à celle qui se trouve à côté. Lorsque je colle mon oreille dessus, une voix très basse mais distincte s'en échappe :

– C'est pas trop tôt !

Je reconnais Main-d'Or. Je suis tellement contente

d'entendre quelqu'un que je lui sauterais au cou, si je pouvais. Et avec Main-d'Or, j'ai l'impression qu'il ne peut plus rien m'arriver de grave. Elle a gagné le respect des élèves comme des profs. C'est la meilleure élève de l'école, mais elle ne s'en vante jamais, et elle ne s'en excuse pas non plus. Son moignon, lisse et brillant, me fascine chaque fois que je l'aperçois. Je ne peux pas m'empêcher de me demander ce qui lui est arrivé. On raconte que Main-d'Or, dotée d'une exceptionnelle habileté qui lui a valu son surnom, vient d'un pays où l'on coupe les mains des voleurs, qu'elle aurait subi ce châtiment et que, depuis ce jour, elle s'est juré de devenir la meilleure voleuse possible pour garder intacte sa deuxième main.

– Main-d'Or, c'est toi ?

– Oui… Et toi, c'est Robine, pas vrai ? Je suis dans la cabine à ta gauche. Regarde à droite, il y a un trou aussi.

Je tâtonne jusqu'à sentir une autre plaque. Après l'avoir déplacée, j'entends la voix de Coësre s'élever de l'autre côté :

– Tu m'entends ?

– Oui, Coësre, c'est moi, c'est Robine !

Je reviens vers Main-d'Or et lui souffle à travers le trou :

– Il y a Coësre de l'autre côté ! On va rester longtemps ici ?

– Ça dépend. Jusqu'à ce que quelqu'un se dénonce. Et ça peut prendre du temps. À vrai dire, ça n'arrive pas souvent, les mises en boîte. Faut être fou pour violer la première loi de l'école ! Et puis les dernières fois, c'était pour des broutilles. J'arrive pas à croire que quelqu'un ait volé la Clé des champs. La vache. C'est comme si on avait embarqué la tour Eiffel.

– Mais qu'est-ce qu'elle a de si précieux ? C'est qu'un passe-partout, un vieux machin dans la collection de Chippe…

– C'est là que tu te trompes, Robine. Bien sûr, c'est génial de posséder un crochet qui force toutes les serrures. Mais il y a une autre légende qui entoure la Clé des champs, une légende beaucoup plus fascinante. On dit qu'elle a été créée il y a très longtemps par le dieu des voleurs lui-même et qu'elle pourrait ouvrir un passage *vers un autre monde.*

D'ordinaire, je ne crois pas trop aux légendes. Mais les mots de Main-d'Or, chuchotés dans le noir, résonnent au plus profond de moi. Un autre monde… Qu'est-ce qu'elle entend par là ? Un monde parallèle, qui ressemblerait au nôtre ? Ou complètement différent, peuplé de créatures qui n'existent pas ici ? Je me souviens de la première fois que j'ai vu la Clé des champs, dans la vitrine du principal. Si j'avais su que j'étais à quelques mètres à peine d'un objet capable de m'emmener là où personne peut-être n'a jamais mis les pieds, là où personne ne pourrait me suivre…

– Attends ! dit soudain Main-d'Or.

Elle se tait quelques instants, pendant lesquels je panique à l'idée de me retrouver à nouveau seule dans le noir, mais elle finit par reprendre la parole.

– Y a Gavroche, à ma gauche, qui demande si Coësre va bien.

Je pose la question à Coësre.

– J'attends la fin de ce petit désagrément, soupire-t-il.

Je transmets la réponse à Main-d'Or qui la transmet à son tour à Gavroche... Je devine comment fonctionnent les boîtes, pourquoi elles sont placées en cercle. Elles forment un monstrueux téléphone arabe, où les insinuations, les insultes et les accusations peuvent se répandre comme une traînée de poudre, complètement déformées. Et si pour l'instant nous ne cherchons qu'à comprendre ce qui nous arrive, je pressens que le moment où il s'agira de trouver le coupable mettra cette petite ronde cruelle à feu et à sang.

D'ailleurs, cela ne tarde pas.

– T'étais où, ce matin ? me demande Coësre. On t'a cherchée avec les autres, quand on partait pour la grande salle !

Il faudrait que je leur dise pour la ménagerie. Mais les menaces du surveillant me reviennent en mémoire. Qu'est-ce qui est pire, entre la suspicion des élèves et la vengeance d'un surveillant qui a tout pouvoir sur moi ? Je décide de me taire, quoi qu'il en coûte.

Main-d'Or prend la parole, coupant court à mes réflexions :

– Robine, demande à Coësre ce qu'il faisait cette nuit. Guilleri dit qu'il s'est réveillé à un moment et que Coësre n'était pas dans son lit.

Avec le sentiment de jeter une grenade dégoupillée en direction de mon voisin, je transmets la question à Coësre. Un long silence l'accueille.

– J'étais aux cabinets, finit-il par répondre.

Au pincement de sa voix, à la lenteur avec laquelle il a énoncé chaque mot, je sens qu'il ment. Je livre quand même son excuse à Main-d'Or. Au bout d'un très long moment, elle reprend la parole:

– Guilleri dit qu'il n'y a pas de casino dans le coin.

– Cabinets, pas casino! Ca-bi-nets, je répète.

– Hein?

Cette chaîne va tous nous rendre fous. Je laisse tomber et je colle ma bouche au mur de droite:

– Les autres savent que c'est bidon, Coësre!

Mais de nouveau, implacable messagère, la voix de Main-d'Or s'élève à ma gauche:

– Coësre a fait passer une question par l'autre côté du cercle, il demande où tu étais ce matin, Robine. Tu as un alibi?

Est-ce qu'ils seraient capables, tous, de me livrer à Chippe s'ils me croyaient coupable? Je m'apprête à bafouiller une excuse à peu près aussi crédible que celle de Coësre mais, avant que j'aie pu ouvrir la bouche, Main-d'Or me livre un autre message du cercle:

– C'est bon, Dina assure que tu étais avec elle.

Alors ça, je ne m'y attendais pas. Dina est prête à mentir pour me protéger! Peut-être qu'elle veut se faire pardonner notre dispute d'hier? En tout cas, son intervention me sauve la mise. Et puisque la meilleure défense, c'est l'attaque, je glisse à mon tour à l'intention de Main-d'Or:

– Guilleri dit que Coësre n'était pas dans sa chambre, mais... et lui alors? Si Coësre ne peut plus lui servir d'alibi...

Ma remarque voyage dans le cercle. J'imagine Guilleri

bouillir de rage dans sa cage. La balle me revient du côté de Coësre :

– T'as osé dire à Guilleri que je l'accusais ?

– Mais non ! On a déformé mes propos !

L'échange s'emballe ; je commence à avoir le tournis. J'ai l'impression que ma tête est un ballon de foot que se renvoient deux adversaires et j'en viens presque à regretter le silence si effrayant du premier round. En plus, le manque de sommeil m'abrutit et je donnerais n'importe quoi pour pouvoir aller aux toilettes. Surtout, je sens toujours atrocement mauvais à cause de la nuit passée dans le sous-sol de la ménagerie, et rester en tête à tête avec cette odeur répugnante s'apparente à une véritable torture.

Tandis que je me demande combien de temps va durer ce grand déballage, quelque chose se met à briller sur la porte de ma cabine. C'est un boîtier, avec un schéma en forme de cercle dans lequel je reconnais rapidement le système des boîtes. Une case en particulier – la numéro 13 – est cochée sur mon schéma. Je comprends qu'il s'agit de la boîte où je me trouve. Et que, par déduction, Main-d'Or est dans la 14 et Coësre dans la 12...

– Oh oh, lance d'ailleurs Coësre. Ils ont déjà mis en fonction les boîtiers. Robine, avec tout ça, on n'a pas eu le temps de t'expliquer ce qu...

Un éclair me traverse des doigts de pied jusqu'au cerveau, m'arrachant un cri. Je viens de me prendre une décharge d'électricité.

– Robine, on t'a déjà envoyé du jus ? me demande

Main-d'Or. Ils n'ont pas traîné. Ton alibi n'a pas dû convaincre tout le monde.

– Mais qui... ?

– Aucune idée, c'est le principe. Ceux qui t'allument ont conclu que c'était toi, la coupable, et ils veulent que tu te rendes. Regarde le dessin sur ta porte, tu peux faire pareil.

J'examine le dessin lumineux et m'aperçois que les cases peuvent être pressées, comme les touches d'un appareil. Je passe un doigt tremblant dessus, sans oser appuyer. Si je ne me trompe pas, Dina est enfermée dans la boîte n° 8. Et Guilleri... dans la 21. Ou la 22 ? Non, la 21. Il suffirait de presser le bouton pour lui envoyer une décharge. Après tout, il fait régner la terreur à l'école avec sa sœur. Et si ça se trouve, c'est lui qui vient de m'électrocuter, pas vrai ? Je pose mon doigt sur le bouton, pas assez fort pour l'enclencher mais presque.

– Ils sont en train d'allumer Dina, m'avertit Main-d'Or. Robine, fais passer un message par Coësre. Dis que tu ne l'as pas quittée des yeux cette nuit. Peut-être... peut-être qu'ils arrêteront...

Avant même que j'aie pu réagir, un gargouillement bizarre s'échappe de la boîte de Coësre. Je reconnais le bruit incontrôlable émis par le corps humain lorsqu'il est surpris par une décharge.

– Merde ! Ça va ? je lui demande.

– Ou... oui. Plus ou moins. Je ne sais pas qui m'a all...

Un nouveau spasme vient faucher la fin de sa phrase.

– Coësre, faut que tu dises aux autres où t'étais cette nuit, quand Guilleri s'est réveillé !

– Non ! Pas question !

– Qu'est-ce que tu risques de pire que ce qui t'arrive maintenant ? Je te connais, moi, je suis sûre que tu ne trahirais jamais Chippe, tu es bien trop loyal !

– Je préfère... argh... je préfère être accusé du vol de la Clé des Champs. C'est comme ça.

– Mais, Coësre...

– Lâche-moi !

Une nouvelle décharge vient me couper le souffle. Décidément, je reste dans la liste des coupables potentiels. De l'autre côté de la paroi, Coësre halète, perplexe à l'idée d'être devenu la cible de ceux qu'il croyait si bien gouverner. Le petit roi s'est fait griller sa couronne.

– Écoute, Robine, murmure-t-il, désespéré, je te jure que j'ai une bonne raison. C'est juste que je veux pas... argh... que ça se sache. Promis, je te le dirai à toi, rien qu'à toi, si tu m'aides.

Je décide de faire confiance à Coësre. C'est ça, ou me laisser emporter par l'horreur des boîtes. Mais qu'est-ce que je vais raconter aux autres pour qu'ils arrêtent ? Inventer un nouveau mensonge ? Ils sont meilleurs que moi à ce jeu-là... Ou alors, je pourrais leur dire la vérité, tout simplement, leur parler de la Présence et les convaincre qu'elle a joué un rôle dans la disparition de la Clé. Je me tourne vers la gauche.

– Main-d'Or ? Tu vas me prendre pour une folle ou une mytho, mais... la nuit dernière, j'ai perçu une présence dans les couloirs de l'école.

– Une présence ? reprend Main-d'Or, dubitative. Tu veux dire que tu as croisé quelqu'un ?

– Non, c'était plutôt… comme quand tu es dans une pièce et que tu sens quelqu'un dans ton dos.

Mais dans la boîte située à ma droite, les décharges ont repris de plus belle. Coësre atteint son point de rupture. Il se met à tambouriner sur sa porte en hurlant :

– Ouvrez-moi, j'en peux plus, je me dénonce !

D'un coup, les boîtiers s'éteignent et les portes se déverrouillent. Je rampe hors de ma cabine, car je n'arrive plus à tenir debout après tout ce temps passé recroquevillée. La lumière m'agresse, je ne distingue rien à part des taches blanches. Peu à peu, des formes se précisent. Certains élèves se sont éloignés le plus possible du cercle, d'autres se prennent dans les bras pour se réconforter, comme après une grande bataille. Je me lève en titubant à la recherche de Main-d'Or. Elle est restée dans sa boîte, repliée sur elle-même, comme si elle n'arrivait pas à se réhabituer à l'air libre.

– Emmenez-le.

C'est le principal qui a parlé. Coësre se tient devant lui, misérable, encadré par deux gardes. Je tends un bras encore engourdi dans leur direction.

– Attendez !

Je me suis condamnée moi-même en lançant ce cri. Mais je ne pouvais pas rester sans rien faire. Mon camarade s'est dénoncé sous la torture : ses aveux n'ont aucune valeur.

Chippe m'accorde un regard agacé. Il voulait régler l'affaire au plus vite, rasseoir son autorité, et voilà qu'une moins que rien comme moi vient perturber le déroulement des opérations.

– Vous voulez retrouver la Clé des champs, pas vrai ? j'enchaîne aussi vite que possible, avant de perdre son attention.

– Le coupable nous la rendra, répond froidement le principal.

– 1963. Un gang de quinze voleurs dérobe l'équivalent de sept millions de dollars en braquant le train Glasgow-Londres.

– Qu'est-ce que vous racontez ? Une leçon d'histoire ? Votre petit séjour dans les boîtes vous a fait perdre la tête ?

– Les membres du gang ont été arrêtés. Mais aucun n'a parlé. Le butin n'a *jamais* été retrouvé.

– C'est vrai, appuie Main-d'Or qui nous a rejoints, après avoir réussi à sortir de sa boîte.

La mine du principal s'assombrit dangereusement, maintenant que nous sommes deux contre lui.

– Pour qui me prenez-vous, mademoiselle Larcin ?

– Je vous prends pour un voleur, monsieur Chippe. Le plus expérimenté d'entre nous, peut-être. Vous savez que, pour mettre la main sur un objet aussi précieux que la Clé des champs, il faut avoir un plan extrêmement bien rodé. Un plan que seule une enquête permettra de découvrir…

Dina, Gavroche et les autres se sont rapprochés pour assister à la scène. Coësre redresse timidement la tête, et le doute commence à gagner le visage des gardes qui le maintiennent.

– Merveilleuse idée ! ironise le principal d'un ton

assassin. Et si nous allions trouver la police pour lui demander de résoudre le vol de la Clé des champs ?

– Laissez-moi enquêter, monsieur Chippe. Laissez-moi vous prouver l'innocence ou la culpabilité de Coësre. Je me mets à votre service. Je serai votre espionne, votre bras armé, tout ce que vous voulez. Et surtout, je vous rapporterai ce qu'on vous a arraché.

J'ai l'impression d'avoir vendu mon âme au diable. Chippe a toujours l'air agacé, mais je sens qu'il hésite. Peut-être que c'est de devoir condamner Coësre, son petit protégé, celui en qui il a placé beaucoup d'espoirs. Ou peut-être qu'il voit là un bon moyen de m'avoir à sa botte, lui qui s'est toujours méfié de moi.

– Je veux des résultats rapides, finit-il par lâcher. Et si l'on ne retrouve pas la Clé des champs, je vous en tiendrai personnellement responsable.

11
Le cadeau de Laverna

Je ne sais pas ce qui m'a poussée à faire une telle proposition au principal. Peut-être l'art de me mettre dans le pétrin quoi qu'il arrive ? Maintenant que la tension est retombée, je mesure l'étendue des dégâts. Je ne vois absolument pas comment retrouver la Clé des champs. C'est probablement une question de jours avant que je subisse les conséquences de mon échec.

Dans les douches où les surveillants nous ont laissés aller après l'épisode des boîtes, je cherche un plan d'action tout en me savonnant pour enlever les traces de ces vingt-quatre heures chaotiques. Par où commencer ? J'ai appris des choses dans les boîtes, mais pas assez pour résoudre l'énigme. La plupart des élèves dormaient ; certains, comme Coësre, n'ont pas d'alibi ; d'autres, comme Guilleri, multiplient les accusations (pour détourner l'attention d'eux-mêmes ?) ; d'autres enfin ne disent pas toute la vérité, comme Dina.

Déjà, la liste des suspects. Chippe, qui voue une confiance aveugle au personnel de l'école, n'a pas jugé bon de soumettre les gardes, les surveillants ou les profs à la même épreuve que nous. Il a parié sur le fait que le voleur était un élève. C'était peut-être le cas pour les petits vols dans les chambres, mais un objet aussi précieux que la Clé des champs a pu attiser la convoitise de n'importe qui. Surtout si, comme me l'a confié Main-d'Or, on prétend que la Clé possède des pouvoirs magiques.

Je croise justement Main-d'Or en sortant de la douche. Elle est occupée à brosser ses cheveux de sa main unique devant la glace. Ses yeux surprennent les miens dans le miroir, mais elle ne dit rien. Après ce que nous venons de vivre dans les boîtes, n'importe quelle banalité – « Comment ça va ? Tu sais ce qu'on mange ce soir ? » – paraîtrait incongrue. Et puis, il reste la honte de notre comportement pendant l'épreuve. Je suis traumatisée par les faux aveux de Coësre et ce que j'ai failli faire subir à Guilleri.

Une liste des suspects, donc. La plus complète possible. Tous les élèves, quels que soient leurs alibis. Après tout, ils ont pu commettre le vol à plusieurs ou mentir, comme Aladina l'a fait pour moi. Tous les professeurs, également, même ma chère Miss Maraude, dont je sais, pour l'avoir vue juste avant le couvre-feu, qu'elle est restée tard au cloître. Les surveillants, comme celui qui m'a amenée à la ménagerie – un certain Larron, connu pour être une brute. Le personnel administratif, et notamment Chafouin, l'infâme secrétaire de Chippe. Le personnel de ménage, qui intervient matin et soir :

deux occasions en or pour un cambriolage. Et enfin, les gardes. Je repense à La Buse, que j'ai vue, au garde-à-vous, à côté du principal Chippe lorsque celui-ci faisait son discours sur l'estrade. La cheffe de la sécurité... Est-ce qu'elle a accès à tous les lieux, comme son titre semble l'indiquer ? Même le bureau de Chippe, la scène du crime ? Quoi qu'il en soit, c'est elle qu'il faut que j'aille interroger en premier. Elle connaît tout des allées et venues dans l'école et pourra sans doute me renseigner. Si elle ne m'a pas réduite en morceaux avant.

Lorsque je reviens dans ma chambre, Dina est déjà dans son lit. Je ne peux pas le lui reprocher, moi aussi, je ressens une irrésistible envie de me mettre à l'horizontale et de rester dans cette position aussi longtemps que possible, jusqu'à ce qu'un des sbires du principal Chippe vienne m'en tirer pour me rappeler mon engagement. Je repense à ce que Main-d'Or m'a dit dans les boîtes : « C'est bon, Dina assure que tu étais avec elle. » Et puis : « Ils sont en train d'allumer Dina. »

Je chuchote :

– Tu dors ?

Elle voudrait peut-être faire semblant, mais au son de ma voix elle a tressailli juste ce qu'il faut pour se trahir.

– Pas encore, soupire-t-elle. J'aimerais bien, mais je ne peux pas m'empêcher de repenser à tout ce qui s'est passé aujourd'hui.

– Tu as menti pour moi... Pourquoi ?

– Bah, même si j'avais dit la vérité, ils auraient été capables de ne pas me croire, comme d'habitude.

– Mais tu aurais pu me balancer pour sauver ta peau !

– Et détruire mon alibi par la même occasion ? Les autres auraient été trop contents de pouvoir m'accuser. Si ça se trouve, ils auraient pensé que j'essayais de te piéger et ça se serait retourné contre moi.

– Merci d'avoir pris ce risque. Sans toi, je serais peut-être à la place de Coësre en ce moment. Et... je suis désolée pour ce que je t'ai dit hier, t'es bien plus courageuse que je le pensais.

– Ouais, eh bien, on n'a qu'à dire que tu me dois une de tes entrées à la cantine. Ça m'en fera trois comme ça, youpi ! ironise-t-elle sombrement.

Elle tire sa couverture jusqu'à son menton pour se fabriquer un petit cocon de tissu. Comme tous les soirs, elle a natté ses très longs cheveux pour qu'ils ne s'emmêlent pas pendant son sommeil.

– Tu crois vraiment que tu vas trouver le voleur de la Clé des champs ? me demande-t-elle à voix basse.

– Aucune idée. Au pire, Chippe m'exclura de l'école et j'irai élever des chèvres chez les Marchandeurs, ha, ha.

– Et qu'est-ce que tu feras de la Clé si tu mets la main dessus ? Est-ce que tu ne seras pas tentée, disons... de l'utiliser ?

– Si j'y arrive. Il paraît que plus personne ne sait comment la faire marcher.

Je me glisse à mon tour entre mes draps. Il y a une dernière chose que je dois demander à Dina.

– Ça ne te gêne pas si je laisse ma lampe de chevet allumée ? J'ai vu trop d'obscurité pour aujourd'hui.

Le lendemain, bien décidée à interroger La Buse, je me rends au poste des gardes, situé dans le bâtiment A. Les surveillants que je croise me regardent de travers. Pour eux, je suis devenue l'enquiquineuse de service, celle qui risque de leur causer des problèmes. Pour l'instant, ils ne peuvent pas s'en prendre à moi, mais je sais qu'ils se déchaîneront le jour où je tomberai en disgrâce.

Il n'y a pas beaucoup d'animation au poste. La Buse se tient à son bureau, absorbée par sa tâche – probablement planifier l'enlèvement d'un futur élève, puisque c'est son rôle ici. Elle ricane en me voyant.

– Tiens donc. T'as pas encore trouvé ce que tu cherchais ?

J'ignore sa pique.

– Est-ce que vous auriez la liste des gens qui ont accès au bureau du principal ?

– Oui, bien sûr, et tu veux que je te serve un petit chou à la crème avec ?

– J'ai été recrutée pour retrouver…

– T'as été recrutée pour rien du tout. Tu t'es jetée dans les pattes du principal tel un oisillon tombé du nid. Il a dit oui à ton idée d'enquête pour ne pas faire de toi une martyre. Tu vas bien te ridiculiser aux yeux de tout le monde, sans qu'il ait à lever le petit doigt. Sournois comme une carie qu'on découvre trop tard, ce vieux bonhomme… Je dois bien lui reconnaître cette qualité. Pardonne-moi, petite, de ne pas vouloir contribuer à ta descente aux Enfers en te donnant des informations qui te coûteraient trop cher.

– Et vous, vous avez accès au bureau du principal ?

Elle pointe vers moi un index courroucé.

– J'aurais accès au cul d'un chat s'il osait poser un coussinet dans cette école. Maintenant, va-t'en.

De toute évidence, je n'en tirerai pas grand-chose. Il faut quand même que La Buse réponde à une question essentielle pour la suite de mon enquête.

– Vous pensez que le voleur peut venir de l'extérieur? que quelqu'un a pu s'introduire dans l'école?

Elle lève les yeux au ciel.

– Ah, mais tu lâches pas l'affaire, toi! Je comprends pourquoi elle t'aime bien, la Maraude. Vous êtes aussi bornées l'une que l'autre. Pour te répondre quand même, gamine – et j'espère que t'iras décortiquer ma réponse ailleurs, comme un chien avec son os: non, personne ne peut s'introduire dans l'école une fois la nuit tombée. Je te le dis, celui qui a volé la Clé des champs se trouve ici, parmi nous. Peut-être même que c'est moi, ha, ha, ha. C'est ce que tu cherchais à découvrir en venant me voir, pas vrai? Tu veux que je te prête mes menottes pour m'emmener, pendant qu'on y est?

J'essaie de défier La Buse du regard, mais tout ce que je réussis à faire, c'est cligner des yeux bizarrement comme si j'avais une poussière logée dedans.

La sonnerie qui retentit me rappelle que je dois me rendre en cours de théâtre. Je quitte le poste des gardes un peu gênée. C'est sûr, je dois encore peaufiner ma technique d'interrogatoire.

C'est bizarre de retourner en classe après tout ce qui s'est passé. Aujourd'hui, nous sommes des élèves apparemment banals et inoffensifs, et pourtant hier nous étions prêts à nous faire du mal. La plupart des gens pensent que, s'ils avaient été dans les boîtes à notre place, ils se seraient comportés de façon héroïque. La vérité, c'est que la panique, l'angoisse et la soumission peuvent vous pousser au pire. En repensant aux larmes de Coësre, à la froideur analytique de Main-d'Or, je me demande comment je vais faire pour leur parler comme si de rien n'était.

L'ambition de notre prof de théâtre, M. Dupe, est de nous apprendre à mentir de façon crédible. « Le mensonge est la meilleure arme d'un voleur », répète-t-il à qui veut l'entendre. Il a dû arborer, dans sa jeunesse, une masse de cheveux ondulés comme en ont souvent les artistes, mais son crâne s'est dégarni et seules quelques bouclettes continuent d'orner sa nuque.

– Aujourd'hui, nous allons nous entraîner à réagir en situation courante ! déclare-t-il tandis que nous entrons dans la classe sans enthousiasme. Je vais faire les groupes… Tiens, Robine, mets-toi avec Coësre.

La pire configuration possible. Je n'ai pas encore eu l'occasion de lui parler, car Coësre est resté obstinément cloîtré dans sa chambre après l'épisode des boîtes, évitant le réfectoire. Mais je n'ai pas oublié sa promesse : il s'est engagé à me dire ce qu'il faisait la nuit du vol, ce secret pour lequel il était prêt à subir le châtiment de Chippe.

Je garde les yeux rivés sur mes chaussures tandis que Coësre, en face de moi, fait semblant de réviser avec beaucoup d'attention le dialogue que nous devons interpréter. Il me lit la consigne :

– Robine, tu joues le policier et tu dois dire: «Qu'est-ce que vous faites dehors à une heure pareille?» Et je dois répondre: «Rien, monsieur l'agent, j'étais seulement en train de me dégourdir les jambes», en ayant l'air le plus innocent possible.

Coësre continue de déchiffrer son texte à voix basse, du bout des lèvres, mais je n'y tiens plus.

– Coësre, à propos d'hier…

– Tu penses que je devrais prendre un ton plutôt mécontent ou plutôt affable? Est-ce que le premier ne risquerait pas d'énerver le policier?

– Il faut qu'on parle.

– Chut, pas ici!

Il jette un regard inquiet aux autres duos, qui répètent la même scène dans leur coin. Soudain, il lève la main.

– Monsieur Dupe? Robine a encore oublié son manuel de théâtre dans sa chambre. On ne peut pas jouer sans ça! Est-ce que je dois l'accompagner le chercher?

– Oui, allez-y, mais rapidement, grogne Dupe, qui finalement n'est pas si doué pour reconnaître les mensonges qu'il nous apprend à faire gober.

Je suis Coësre dans le couloir, l'air boudeur.

– T'aurais pu dire que t'avais oublié ton manuel à toi!

– Pas crédible. J'oublie jamais mes affaires. Toi, par contre…

– Si tu mens aussi bien, comment je peux être sûre que tu ne m'as pas raconté n'importe quoi, dans les boîtes?

Le visage de Coësre s'empourpre. J'insiste:

– T'étais où, la nuit du vol? T'as promis de me le dire. Je t'ai sauvé la mise, avec Chippe.

Il hésite encore un peu et finit par avouer, après un silence lourd de honte :

– J'ai fait une crise d'épilepsie. Encore une.

– Une crise de quoi ?

– D'épilepsie. C'est la maladie qui me pourrit la vie depuis l'enfance, ma petite malédiction personnelle. De temps en temps, comme ça, hop, ton cerveau te joue un tour et tu perds connaissance. C'est ce qui m'est arrivé hier soir. Je m'étais levé pour aller aux toilettes quand j'ai senti que je tombais à la renverse. Quand j'ai repris conscience, il ne s'était écoulé que quelques minutes à peine depuis ma perte de connaissance. Mais je suppose que c'est pendant cet intervalle de temps que Guilleri s'est réveillé.

Difficile pour moi d'imaginer Coësre malade, lui qui semble tout accomplir avec tant d'aisance. Je mesure l'effort qu'il lui a fallu pour me confier ce secret, pour révéler une de ses faiblesses ou ce qu'il voit comme telle. J'ose à peine lui demander :

– Pourquoi on n'expliquerait pas ça aux autres ?

– Tout le monde ici sait déjà que je suis épileptique. C'est de notoriété publique, malheureusement. Il est hors de question qu'on dise à qui que ce soit que j'ai fait une nouvelle crise.

– Mais, Coësre...

– C'est non ! Si les autres l'apprennent, je serai mis à l'écart de tous les projets de vol, comme je l'ai été pendant des années. Tu crois que quelqu'un m'a déjà laissé aller sur le terrain ? Alors que je peux tout compromettre malgré moi ? Ma première Initiation, je l'ai ratée... oui, ratée, Robine, comme un vulgaire Marchandeur. J'étais parti pour commettre mon vol quand j'ai senti la crise arriver. On m'a exceptionnellement autorisé à repasser mon Initiation pour raison médicale – une dérogation, c'est rarissime, il faut un motif très sérieux pour l'obtenir. Ils ont eu pitié de moi. Mais après ça, plus personne n'a jamais pu me faire confiance. Imagine que je doive faire le guet et que je perde connaissance... ou que je sois en train de dévaliser un commerce et que je m'écroule – un paquet cadeau pour la police !

– C'est pour ça que tu es resté à l'école après ton Initiation ? je demande, le cœur serré à l'idée de tout ce que mon camarade a subi.

Coësre acquiesce d'un air sombre.

– La première fois que nous nous sommes vraiment parlé, toi et moi, tu m'as demandé pourquoi j'étais le plus vieux des élèves. La vérité, Robine, c'est que je ne suis jamais parti parce que aucune bande, aucune association de malfaiteurs ne veut de quelqu'un comme moi. Et je préfère être accusé du vol de la Clé des champs plutôt que d'entendre parler de moi comme du pauvre épileptique, du modèle défectueux, de la bombe à retardement.

Je recueille le secret de Coësre sans oser bouger ni respirer trop fort, comme si ça risquait de briser le lien fragile qui s'est tissé entre nous.

Nous rentrons dans la salle de cours et regagnons nos places discrètement. M. Dupe nous prête à peine attention, trop occupé à montrer à Malandrine une gestuelle crédible pour l'exercice. J'attrape mon manuel faussement retrouvé d'un air gêné, incapable de me concentrer sur le texte. Après avoir vérifié que personne ne nous écoute, je chuchote à Coësre :

– Je ne parlerai à personne de ta crise d'épilepsie. C'est ta maladie, ta décision, et je la respecte. Je trouverai un autre moyen de mener l'enquête.

Coësre prend sur lui pour détacher les yeux de sa page. Il me dit, avec une intonation dont je sens qu'elle est un peu moins maîtrisée, un peu moins travaillée que celles qu'il emploie le reste du temps, dans la vie comme pour ses exercices de théâtre :

– Et moi, je te souhaite de parvenir au bout de cette enquête, quelle qu'en soit l'issue. On y va ?

Je me racle la gorge avant de dire à voix haute, mécaniquement et sans grand enthousiasme :

– « Qu'est-ce que vous faites dehors à une heure pareille ? »

– Voyons, Robine, un petit effort ! s'exclame M. Dupe, qui passe derrière nous au même moment. On dirait que le policier que vous interprétez est sur le point de s'endormir !

– « QU'EST-CE QUE VOUS FAITES DEHORS À UNE HEURE PAREILLE ? »

– Non plus, soupire Dupe. Ce n'est pas parce que vous criez que vous aurez l'air plus convaincante. Il faut rechercher l'intensité…

Mais mon quotidien est déjà beaucoup trop intense depuis que j'ai mis le pied dans cette école.

Comme pour me donner raison, alors que je rejoins le Bloc en espérant me changer les idées, je retrouve les élèves en pleine ébullition.

– Foutez-moi la paix ! hurle Malandrine.

Elle fait face à une bande d'élèves qui l'acculent. Le petit tas d'élastiques avec lesquels elle a l'habitude de se muscler les doigts est posé sur une table à côté d'elle. Plusieurs sont cassés. Elle a dû tirer trop fort dessus.

– T'aurais dû te dénoncer dans les boîtes ! crie un garçon aux cheveux gras du nom de Kappa, connu pour ses mauvais tours. Au lieu de ça, t'as laissé Coësre s'en prendre plein la tête.

– C'est ta bêtise qu'on devrait dénoncer ! rétorque Malandrine, furieuse.

À voir se crisper ses poings, je sens qu'elle est au bord de l'explosion. Je demande à voix basse à l'élève la plus proche de moi :

– Qu'est-ce qui se passe ?

– C'est Malandrine qui a volé la Clé des champs. En tout cas, c'est ce que dit Gavroche…

Elle a chuchoté, mais Malandrine l'a entendue. Elle se rue vers nous, hors d'elle.

– Quoi ? Qu'est-ce t'as dit, toi ? Mais fermez vos gueules ! Vos petites gueules de commères, là !

J'ai peur de récolter deux baffes, car Malandrine est une redoutable guerrière. Son Initiation est prévue dans quelques mois et elle la prépare chaque jour comme si rien d'autre ne devait exister. Elle dit qu'elle veut devenir la plus grande cambrioleuse de toute l'histoire. « Les cambrioleurs célèbres, c'est souvent des hommes, répète-t-elle à qui veut l'entendre. Moi, je veux leur faire de l'ombre. »

– Tu viens voir si je suis bonne à dénoncer, c'est ça ? lâche-t-elle en se plantant devant moi. La petite chienne de Chippe, son toutou qui va lui rapporter sa clé-clé…

– Tu ne comprends pas que c'est pour nous que je fais ça ?

– Pour nous ?

– Tu ne vois pas que chacun est prêt à accuser n'importe qui pour sauver sa peau ? Je veux trouver le vrai coupable, rien de plus.

Malandrine ricane avec mépris.

– Moi, je pense que t'es juste une sale fayote.

Furieuse, elle balance un coup de pied dans une chaise et, agrippant son sac, se jette hors de la salle en fendant la foule des élèves. Gavroche la suit en courant. Sans plus réfléchir, je leur emboîte le pas. S'ils ont vraiment des informations sur le vol de la Clé, il ne faut pas que je les laisse filer…

– Malandrine ! clame Gavroche derrière elle. Attends-moi !

Les silhouettes disparaissent après un angle du couloir et je dois redoubler de vitesse pour ne pas les perdre de vue. Je finis par débarquer, essoufflée, dans le réfectoire, désert à cette heure de la journée. Les présentoirs rutilants sont totalement vides ; seul le ronronnement des frigos remplit la pièce. Malandrine et Gavroche ont arrêté leur course près de la fontaine à eau.

– Malandrine, sanglote le garçon en s'essuyant les joues avec la manche de son pull, Malandrine, pardonne-moi…

Voir pleurer Gavroche, un gamin des rues si attendrissant avec des airs de moineau tombé du nid, c'est un supplice. Mais Malandrine lui tourne le dos, bouillonnante de rage. Pour l'instant, ils ne m'ont pas remarquée et j'en profite pour me cacher derrière un chariot. En temps normal, je n'aime pas trop espionner les gens, mais il est clair que Gavroche et Malandrine, qui me croient à la botte du principal, ne parleront jamais librement devant moi.

– J'ai juste répété un truc que j'avais entendu, gémit Gavroche. Je pensais pas que ça dégénérerait.

– T'es allé raconter que j'avais volé la Clé des champs ! jette Malandrine en faisant volte-face.

– J'ai flippé ! La veille du cambriolage, tu disais que tu voulais te venger de Chippe. Lui faire quelque chose dont il ne se remettrait *jamais*.

– Ce bâtard venait de m'apprendre qu'il ne me laisserait pas choisir la spécialité cambriolage après mon Initiation. J'avais la haine.

– Hein ? s'exclame Gavroche, outré. Mais ça fait des années que tu t'entraînes pour ça !

– Paraît que je suis trop bourrine, pas assez discrète.

– Il a tort, moi, je crois que tu seras la première d'un nouveau genre de cambrioleuses. Des cambrioleuses… fracassantes. Les *Fracassettes*, ça te va comme nom de gang ?

Malandrine lui donne une tape, mais gentiment. Elle a l'air moins fâchée.

– Tape-moi encore si tu veux, ajoute Gavroche. Du moment que tu me pardonnes.

– Pfft ! T'es bête.

Je souffle le plus silencieusement possible, soulagée à l'idée de ne pas avoir à m'immiscer dans une bagarre.

– Et t'as cru que j'avais volé la Clé des champs pour me venger de Chippe ? reprend Malandrine.

– Ben oui, on sait tous qu'il tient à ses reliques comme à la prunelle de ses yeux. Et puis, ça lui aurait prouvé que t'avais le potentiel pour devenir une grande cambrioleuse.

– J'étais folle de rage, mais pas assez pour ça. J'avoue, c'est plutôt flatteur que tu m'aies crue capable d'une telle prouesse.

– Alors on retourne au Bloc ?

– Nan, j'ai pas envie de revoir cette bande de commères. Viens, on va traîner dans les couloirs plutôt.

Je les laisse partir avant de quitter le réfectoire à mon tour, une fois certaine qu'ils sont suffisamment loin devant.

Tout le reste de la journée, je ressasse cette conversation. Les soupçons qui pèsent sur Malandrine sont sérieux. Déjà, elle a un mobile. Je repense à la façon dont, chaque jour, elle se muscle les doigts avec ses élastiques, comme si c'était devenu un geste aussi instinctif que la respiration. Je n'ose pas imaginer ce que ça fait de voir un de ses rêves se briser. Ensuite, elle a les capacités pour commettre un tel vol. À un détail près, un détail que je ne peux pas négliger : dans les boîtes, j'ai entendu dire qu'elle avait un alibi. C'est Main-d'Or, qui partage la même chambre qu'elle, qui le lui a fourni. Mais est-ce que Main-d'Or pourrait être sa complice ?

Non. Non. Je me laisse envahir par cette atmosphère de suspicion généralisée qui nous détruit depuis la veille. À nous voir nous entre-déchirer, je mesure à quel point l'épreuve d'hier nous a fait du mal. Elle nous a éloignés les uns des autres, elle nous a blessés, elle a semé entre nous la discorde, la méfiance et la peur. Nous sommes sortis des boîtes, mais c'est comme si une partie de nous y était restée enfermée.

Je veux mettre la main sur la Clé des champs, mais pas à n'importe quel prix. Je ferai autrement. Mon enquête ne s'embourbera pas dans les rumeurs et les accusations. Je traquerai des indices, je les suivrai comme un fil dans le noir, un par un, et, tout au bout, je trouverai ce que je cherche.

À mesure que la fin des cours se profile, je commence à paniquer. En une journée, je n'ai presque rien appris. Ma liste de suspects déborde toujours de noms et personne ne semble pouvoir m'aider à y voir plus clair. Il faut que je remonte à la racine du problème : non pas me demander qui a volé la Clé des champs, mais *pourquoi vouloir la voler*. Je dois en savoir plus sur son histoire, comprendre ce qui en elle suscite les convoitises, démêler les légendes de la réalité. Et il n'existe qu'une seule personne dans l'école capable de répondre à ces questions : Miss Maraude.

Je vérifie qu'il n'est pas trop tard – pas envie de faire une deuxième nuit blanche – et je me rends au cloître. Comme la dernière fois, j'y trouve ma prof de culture, abattue dans un fauteuil au milieu d'un fouillis de mauvaises herbes qu'elle caresse du bout des doigts. À la voir si sombre, je me demande si elle a encore ses fameuses « humeurs », comme elle dit. Ces derniers temps, il lui arrive parfois, en plein cours, de suspendre ses phrases et de regarder dans le vide d'un air profondément absorbé. Je ne sais pas ce qui peut alimenter une telle tristesse, mais celle-ci grignote chaque jour un peu plus Miss Maraude.

– Entre, Robine, lance-t-elle comme si elle attendait ma venue.

– Bonsoir, Miss.

– Trêve de politesses. On m'a raconté ce qui s'est passé hier. Je n'ai jamais vraiment apprécié les idées du principal en matière d'éducation, tu sais. Je ne peux pas m'empêcher d'être fière de ton intervention, même si je dois avouer que j'ai un peu peur pour toi, maintenant. Si j'avais le moindre bout de l'ombre d'un indice, je te le donnerais pour que tu puisses suivre une piste, mais je ne sais rien, et c'est bien ce qui me désole !

– Je suis sûre que vous savez où chercher, Miss Maraude. S'il y a quelqu'un qui le sait, c'est bien vous ! Avec tout ce que vous connaissez sur l'art, l'histoire ou la philosophie !

– Tu penses à quelque chose en particulier ?

– Je voudrais en apprendre plus sur la Clé des champs. Celui ou celle qui l'a volée a pris d'énormes risques pour entrer en sa possession. Il était sûrement au courant des légendes qui circulent à son propos. On m'a dit qu'elle a été fabriquée par le dieu des voleurs lui-même.

– Ce n'est pas tout à fait exact, Robine, m'interrompt

Miss Maraude, qui a repris des couleurs depuis que nous avons commencé à discuter de ses sujets de prédilection. Nous, les voleurs, nous n'avons pas de « dieu » à proprement parler. Comment pourrions-nous prêter allégeance à une figure aussi autoritaire ? Nous avons « emprunté » – hum hum – une multitude de divinités à différentes cultures et les vénérons comme bon nous semble. La Clé des champs est un objet sacré très important dans la religion volesque, mais je n'ai jamais entendu parler de pouvoirs magiques. D'ailleurs, je ne crois pas à la magie.

– Moi non plus, mais... hier, pourtant, pendant le vol de la Clé, j'ai senti une présence dans l'école, une présence qui ne semblait pas vraiment appartenir à ce monde.

– Comment ça ? Dans le dortoir ?

– Non, j'étais debout, de corvée à la ménagerie.

– Oh, Robine ! Je t'avais dit de faire attention au couvre-feu !

– Pardonnez-moi, Miss Maraude, mais il me semble aujourd'hui que c'est le dernier de mes soucis.

Elle lève les yeux au ciel et décolle de son fauteuil en se frayant un chemin à travers les pans d'herbes, jusqu'à une bibliothèque bien garnie dont elle passe en revue les titres pendant un long moment. Son index s'arrête sur un gros volume qu'elle extirpe difficilement.

– Laissons de côté pour l'instant ces histoires farfelues de présence, et concentrons-nous sur la Clé. Voilà pour toi, Robine. Le *Dictionnaire de la mythologie volesque* – un ouvrage de référence, si tu veux tout savoir. Et je vais de ce pas te mettre dehors pour que tu puisses aller le lire dans ton lit, *avant* le couvre-feu cette fois. Allez, ouste !

Alors qu'elle ouvre la porte pour me chasser, je tombe nez à nez avec une silhouette familière. Je reconnais La Buse avec un petit coup au cœur. Je bégaie :

– Ce... ce n'est pas encore l'heure du couvre-feu...

– N'aie crainte, Robine, intervient Miss Maraude dans mon dos. La Buse n'est pas là pour toi. À demain ! Tu me feras le compte rendu de ta lecture, n'est-ce pas ?

Les deux femmes échangent un regard appuyé, brûlant même. Elles ont l'air d'avoir quelque chose d'essentiel à se dire. Je contourne La Buse très lentement, m'attendant à la voir m'attraper au collet, mais elle se contente de me suivre des yeux sans bouger un seul autre muscle de son corps.

Quelques pas plus loin, je commence à marcher plus vite, à courir même, le livre serré contre ma poitrine. Je déboule dans ma chambre et me jette sur mon lit, glissant tout habillée sous les draps. Tant pis pour le pyjama, je ne suis plus à ça près.

– Tu as de la lecture ? me demande Dina, occupée à faire ses devoirs à son bureau.

– Oui, c'est pour un exposé...

Pas besoin, pas envie de lui en dire plus. Fébrile, j'ouvre le livre à la page qui parle de la Clé des champs et je commence à lire.

L'origine de la Clé des champs remonte à une époque très ancienne où les humains n'avaient pas vraiment de dieux et où les dieux n'avaient pas vraiment d'humains.

Les voleurs avaient pour coutume de consacrer les bois les plus sombres et les plus secrets au culte de la déesse Laverna, protectrice des brigands, des cambrioleurs et des escrocs en tout genre. Ils venaient y prier la déesse pour la supplier de protéger leur butin, de les aider dans leurs plans ou d'empêcher qu'ils se fassent prendre. On invoquait Laverna à voix basse pour ne pas risquer d'être entendu, en disposant devant des statues des offrandes issues de ses meilleurs coups.

Un jour, un voleur, poursuivi par ceux qu'il avait dépouillés, se retrouva devant une porte inviolable. Il avait beau s'acharner à l'ouvrir, elle lui résistait. Il entendait ses poursuivants se rapprocher de seconde en seconde. Alors il décida d'implorer Laverna, qu'il allait souvent prier dans un bois sacré : « Ô déesse, aide-moi à m'enfuir et je me mettrai à ton service pour le restant de mes jours ! »

Laverna prit le voleur en pitié. Elle plaça dans ses mains un crochet magique et lui dit : « Voleur, ce crochet déverrouille toutes les serrures, y compris celles qui ne conduisent pas vers ce monde. » Éperdu de reconnaissance, le voleur essaya le crochet sur la serrure qui lui bloquait le passage. Mais il ne savait pas comment l'utiliser et la porte demeura désespérément close. Ses poursuivants le rattrapèrent et, dès le lendemain, il fut pendu en place publique. Du crochet de Laverna, cédé avec d'autres biens, on perdit toute trace.

12
Intrusion

Et maintenant, quoi ? Je sais ce qu'on raconte sur la Clé des champs : un récit transmis de bouche à oreille des milliers de fois à travers les siècles, une histoire grandiose comparée à la petitesse du crochet métallique, tel que je me rappelle l'avoir aperçu dans la vitrine du principal Chippe.

Le lendemain, quand je me réveille, le *Dictionnaire de la mythologie volesque* me regarde du coin de l'œil, toujours ouvert à la page où je l'ai laissé tomber de fatigue, au pied de mon lit. Il m'a livré son histoire, mais reste obstinément muet maintenant qu'il s'agit de me souffler le nom du coupable.

Une étape s'impose : si je veux mener à bien mon enquête, je dois aller inspecter la scène du crime, le bureau du principal en personne. Mais jamais au grand jamais il ne me laissera y accéder. Son bureau contient, outre des objets d'une valeur inestimable, tous les dossiers des élèves. Même pas en rêve.

Mais si un voleur a pu s'introduire dans ce bureau, pourquoi pas moi ? Bon, c'est vrai que je suis une calamité en cambriolage. C'est la spécialité d'Arsène, ça. Même en cours de sport avec M. Voldingue, je n'ai jamais réussi le moindre entraînement à l'intrusion. Je ne parviens pas à ramper dans les conduits d'aération, et, lorsqu'il faut descendre par le plafond, suspendue à une corde, je reste paralysée par le vertige. Et pas la peine d'élaborer des opérations plus complexes, comme désactiver une alarme ou la pirater. La dernière fois que j'ai essayé, en cours de travaux manuels, je n'ai réussi qu'à déclencher une sonnerie si assourdissante que le prof a été obligé de faire évacuer la salle. Niveau discrétion, on repassera.

On n'accède au bureau de Chippe que par une salle d'attente gardée par son infâme secrétaire, M. Chafouin. C'est lui qui m'a accueillie le jour de ma rencontre avec le principal, lui encore qui m'a pris Spira pour la mettre en cage. Quand je repense à lui, je sens mes mâchoires se crisper.

J'ai un peu de temps avant le début des cours, et il est encore trop tôt pour que Chippe ait rejoint son bureau. C'est le moment ou jamais. Je me prépare rapidement, laissant Dina endormie derrière moi. Au moment de sortir de la chambre, je referme avec soin le livre de Miss Maraude et j'en caresse très doucement la couverture, une manière comme une autre de prier Laverna. Si c'est bien la déesse protectrice des voleurs, j'aurai besoin de toute son aide pour m'introduire dans le bureau du principal – un des actes les plus imprudents et les plus risqués de toute ma scolarité.

Comme je l'avais prévu, M. Chafouin est au garde-à-vous derrière son bureau, une tasse de café à la main. Il fronce les sourcils quand il me voit débarquer, visiblement très ennuyé d'être dérangé par une élève à une heure aussi matinale. Je le vois cacher discrètement le paquet de cigarettes qu'il faisait jouer entre ses doigts.

– Oui, c'est pour quoi ?

Allez, c'est le moment. Je repense à tous les cours de M. Dupe et je prends une grande inspiration.

– J'espère que vous n'avez rien touché, comme vous l'a expressément demandé M. le principal.

– Pardon ? De quoi tu parles ?

– Monsieur Chippe a bien précisé que personne ne doit toucher à la scène du crime avant que j'aie pu inspecter les lieux. C'est essentiel pour l'enquête. Il ne faudrait pas que des indices aient été corrompus.

Le visage du secrétaire devient livide, mais reste fripé de méfiance.

– Tu... tu es la personne chargée de l'enquête ? bredouille-t-il.

– Oui, c'est moi. On a dû vous en parler, non ? Je me suis proposée à l'issue de l'épreuve des boîtes.

– Ah oui, j'ai cru entendre dire que... Mais je ne pensais pas que ça incluait de tels passe-droits... Quand même, le bureau de monsieur...

– Exactement : la scène du crime. Laissez-moi vous faire une démonstration. Je peux ?

Sans lui laisser le temps de répondre, je m'invite avec lui derrière son bureau. Je sors un mouchoir, prenant tout mon temps pour le déplier, avec des gestes extrêmement professionnels. Puis je le passe avec toute la minutie dont je suis capable sur son plan de travail.

– Là, vous voyez ? dis-je en montrant la surface du mouchoir, maculée de traces brunes et grises. Tous ces résidus sont très révélateurs.

– Révélateurs de quoi ? grommelle Chafouin, sceptique.

– Quelqu'un a mangé des biscuits à cet endroit. Je dirais même plus, des biscuits au chocolat.

– Quoi ? s'étrangle le secrétaire. Impossible ! Monsieur a expressément interdit qu'on grignote dans les locaux. Il a la phobie des miettes.

Mais à la vigueur de ses protestations, et au geste involontaire qui lui a fait poser la main sur un des tiroirs, je devine que c'est lui qui a commis ce petit délit.

– Bien sûr, j'approuve avec un sourire mielleux, en faisant semblant de le croire. Le voleur n'a pas dû se gêner. Je peux même vous dire que ce gros dégoûtant a osé étendre les jambes sur votre bureau, après avoir marché dans la boue.

Chafouin devient livide tandis que je pointe du doigt une infime trace de semelle sur le plateau du meuble. Je ricane intérieurement en imaginant le secrétaire dévorer ses gâteaux au chocolat, les pieds sur la table, quand son chef maniaque de l'ordre et de la propreté ne peut pas le voir.

– Et le pire..., je reprends d'un air faussement choqué, en me rappelant le paquet que l'homme a dissimulé quand je suis entrée. Vous voyez ces microscopiques particules grises sur le mouchoir ? Elles ne trompent personne. Ce sont des cendres de goudron qu'on trouve dans la plupart des cigarettes. Notre voleur est un fumeur.

Ça y est, Chafouin semble impressionné. Il inspecte la surface de son bureau comme si elle venait de le trahir en personne. Il repense probablement à ses secrets les plus inavouables et se demande si je vais les découvrir. Et de mon côté, je jubile. J'ai l'impression d'avoir réalisé un tour de magie pour la première fois. Il y a quelques jours encore, j'aurais été incapable de mentir aussi effrontément. Mais l'épreuve des boîtes m'a transformée, je le sens, pour le meilleur et pour le pire.

– Bon, dis-je avec l'air de quelqu'un de très pressé, avec tout ça, nous avons pris du retard. Le principal ne va pas être content si nous ne tenons pas les délais. Je vous remercie de bien vouloir me donner accès à la scène.

– Oui, oui… Voilà…, balbutie Chafouin en déverrouillant le bureau du principal, les mains tremblantes.

Incroyable : je me tiens devant l'antre de Chippe. Dans la pénombre, les vitrines brillent faiblement. Une odeur de renfermé s'en échappe. Sur le sol, un tapis sans âme semble frémir à l'idée d'être foulé par un visiteur non autorisé. Avec ses collections d'objets rares, la pièce a des airs de tombeau égyptien et je ne suis pas rassurée d'en troubler la paix. Tout au fond, le bureau, tache plus sombre que le reste, me jauge comme un chien de garde qui ne sait pas encore s'il doit aboyer.

Dès que je referme la porte, la réalité me rattrape violemment, balayant les dernières traces du succès remporté sur Chafouin. S'il me trouve en train de fouiller dans ses papiers, Chippe ne me le pardonnera jamais. Et dire que je marche sur les traces d'un insaisissable voleur de voleur, passé par là un peu plus tôt...

Mon regard est immédiatement attiré, à droite, par la vitrine vide de la Clé des champs, cœur profané de la pièce. Au centre trône le coussin de velours rouge qui accueillait le crochet il y a quelques jours encore. En m'approchant, je distingue l'empreinte laissée par la Clé, le petit creux qui dénonce son inacceptable absence. Et plus je m'avance, plus cette empreinte remplie d'ombre m'attire à elle, comme un trou noir.

Toutes les autres reliques semblent à leur place. Le cadenas qui fermait le meuble pend lamentablement, ouvert mais toujours intact. Ce n'est pas un cadenas ordinaire : il est composé d'une multitude de molettes qui tournent dans tous les sens. Le voleur a de toute évidence une dextérité incroyable. Mais s'il possède un tel talent, pourquoi a-t-il besoin de la Clé des champs ?

La vitrine ne m'en apprendra pas plus. Je me tourne vers le bureau du principal, en quête d'indices. Je m'assois dans le fauteuil qui, trop grand, m'avale un peu lorsque je m'y affaisse. Ainsi, c'est cette vue qu'a le principal lorsqu'il accueille les élèves ? Je n'ose rien manipuler pour l'instant, de peur que Chippe ne remarque que les objets ont été déplacés d'un millimètre, ou même qu'il décèle un résidu de chaleur sur ce que j'aurais touché. Il en serait bien capable.

Une boîte en verre, disposée sur un coin du bureau, attire mon regard. Je prends sur moi pour l'attraper mais, en voyant l'intérieur, je sursaute et manque de la laisser tomber. Elle contient un horrible insecte, un frelon asiatique, cette espèce connue pour voler le nid des abeilles après avoir décimé toute leur colonie. Surmontant mon dégoût, je scrute le frelon d'aussi près que possible et je constate qu'il est fixé au fond de la boîte par une épingle très fine qui lui traverse l'abdomen. Un insecte naturalisé, donc, comme ces papillons exotiques qu'on voit parfois chez les collectionneurs. Une inscription est gravée sur un rebord de la boîte : *À mon fidèle Aiguillon, qui m'a si bien accompagné lors de mon Initiation.*

Chippe a momifié son animal-totem ! Qui d'autre serait assez tordu pour faire une chose pareille ? Rien que d'imaginer Spira empaillée me soulève le cœur. Il y a quelque chose de profondément malsain dans le fait de garder pour toujours auprès de soi le corps de cette créature qui est comme une petite partie de nous-même.

Mais le temps presse, il faut que je revienne à la Clé. Je me souviens que Chippe, la première fois que j'ai mis les pieds dans son bureau, m'a brièvement raconté dans quelles circonstances il avait récupéré l'objet. Une histoire avec son père... Oui, c'est ça : « Son précédent propriétaire, mon père, Chippe Ier, a disparu après y avoir vraisemblablement eu recours. N'est resté que le crochet sur les lieux de son dernier crime. »

Justement, l'unique cadre qui se trouve sur le bureau abrite une vieille photographie. Elle montre un homme assis à côté d'un garçon d'une dizaine d'années. Ils posent dans leurs beaux costumes. L'enfant a l'œil rude et il regarde l'objectif sans même essayer de sourire. Non, il ne regarde pas l'objectif, il le juge. Aucun doute, cet enfant est le principal Chippe… enfin, il le deviendra. Il se blottit contre l'homme plus âgé, avec une affection que je ressens d'ici. Cet amour transpire du papier, et c'est probablement la seule chose dans tout le bureau du principal qui atteste de son humanité.

Aucun doute maintenant: la photo représente Chippe avec son père, le dernier détenteur de la Clé, celui qui a disparu en la laissant derrière lui. S'il y a une piste à suivre, c'est bien celle-ci. Je retourne le cadre et commence à en défaire les attaches. On trouve souvent des informations au dos des photos: des noms, un lieu… Avec un peu de chance, je récolterai des indices. Mais je ne m'attendais pas, en retirant le document, à voir s'en échapper un petit papier qui volette jusqu'au sol. Je le ramasse. Il s'agit d'un article de presse, découpé dans un journal. Il est aussi ancien que la photo, si j'en juge par son aspect jauni. J'essaie de le déplier sans le déchirer, aussi minutieusement que possible, chirurgicalement même. Quand j'ai terminé, je peux enfin me lancer dans ma lecture.

LE BRAQUEUR TIRE SA RÉVÉRENCE

Toujours aucun signe de Jean-Filou Chippe, connu comme l'un des plus célèbres braqueurs de son temps.

Pour son dernier casse, qui visait la Banque de France, le bandit a changé de mode opératoire. Sans arme, sans complice, il a réussi à pénétrer dans la chambre forte grâce à du matériel récupéré sur place… avant de se volatiliser. Appelée sur les lieux, la police n'a pu que constater sa disparition.

Jean-Filou Chippe est aujourd'hui le fugitif le plus recherché du pays. Sa femme et son fils affirment n'avoir aucune nouvelle de lui. « Il n'a pas pu aller bien loin, ce n'est qu'une question de temps avant qu'on l'arrête », a déclaré à la presse l'inspecteur Larivière, chargé de l'enquête.

L'article est accompagné d'une image sur laquelle je reconnais, à sa fine moustache et à la fleur qui orne sa boutonnière, l'homme de la photo. Ainsi donc, le principal disait vrai, le braqueur a vraiment disparu sans laisser de trace, comme ça, *psschhitt*! J'imagine le petit garçon attendant inlassablement le retour de son père, en vain. Est-ce que la Clé des champs faisait partie de ce « matériel récupéré sur place » par la police, comme le mentionne l'article ? Et si oui, pourquoi est-ce que Chippe Ier n'a pas filé avec ? Le principal a dû déployer des efforts insensés pour remettre la main dessus, sans doute parce qu'elle lui rappelait ce père auquel il n'a jamais pu dire au revoir.

J'ai ce que je cherchais. Et par ailleurs, Chippe ne va pas tarder à arriver au travail. J'ai beau compatir à son sort, je préfère qu'il ne me trouve pas en train de démonter la décoration de son bureau.

Après avoir tout remis en place, je ne peux m'empêcher de me tourner vers l'étagère du fond, qui contient les dossiers des élèves. Le mien attend sagement à la lettre L. Je ne suis pas venue pour ça, mais… un petit coup d'œil, ça ne peut pas faire de mal, non ? Et puis ça me concerne ! Lentement, comme si ça n'était pas vraiment moi qui le guidais, mon doigt s'est glissé le long du dossier, l'a sorti du meuble. Mon nom est écrit en gros dessus : ROBINE LARCIN.

Ça y est, je l'ai ouvert, emportée par le désir de savoir ce qu'il y a à l'intérieur. Je m'arrête aux dernières lignes, les plus récentes. L'écriture du principal, tout en pattes de frelon, pique quand on essaie de la déchiffrer, mais les mots me sautent aux yeux malgré moi.

Taux d'électrocution dans la boîte n° 12 : 0,5 %. Score bas mais pas nul qui s'explique par le fait que l'élève a bien commencé à appuyer sur une touche sans aller cependant jusqu'à la déclencher. Montre que R. Larcin, bien que peu coopérative, présente des signes encourageants d'intégration. Préconisons une Initiation rapide.

Initiation avancée pour le trimestre prochain. Taux de réussite estimé : 50 %, taux d'échec estimé : 50 %.

Je sens une main invisible remonter vers ma gorge et la serrer. Un de mes pires cauchemars vient de se réaliser : mon Initiation a été programmée, et en avance même. Ma condamnation est écrite noir sur blanc. Je la découvre, incrédule, avec l'impression tenace qu'on parle d'une autre personne. Ce n'est pas possible, qui est cette Robine Larcin qui va aller affronter l'épreuve de sa vie ? La pauvre, elle doit paniquer… Je ne prends même pas la peine de vérifier si j'ai remis le dossier au bon endroit, je le fourre dans l'étagère, j'essaie de le faire taire mais trop tard, les mots ont laissé en moi leur empreinte d'angoisse. Il me semble qu'une petite voix intérieure continue de les lire à voix haute : *Taux d'échec estimé…*

En traversant le bureau du secrétaire, je me fais intercepter par ce dernier.

– Ça va ? demande-t-il nerveusement. Tu as trouvé ce que tu cherchais ?

Je prends sur moi pour lui répondre – il le faut, ça fait partie du plan :

– Écoutez. Je vous ai raconté n'importe quoi. Vous n'aviez absolument pas le droit de me laisser entrer chez le principal. Maintenant, deux possibilités s'offrent à vous... Soit vous dites à votre chef que vous avez permis à une élève fouiller son précieux bureau. Il va me punir, ça c'est sûr. Mais vous aussi, pour votre grossière erreur de jugement. Soit vous gardez tout ça pour vous et ni vu ni connu ! À vous de décider.

Je fonce dans le couloir sans lui laisser le temps de répondre. Dans l'état où je suis, je n'aurais pas le courage d'argumenter encore une fois. Tous les événements de ces derniers jours – la terreur dans les boîtes, l'angoisse de ne pas pouvoir identifier le coupable – se nouent les uns aux autres et m'enserrent le cœur. Oui, c'est ça, j'ai l'impression que mon cœur va exploser, qu'il a lancé l'alerte rouge. Je dois faire une crise cardiaque. Est-ce que ça peut arriver aux jeunes de mon âge ? Pas le temps de réfléchir à cette question, la douleur est en train de rayonner dans chaque partie de mon corps, jusqu'au bout de mes doigts qui se crispent sans que je puisse les déplier. Je dois trouver de l'aide. Si seulement je pouvais atteindre le Bloc ! Je titube le long des couloirs comme on fait ses premiers pas, ridicule sans doute mais incapable de m'en soucier.

La porte du Bloc se dérobe sous mon poids quand je la pousse, et je m'effondre dans la salle pleine d'élèves qui viennent s'attarder ici après le petit déjeuner. Des têtes se penchent au-dessus de moi. Peut-être que quelqu'un va chercher du secours, je ne sais plus. Je ne sais rien.

13
Jour d'angoisse

– Robine, tu m'entends ? Je crois que tu fais une crise d'angoisse.

La voix de Miss Maraude me parvient de très loin. Son visage apparaît peu à peu dans mon champ de vision. Vue d'en bas, elle est très belle avec ses cheveux noirs qui plongent dans ma direction.

– Ce n'est pas dangereux, mais il faudrait que tu te reposes. L'idéal serait que tu prennes un peu de ma tisane de valériane pour te détendre, mais je sais que…

– Oh non, pas de la tisane !

Ce sont les premiers mots que je parviens à articuler. Elle paraît rassurée en m'entendant et me tapote la main avec plus de vigueur. Dans le fond de la salle, j'entends des élèves parler tout bas.

– Elle a craqué, dit l'un d'eux.

– Je m'y attendais, répond un autre.

– Tu te souviens de ce qui a déclenché la crise ? reprend Miss Maraude.

À peine a-t-elle prononcé ces mots que je me retrouve projetée plusieurs minutes en arrière, dans le bureau de Chippe, mon dossier scolaire entre les mains. L'angoisse renaît comme si elle n'avait jamais pris fin.

– Tout doux, tout doux..., murmure Miss Maraude. Tu n'iras pas en cours ce matin, je vais te faire dispenser et tes camarades vont te ramener dans ta chambre. Coësre ? Malandrine ?

J'ai les jambes tellement faibles que les deux élèves doivent me soutenir pour m'aider à marcher, l'un à droite et l'autre à gauche. À ce stade, je n'ai plus aucune dignité. De toute façon, dans quelque temps, tous auront le privilège d'assister à mon Initiation et de me voir m'humilier en direct. Alors, une petite honte de plus ou de moins... En tout cas, je leur ai donné d'autres sujets de discussion que celui de la possible implication de Malandrine dans le vol de la Clé des champs. D'ailleurs, tout le monde ici semble être passé à autre chose. Une rumeur succède si vite à une autre...

– Ça va aller, Robine ? me demande Coësre, inquiet, quand nous arrivons devant la porte de ma chambre.

– Oui, merci, vous pouvez me laisser là.

– Tu veux pas qu'on vienne te border ? grince Malandrine, qui de toute évidence ne me fait toujours pas confiance.

Je n'ai même pas la force de répliquer et je me contente de lui refermer la porte au nez, un peu trop mollement pour que ce soit efficace. Aucune envie de me remettre au lit : je me recroqueville sur un siège, les genoux calés contre la poitrine. Là, parfaitement repliée sur moi-même, je recouvre enfin un semblant d'apaisement.

En l'état actuel des choses, je donnerais n'importe quoi pour mettre la main sur la Clé des champs et passer, s'il existe, dans cet autre monde pour échapper à mon Initiation. C'est peut-être ce qu'a fait Jean-Filou Chippe en son temps. Ça expliquerait pourquoi il n'a plus donné signe de vie. Si tant est qu'on puisse en revenir... Et si le bandit volatilisé y était resté coincé, comme derrière une porte claquée qu'on ne peut pas rouvrir ?

Crise ou pas, il faut que j'en sache plus sur le dernier vol de Chippe Ier, celui au cours duquel la Clé des champs a été utilisée pour la dernière fois. L'angoisse, si je ne peux pas la dissiper, sera mon moteur. On court toujours plus vite avec un chasseur à ses trousses, pas vrai ?

Parmi tous les employés de l'école, il n'y a qu'une seule personne susceptible de me renseigner sur un événement aussi ancien que le casse de la banque : M. Shiranami, l'électricien officiel de l'établissement, réparateur en tout genre aussi. Vu son âge, il doit se souvenir de cet épisode marquant qui a eu lieu, si mes calculs sont bons, il y a une trentaine d'années.

Les autres élèves passent souvent à côté de M. Shiranami sans même lâcher un « Bonjour ». Ils pensent bêtement que, en tant qu'homme à tout faire, il a moins de pouvoir que le principal ou que les enseignants. Ils ont tort. Si l'école tient encore debout, c'est probablement grâce à lui. D'un coup de tournevis, il répare les éclairages vacillants ; d'un coup de marteau, il remet en place un tableau qui menaçait de nous tomber sur la tête. Il a déjà laissé des élèves impolis se doucher à l'eau froide sans bouger le petit doigt. Parfois, j'ai même l'impression que, s'il le voulait, M. Shiranami serait capable de réparer les gens, de régler un cœur qui bat un peu trop vite ou de faire taire un estomac qui gargouille.

Je vais sûrement le trouver occupé à bricoler quelque part. Bondissant de mon siège, je pars à sa recherche. J'ai un nouvel interrogatoire à mener, en espérant que celui-ci sera plus efficace que le précédent.

Pendant un moment, j'erre dans les couloirs, ravie de pouvoir sécher un cours de Mme Latro. Je finis par entendre des coups de marteau et des grognements en provenance d'un placard.

– Aaah... Humpft..., râle une voix d'homme à l'intérieur.

Timidement, je toque à la porte du placard comme on le ferait pour entrer dans une pièce. Elle s'ouvre de travers et je manque de la prendre en plein visage. M. Shiranami, une lampe frontale vissée sur le crâne, émerge des profondeurs du meuble.

– Ah ! Une élève ! Encore des élèves, toujours des élèves ! Qu'est-ce que tu fais là ? Tu n'as pas cours ?

– Pas exactement..., dis-je, tandis que l'image de Mme Latro, l'air réprobateur jusque dans le froncement de ses lunettes, surgit dans ma tête.

– Ça, c'est une réponse de coupable, reprend Shiranami. Mais ce n'est pas à moi de m'occuper de ça, dieux merci. Puisque tu es là, aide-moi à tenir cette porte. Il faut que je refixe les gonds. Un imbécile a encore dû donner un coup de pied en passant.

Il continue son bricolage pendant que j'essaie tant bien que mal de tenir la porte le plus droit possible. Sa présence chaleureuse me rassure, dissipant les dernières traces de la crise d'angoisse.

– Bon, reprend-il. Si tu me disais pourquoi tu es venue me voir ? Tous les élèves qui me rendent visite ont une faveur à me demander. C'est ta lampe de chevet qui a disjoncté ? Ton sommier qui grince trop ?

– Rien de tout ça, monsieur Shiranami – quoique le sommier... Je voudrais savoir si vous vous souvenez du dernier casse de Jean-Filou Chippe, le père de M. Chippe.

De toute évidence, le vieil homme ne s'attendait pas à ça. Pendant un moment, on n'entend que le couinement des vis qu'il resserre.

– Ah, finit-il par marmonner, tu es celle qui enquête sur le vol de la Clé des champs. Jean-Filou Chippe... Ça fait longtemps que je n'ai pas entendu ce nom, tu sais ? Ce vieux lascar ! Je te parie qu'il est en train de profiter de son trésor dans un coin paradisiaque, des billets de banque entre les doigts de pied.

– Moi, je pense qu'il est mort, au contraire, claque une voix rauque dans notre dos.

Je sursaute et me retourne en manquant de lâcher la porte sur M. Shiranami. L'employée de ménage de l'école, Mme Cavale, se tient derrière nous, appuyée sur son balai comme sur une lance. La peau de ses bras, marquée par des années de labeur, est couverte de tatouages délavés par le temps.

– Mais non, Doris ! répond Shiranami avec véhémence. Et pourquoi pas le père Noël décédé dans un accident de traîneau, pendant que tu y es ? Jean-Filou Chippe, c'était le prince des voleurs, notre maître à tous. Il ne peut pas être mort !

– Tout ce que je dis, reprend calmement Mme Cavale, c'est que, s'il était vivant, il aurait donné signe de vie depuis tout ce temps. Personne ne peut passer trente ans dans le royaume du silence.

– Femme de peu de foi ! rétorque le vieil homme en pointant vers elle son tournevis. Quand tu vois un magicien faire disparaître un lapin dans son chapeau, tu ne te dis pas : « Tiens, il est arrivé quelque chose d'horrible à ce pauvre lapin. » Non, seulement que le magicien a très bien réussi son tour !

– Tu oublies une chose importante. Chippe n'a pas touché au contenu de la chambre forte. Pas un centime. Tu dis qu'il est allé profiter de sa retraite, mais avec quel argent ? Pas celui du casse, en tout cas !

– C'est vrai, mais... il a pu en voler ailleurs, après...

Je bois leurs paroles sans oser les interrompre, trop contente de pouvoir y puiser autant d'informations. M. Shiranami a fini de fixer la porte et je sens soudain mes bras recouvrer leur légèreté. Une idée me vient. Et si le voleur de l'école, c'était Jean-Filou Chippe, l'insaisissable braqueur revenu chercher la précieuse Clé qu'il a laissée, perdue peut-être, dans la chambre forte ?

– Allez, lui dit plus doucement Mme Cavale, je sais ce que c'est que d'essayer d'échapper aux autorités, je n'ai pas hérité de mon nom par hasard. Il n'a pas pu rester caché pendant trente ans. Il y a toujours quelqu'un pour te dénoncer quand tu es en cavale : un gérant de station-service un peu trop curieux, un balayeur observateur... La police avait fait diffuser son portrait partout, il n'aurait pas pu aller bien loin.

– Tu oublies quelque chose, Doris! Il avait utilisé la Clé des champs... que cette jeune personne est d'ailleurs en train de chercher, dit l'ouvrier en me désignant.

Mme Cavale m'accorde un regard aussi rugueux que la peau de ses mains. Je me ratatine dans mes chaussures, dont je doute qu'elles soient aussi propres qu'elles devraient l'être pour pouvoir m'attirer les faveurs de la femme.

Ils ont commencé à parler de la Clé, c'est le moment ou jamais d'intervenir. Je demande d'une voix encore hésitante:

– Euh, monsieur Shiranami, madame Cavale... Enchantée, d'ailleurs, je suis Robine... Comment vous savez qu'il a utilisé la Clé des champs, Jean-Filou Chippe? Il n'aurait pas pu s'enfuir par un tunnel, tout simplement?

– Hors de question! tranche M. Shiranami, catégorique. Les policiers qui sont intervenus ce jour-là ont été très clairs. Ils avaient réussi à acculer Chippe dans la chambre forte. Ils étaient certains de le tenir, les fous! Quand ils y ont pénétré à leur tour, elle était vide. La Clé traînait sur le sol, en évidence, mais aucune trace de Chippe. C'était une pièce en béton armé, impossible à percer, avec un système d'aération trop petit pour laisser passer quelqu'un. Il a forcément utilisé la Clé!

– Peut-être..., admet Mme Cavale. Mais la Clé des champs est plus dangereuse qu'on ne le croit. C'est une relique très ancienne, elle n'est pas prévue pour des mains humaines. Et toi, Robine, tu devrais faire attention pour la même raison. Chercher la Clé des champs, c'est se mettre en grand danger.

Je ne peux m'empêcher de frémir en l'écoutant. Au ton de sa voix, j'ai le sentiment qu'elle a vu quelque chose qui l'a perturbée. Et pourtant, il doit en falloir beaucoup pour impressionner une femme de cet acabit.

– Qu'est-ce que tu racontes encore ? réplique aussitôt M. Shiranami. À son âge, je faisais des branchements sauvages pour détourner de l'électricité au profit d'un squat de voleurs ! La jeunesse, c'est fait pour prendre des risques.

Mme Cavale ne répond pas, et mon intuition se confirme. Elle prend d'habitude un tel plaisir à contredire le vieil électricien que son silence est tout sauf rassurant. Il abrite une peur inexprimée, de celles qu'on n'ose pas formuler à voix haute pendant la journée, de crainte d'avoir l'air bête, mais qui, le soir dans notre lit, explosent à la faveur des ténèbres.

Je sens, comme cela m'arrive parfois, que c'est le moment ou jamais de poser une question. Après, ce sera trop tard, elle aura repris contenance, elle se sera intérieurement traitée d'idiote et de froussarde. Mais là, en cet instant précis, un souvenir frais de peur la rend vulnérable.

– Madame Cavale, dis-je très doucement, est-ce que vous avez remarqué quelque chose de bizarre, ces derniers temps ? Quelque chose qui vous pousse à me faire cette mise en garde ?

Je la vois hésiter.

– Je ne suis pas une illuminée, lâche-t-elle soudain. Je sais ce que je vois.

– Personne ne dit le contraire...

– J'ai une technique pour ne pas me tromper, poursuit-elle. Je ferme les yeux et je récite un poème dans ma tête, un poème que j'ai appris à l'école quand j'étais petite. Quand je les rouvre, si ce que je vois est toujours là... alors c'est que ça existe vraiment.

– Qu'est-ce que vous avez vu, madame Cavale ?

Elle hésite encore avant de laisser échapper dans un soupir :

– Il y a quelque chose qui traîne dans les couloirs de l'école, la nuit, depuis quelque temps.

– Un intrus ? Impossible, avec le système de sécurité ! s'exclame Shiranami.

– Il y a des choses qu'aucun système de sécurité ne peut arrêter, même le plus sophistiqué, rétorque la vieille femme. Ça fait de l'ombre sur les murs. Et quand c'est là, je sens comme...

Elle cherche ses mots, et pour l'aider, je ne peux m'empêcher de suggérer tout bas :

– Une présence ?

– Oui, c'est ça !

– Je ne comprends rien à vos histoires, ça me dépasse, bougonne l'électricien, buté.

Mais dans la description qu'en a faite Mme Cavale, j'ai reconnu des sensations éprouvées pendant ma nuit dans la ménagerie.

– Vous avez essayé de l'approcher ? je demande, pleine d'espoir.

– Je ne vais pas risquer ma peau pour si peu ! Quand je vois l'ombre, je tourne les talons et je vais passer le balai ailleurs. Mais le matin, quand je reviens sur les lieux pour finir le ménage, je découvre des traces sur le sol. Je les frotte pour les faire disparaître, mais elles reviennent toujours, ces traces.

– Doris, l'interrompt Shiranami, tu ne me l'avais pas dit ! Je peux t'escorter, le soir, moi.

– Bah, comme si j'avais besoin d'une escorte ! répond Mme Cavale, qui a recouvré sa fougue. J'ai peur de rien, moi... juste de la mort, parce que la mort, c'est la dernière des voleuses, celle qui te prend ton âme... et qui te la rend pas.

Un silence pesant accueille ses derniers mots. J'ouvre la bouche pour le rompre avec une nouvelle question, mais Mme Cavale me devance, pointant vers moi un doigt menaçant :

– Laisse tomber cette enquête, tu m'entends, Robine ? Je t'aurai prévenue. Si tu continues et que tu trouves les ennuis, ce sera ta faute. Tu devrais retourner en cours, maintenant.

Je repars, encore hantée par les paroles de la vieille femme. Je ne suis donc pas la seule à avoir remarqué la Présence. Et c'est pire que ce que je pensais : la Clé semble avoir porté malheur à tous ses précédents propriétaires, du voleur que Laverna tentait d'aider à Jean-Filou Chippe. Si j'arrive à mettre la main dessus, est-ce que je ne risque pas de subir la même malédiction, d'être touchée par l'ombre, de disparaître à mon tour ?

Car la Clé ouvre peut-être sur un espace sans nom, un lieu inhabitable où errent les âmes de ceux qu'on n'a jamais retrouvés et qui ne peuvent ni revenir vers la réalité, ni partir pour leur dernier voyage. Moi qui croyais enquêter sur une petite affaire de vol, je comprends que je suis sur la piste d'un objet aussi dangereux qu'envoûtant.

Je passe le reste de la journée à m'agiter dans mon lit, tantôt somnolant, tantôt réfléchissant à l'enquête. Me lever me demande une énergie considérable. Et pour couronner le tout, j'ai mes règles.

Une bonne chose cependant: je n'ai toujours aucune nouvelle du principal. Mon petit chantage auprès du secrétaire a fonctionné à merveille. Le pauvre, à cette heure-ci, il doit être en train de fumer cigarette sur cigarette tout en me maudissant!

La nuit me tombe dessus sans que je m'en rende compte. À l'heure du dîner, je n'ai toujours pas le cœur à sortir de ma chambre. Pour quoi faire, de toute façon? La seule chose dont j'ai vraiment envie, en cet instant, c'est d'un énorme dessert – une pile de pain perdu ou une part de gâteau qu'il faudrait prendre à deux mains pour la manger – et il n'y en a pas à l'école. Les paroles de Mme Cavale continuent de résonner en arrière-fond dans ma tête, comme une petite radio de doute et d'inquiétude. Venant de quelqu'un d'autre, je ne les aurais pas forcément prises au sérieux, mais d'elle... On sent qu'elle a livré une guerre personnelle contre les difficultés de la vie, et qu'il n'y a pas grand-chose qui peut fissurer l'armure de rage et de courage qu'elle s'est constituée au fil des ans. Quoi qu'elle ait vu, cela existe et cela nous guette.

– Hé ho ! Tu vas aussi passer la journée de demain au lit ?

C'est Dina, qui vient de rentrer de la cantine après le repas du soir. Elle bondit près de mon lit avec un grand sourire.

– J'ai quelque chose pour toi, ajoute-t-elle.

Elle plonge sa main dans sa poche droite et en ressort deux morceaux de pain. Même chose avec la poche gauche. Je la regarde, effarée. Elle se met à jongler avec et, après avoir fait son petit numéro, elle les dépose sur le bord de mon lit.

Paniquée, je les fourre sous mes draps.

– Dina ! T'es folle ou quoi ? On n'a pas le droit de prendre du pain à la cantine !

– Je me suis dit que tu aurais faim après ta séance de bouderie.

– Merci, mais je ne veux pas être complice d'un vol.

– Calme-toi, personne ne m'a vue ! Tu ferais mieux de le manger, puisque tu as si peur, ça le fera disparaître.

Elle me lance un clin d'œil et commence à vaquer à ses occupations de son côté de la chambre. La faim l'emporte et je m'empresse de grignoter le pain, qui a la saveur de l'interdit.

Toute la nuit, je sens ce repas improvisé me peser sur l'estomac. Je dors d'un sommeil fragile, ponctué de rêves dont je ne parviens pas à me souvenir.

Et puis, à un moment, je la sens.

J'ouvre d'un coup les yeux dans la pénombre, aux aguets, comme si depuis tout à l'heure je ne faisais qu'attendre ce signal.

Dina dort toujours. Je suis la seule à avoir remarqué les imperceptibles changements qui accompagnent la venue de la Présence. Il n'y a rien à voir, rien à entendre pourtant. On dirait que l'air lui-même vient de changer de consistance.

J'en suis certaine maintenant: elle se manifeste. Comme chaque soir désormais, libérée par on ne sait quoi. Depuis ma chambre, je ne la perçois que faiblement. Quelque part dans l'école, elle émet une énergie sauvage qui déferle autour d'elle, et dont je ne décèle qu'une infime partie. Parfois, à la mer, quand une vaguelette de rien du tout vient finir sa course sur notre pied, on devine quand même la force débordante de l'océan qui a su la propulser depuis ses profondeurs. C'est un peu la même chose qui m'arrive cette nuit.

Et je sais qu'il faut que je remonte à sa source, même si je redoute ce que je vais trouver.

Tirée du lit, je sors de ma chambre aussi silencieusement que possible. À en croire le calme absolu qui règne sur les lieux, tout le monde est assoupi. Je passe devant la chambre de Coësre et Guilleri, devant celle de Main-d'Or et Malandrine, et les autres. À l'entrée du dortoir, le surveillant de garde ce soir s'est endormi sur son magazine. Je me glisse devant lui en retenant ma respiration, jusqu'à atteindre la sortie.

Je commence à marcher dans les couloirs déserts, pieds nus sur le sol glacé. C'est probablement moi qu'on prendrait pour un fantôme si quelqu'un me croisait, en train de déambuler dans mon pyjama blanc. Proches désormais, les ondes de la Présence me secouent à intervalles réguliers. Elles vibrent de plus en plus fort, jusqu'à faire tressaillir insensiblement les objets du couloir. Les feuilles placardées sur les murs pulsent au rythme d'une musique inaudible. Je devrais avoir peur, mais je me sens presque hypnotisée. La dernière fois, dans la ménagerie, la Présence me traquait. Cette fois, c'est moi qui la suis, qui réponds à son appel comme si elle me convoquait en personne.

Tout à coup, je suspends mes pas. Là, au coin d'un couloir, une tache d'ombre s'étend sur le carrelage. Exactement comme Mme Cavale l'avait décrite.

L'ombre continue de grossir. Sans pouvoir dire si elle a forme humaine, je lui trouve quelque chose de féminin.

– Laverna ?

J'ai chuchoté sans le vouloir. Je ne sais pas ce qui en elle m'a fait penser à Laverna, mais c'est la première idée qui a surgi dans mon esprit. L'ombre s'immobilise aussitôt. Ainsi, elle m'entend. Et elle sait que je sais qu'elle est là.

Pendant une très longue et très intense seconde d'expiration, je suis plus près d'elle que je ne l'ai jamais été. Je distingue son profil, la ligne du nez et des lèvres, l'ébauche d'une main tendue que j'ai envie de saisir, emportée par l'excitation. Mais brusquement, dans un hoquet, l'ombre se dérobe, elle se replie dans les couloirs et s'évapore dans l'obscurité aussi soudainement qu'elle était apparue.

Il n'y a plus que moi, et les seules ombres que je vois sont celles que projettent bêtement, stupidement, les poignées des portes et les cadres des panneaux en bois.

14
Miroir, miroir

Au réveil, dans mon lit, j'ai les pieds sales de mon escapade et le regard embrumé de ceux qui n'ont pas assez dormi. Dorénavant, je suis certaine de l'existence de la Présence, mais absolument pas de son identité. Difficile de croire, sous l'éclairage presque vulgaire de la journée, tandis que j'avale ma cuillerée de confiture-sans-tartine à la cantine, que cette ombre ait pu être celle de Laverna, la déesse romaine des voleurs ! Et pourtant, hier soir, j'en étais intimement convaincue. J'étais à deux doigts de lui parler, de lui dire que j'avais foi en elle et que je me mettais sous sa protection.

Déesse ou pas, aujourd'hui, il m'apparaît clairement que le voleur rôde toujours dans l'école. J'aurais dû m'en douter : pourquoi dérober un crochet qui ouvre toutes les serrures, si ce n'est pour accéder à un objet plus précieux encore ? Le voleur, quel qu'il soit, n'a pas terminé son ouvrage. La traque ne fait que commencer.

Plusieurs jours s'écoulent sans que je progresse dans mon enquête. Je ne crois plus du tout à la théorie selon laquelle Malandrine aurait voulu se venger du principal Chippe. Mais moins j'ai de pistes, plus la Clé des champs m'obsède, hante mes nuits et monopolise mes journées. Elle accapare jusqu'à la plus petite de mes rêveries. À la faveur d'un brossage de dents qui s'éternise, d'un cours un peu trop ennuyeux, je ne peux m'empêcher de penser à elle. Ou peut-être à l'inverse est-ce la Clé qui pense à moi, qui m'appelle à sa façon pour que je la retrouve.

Pendant cette période, je reçois, comme c'est devenu mon habitude, quelques privilèges et de nombreuses condamnations. Je deviens même le nouveau « Portemanteau » de Mme Latro. Un jour, alors que je donne une réponse absurde à un exercice, elle lève les yeux au ciel et soupire :

– Robine, tu serais beaucoup plus utile à me tendre mes affaires plutôt qu'à ouvrir la bouche à tort et à travers. Va prendre la place de Kappa.

Retourné à sa table, Kappa, l'ancien élève portemanteau, me regarde d'un air à la fois moqueur et soulagé. Près du bureau de Mme Latro, les bras soutenant son sac d'où s'échappe une odeur miteuse, je fais face aux mines hostiles ou compatissantes des autres élèves pendant une heure qui me paraît désespérément longue. Ils savent tous que, demain, ce sera peut-être au tour de quelqu'un d'autre.

Les privilèges que j'obtiens sont moins nombreux. J'en emploie un pour pouvoir me promener dans les couloirs la nuit, après le couvre-feu. Je veux essayer de retrouver l'ombre, volontairement cette fois, mais je déambule dans les couloirs déserts sans pouvoir mettre la main dessus. Mon seul divertissement, pendant cette période, consiste à aller voir Spira à la ménagerie. Je lui apporte à manger des vers de terre que Miss Maraude me laisse collecter dans le cloître. Pendant qu'elle les avale, je caresse le bout de ses plumes à travers les barreaux et je murmure :

– Patience, Spira… On va sortir bientôt, plus tôt que prévu même. Initiées ou pas.

Un jour, en cours d'art, je profite d'un moment de répit pour rouvrir le carnet dans lequel j'ai noté la liste des suspects. Mais j'ai à peine le temps d'y jeter un coup d'œil que ma voisine de table, Main-d'Or, se penche vers moi et chuchote :

– Robine, j'ai quelque chose de très important à te demander.

Je lance un regard en direction de la prof d'art, Mme Falsifi, pour vérifier qu'elle ne nous entend pas. Nous sommes en train d'apprendre à devenir des faussaires, ces artistes qui savent reproduire un tableau à l'identique pour mieux faire croire qu'il s'agit de l'original.

– Qu'est-ce qui se passe ?

– Il faut que tu m'aides…

Main-d'Or qui vous demande de l'aide, c'est comme une reine qui vous supplie de l'aider à choisir une couronne. Elle est si douée dans toutes les matières, c'est plutôt moi qui devrais solliciter son aide !

J'ouvre la bouche pour obtenir des détails, quand

soudain la salle de classe se fige. Les élèves se raidissent sur leurs sièges. Tous les regards convergent vers la porte, dans l'embrasure de laquelle se tient, immobile et raide, le principal Chippe. Depuis combien de temps est-il là, à nous observer en silence ?

Mme Falsifi, qui vient de remarquer sa présence, se précipite vers lui, tout aussi impressionnée que nous. Il lui murmure quelque chose à l'oreille. Lentement, le buste de Mme Falsifi se tourne vers moi.

– Robine, viens ici, monsieur le principal voudrait te dire un mot ! clame ma prof d'art.

Je savais d'avance que Chippe venait me chercher. Il n'est pas du genre à se déplacer dans les classes. S'il s'en donne la peine, c'est que quelqu'un a des comptes à lui rendre.

J'abandonne mon tableau sur un amas d'indigo et de jaune qui, même de loin, ne ressemble en rien à la *Nuit étoilée* de Van Gogh, et je m'avance sous les regards sidérés des autres élèves. Le principal m'invite à sortir dans le couloir, ne prenant même pas la peine de refermer la porte derrière lui. Ce qu'il a à me dire, tout le monde doit l'entendre, comme tout le monde m'a vue lui demander une faveur à la sortie des boîtes. C'est une mise au point autant qu'une mise au pas.

– Alors, mademoiselle Larcin, ce voleur ? Je suppose, au vu de vos talents d'enquêtrice, que vous connaissez déjà son nom. Je me suis donc permis d'interrompre vos activités pour que vous daigniez m'en informer.

– Je… En fait…

Il me coupe.

– N'en dites pas plus. Votre air égaré parle pour vous. Je n'attendrai pas éternellement que vous ayez retrouvé ma Clé. Je vous suggère d'accélérer votre enquête.

Qu'est-ce que je peux répondre à ça? «J'ai plusieurs pistes, monsieur le principal. Soit le voleur est votre père disparu revenu sous forme de fantôme, soit c'est la déesse Laverna qui nous joue des tours.» Chippe en déduira que je me moque de lui. Ou que je n'ai plus toute ma tête. Je voudrais lui jurer que je progresse, mais ma voix se ratatine dans ma gorge. Je ne peux m'empêcher, en regardant le principal, de penser à ce frelon momifié dans sa boîte en verre comme dans un petit cercueil transparent.

– Par ailleurs, ajoute Chippe après une pause qui m'a paru bien trop longue, j'ai une bonne nouvelle à vous annoncer. Votre Initiation a été avancée, mademoiselle Larcin. Vous allez pouvoir faire vos preuves de bonne heure. J'espère que c'est un privilège dont vous saurez tirer parti avec plus de succès que de votre petite enquête.

Il a voulu me punir de mon audace en me révélant cette information que je connais déjà. Je le devine assez fier de lui, guettant l'effet de son annonce, content à l'idée de me voir perdre mes moyens. C'est ce qui aurait dû se produire, sans doute, si je n'avais pas lu mon dossier dans son bureau. Mais là, le choc est déjà passé, je peux lever vers lui deux grands yeux calmes et répondre avec une docilité à laquelle il s'attendait si peu qu'elle lui paraît bien pire que de l'insolence:

– Ah bon?

En vérité, mon cœur s'est remis à chavirer dans tous les sens en entendant reparler de mon Initiation. Mais si je lui retrouve sa Clé chérie, peut-être qu'il acceptera de décaler la date.

– Bien, conclut-il un peu sèchement, déstabilisé par ma réaction. Sur ce, vous pouvez retourner à vos occupations.

Je pousse un profond soupir en reprenant ma place dans la salle de cours. Je n'ai jamais été aussi heureuse de retrouver Mme Falsifi et son immense bazar de tableaux. Les murs de la salle d'art sont recouverts d'œuvres que ma prof, une faussaire très réputée, a peintes au fil des années. Elle est connue pour avoir réussi à tromper les plus grands experts, qui ont scruté ses tableaux dans les moindres détails avant de les déclarer authentiques. Elle est même parvenue à vendre un faux Picasso pour plusieurs millions d'euros.

– Il ne suffit pas de savoir bien peindre pour copier un tableau, déclare celle-ci. Il faut aussi donner l'illusion que l'œuvre a traversé les siècles. Vous allez donc devoir vernir votre travail en créant des craquelures comme on en trouve sur les peintures anciennes.

Je jette un coup d'œil dépité à ma *Nuit étoilée*, qui continue de baver du jaune et du bleu sur le plan de travail. Que je la vernisse ou pas, elle ne ressemblera jamais à un original.

Du coin de l'œil, j'aperçois Gavroche qui, pour ce cours, s'est assis près de Malandrine, quelques rangs devant moi. Elle a dû lui pardonner d'avoir répété des rumeurs sur elle. Elle lui dit qu'elle préférerait taper dans un punching-ball plutôt que de « tripoter des pinceaux » (je cite) et il rit un peu niaisement à chacune de ses phrases. Je le vois soudain prendre une grande inspiration, sortir un petit paquet de sa poche et le tendre à sa voisine.

– Un élastique de super qualité… Je l'ai volé au village de Marchandeurs, explique-t-il après qu'elle l'a ouvert. Pour tes exercices de musculation.

Malandrine regarde Gavroche avec une forme d'intérêt, un peu troublée. Peut-être que ça va finir par avancer, l'histoire entre ces deux-là ? Je jette un regard à la classe en me demandant si quelqu'un pourrait m'intéresser, comme Gavroche s'intéresse à Malandrine. Coësre ? Il est trop vieux, ce serait bizarre. Kappa ? Trop servile, j'aurais du mal à aimer quelqu'un qui passe son temps à faire copain-copain avec les surveillants.

– Robine… Pssst…

Main-d'Or revient à la charge, dissipant ma rêverie. Elle était sur le point d'apporter la touche finale à une très honorable imitation de *La Jeune Fille à la perle*, mais, en versant son vernis, elle a fait des pâtés qui ont irrémédiablement gâché l'ouvrage. Pour qui connaît Main-d'Or, pour qui sait avec quelle application elle triomphe de la moindre de ses tâches, une telle erreur a quelque chose d'inquiétant. Tout, dans son apparence, semble inébranlable. Elle occupe l'espace, de ses épaules arrondies jusqu'à ses cuisses imposantes, de ses joues bombées jusqu'à ses doigts épais. Elle a l'air de quelqu'un qui ne manque de rien, qui n'a pas besoin des autres pour exister. La voir déstabilisée, rongée par l'angoisse comme je l'ai été moi-même ces derniers jours, c'est un signe de plus que ma réalité est en train de se fissurer, morceau par morceau.

Je soupire :

– Écoute, Main-d'Or, j'adorerais t'aider, mais Chippe me met la pression avec cette histoire de Clé. Il faut absolument que je me concentre là-dessus. Je n'ai pas le temps de faire autre chose.

– Je t'en prie... Je ne sais pas à qui d'autre m'adresser.

– Coësre est ton ami, non ?

– C'est trop grave pour que je puisse en parler à Coësre. Il n'y a que toi qui puisses m'aider. Je sais que tu ne me trahiras pas, tu es... un électron libre.

C'est la première fois qu'on me fait un compliment de ce genre. Elle a piqué ma curiosité, et c'est difficile de dire non à quelqu'un qui vous supplie avec tant d'insistance.

– Qu'est-ce qui se passe ?

– Fais semblant de peindre, souffle-t-elle. Il ne faut pas qu'on nous écoute.

Tout en continuant de travailler sur son tableau, elle rapproche sa tête de la mienne, si près que je sens l'odeur de gingembre et de cannelle qui émane de ses cheveux.

– J'ai besoin que tu remettes un objet dans la chambre de Sélina, lâche-t-elle.

– Un objet volé ? je demande, stupéfaite.

– Chuuut ! Parle moins fort ! Non, juste emprunté. Sélina avait posé son miroir de poche sur la table à côté d'elle, avant les cours. Je ne sais pas ce qui m'a prise, je… je voulais me regarder dedans juste une fois, une seule.

Je ne peux pas croire que Main-d'Or, la meilleure élève de toute l'école, soit en train de m'avouer qu'elle a volé une voleuse, le crime le plus formellement interdit par le règlement.

– Bon sang, Main-d'Or, je ne te croyais pas capable de ça !

– Ce n'est pas un vol si tu comptes rendre l'objet tout de suite, réplique-t-elle. Et cela fait à peine une heure : Sélina n'a pas encore dû s'en rendre compte.

– Dans ce cas, pourquoi est-ce que tu ne lui rends pas son miroir en t'excusant, tout simplement ?

– Pour risquer qu'elle me dénonce, que je sois renvoyée de l'école, pire peut-être ?

– T'as qu'à dire que tu l'as pris par inadvertance, que tu as confondu son miroir avec le tien.

– Peu importe, j'ai volé une voleuse. Si quelqu'un l'apprend, ce sera une tache dans mon dossier. Tu ne peux pas comprendre, toi, tu n'as pas les mêmes objectifs que moi.

– Ça ne donne pas vraiment envie de t'aider !

– Robine, tout ce que je te demande, c'est de remettre le miroir dans les affaires de Sélina, ni vu ni connu…

– Et pourquoi est-ce que c'est moi qui prendrais un tel risque ? Sélina n'hésitera pas à me balancer à Chippe si elle me chope en flagrant délit !

– Si tu le fais, déclare Main-d'Or d'une voix grave, je te révélerai quelque chose sur la Clé des champs. Quelque chose qui peut t'aider à la retrouver.

Déstabilisée par sa proposition, j'hésite pendant quelques secondes – un moment suffisant pour que Main-d'Or fourre un petit objet dans la poche de ma veste. Le miroir, à n'en pas douter. Il alourdit le vêtement, trahissant sa présence oppressante. Je glisse ma main dans ma poche et je touche, du bout des doigts, la coque gravée d'un côté, la surface lisse du verre de l'autre.

Maintenant, c'est moi la voleuse. C'est du moins ce que n'importe qui croira si l'on me surprend avec le miroir de Sélina en ma possession.

Main-d'Or a l'air soulagée. Elle arrange ses cheveux avec son moignon, comme elle sait si bien le faire. Mme Falsifi, qui passe dans les rangs à ce moment-là, grimace en se penchant sur son imitation de tableau.

– Main-d'Or, je dois avouer que cette utilisation désastreuse du vernis ne te ressemble guère. Aucun expert ne s'y tromperait. Je vais être obligée de te donner une condamnation.

Toute la classe se tourne vers nous. C'est la première fois, de mémoire d'élève – et les élèves ont la mémoire longue –, que Main-d'Or écope d'une condamnation. Stoïque, elle contemple le visage de sa *Jeune Fille à la perle* comme si c'était son propre reflet, mais un reflet gâché, dégradé.

La sonnerie la cueille en pleine humiliation. Tout en rangeant ses affaires, elle me jette un regard entendu et scelle notre pacte en soufflant :

– Merci, Robine. Et bon courage.

15
Le vole-face

Du courage ? C'est la dernière chose que je possède en ce moment. Le poids du petit miroir dans ma veste me rend malade, il me rappelle mes pires expériences de vol, quand j'avais l'impression qu'un faisceau de rayons X était braqué sur moi, révélant au monde entier le contenu de mes poches.

– Tu as couru ou quoi ? lance une voix qui me fait sursauter.

C'est Coësre.

– Hein, qui ça ? Non, je n'ai pas vu Sélina !

Coësre ouvre des yeux ronds.

– Pourquoi tu me parles de Sélina ? Je te demandais si tu avais couru, tu es tout essoufflée.

– Oui, oui, je courais. Pour… assouvir une envie pressante.

Je tourne les talons et m'enfuis en direction des toilettes des filles, où de toute évidence il ne pourra pas me suivre. Là, je m'enferme dans une cabine et j'attends, adossée contre la porte couverte d'inscriptions, que les lettres C.O.U.P.A.B.L.E arrêtent de tournoyer autour de moi comme un essaim d'abeilles.

Dans le silence que trouble à peine un bruit de goutte-à-goutte persistant, j'ose enfin sortir l'objet de ma poche. Il s'agit d'un petit miroir dont la coque est gravée de façon très artisanale, au couteau probablement. On y voit un personnage étrangement représenté de dos *et* de face. De sa tête, on n'aperçoit que l'arrière de son crâne et ses cheveux, mais son buste est tourné vers moi. Et ce n'est pas tout. Quand je retourne le miroir pour me regarder dedans, rien. Sa surface est vide. Grise et sans reflet. Un miroir sans tain ? Comme dans les salles d'interrogatoire des commissariats ? Vraiment bizarre... À quoi peut servir un miroir de poche dans lequel on ne peut pas se voir ?

Le face-à-face avec cet objet rond, pâle et vitreux comme l'œil d'un cyclope m'a laissé une impression si désagréable que je décide de m'en débarrasser sans plus attendre. Les cours ne vont pas reprendre tout de suite, Sélina doit se trouver au Bloc avec les autres.

Je sors des toilettes des filles en espérant ne croiser personne et me dirige vers le Bloc. J'essaie de me composer un visage serein, de prendre le masque de la banalité. Mais mon poing, dans ma poche, serre si fort le miroir que je sens l'étrange gravure de la coque s'imprimer en creux dans ma chair.

Comme je le pensais, Sélina se trouve bel et bien au Bloc, alanguie dans un fauteuil, plongée dans des révisions. Quand elle s'anime, sa main droite et sa main gauche entament un curieux ballet. Elles se frôlent, se séparent et se rejoignent comme des amants qui cherchent à se séduire. Même chose pour ses pieds lorsqu'elle marche. Je suppose que c'est ça qu'on appelle la grâce – une qualité que, même en m'entraînant pendant des années, je ne parviendrais probablement pas à acquérir.

Je n'ai pas trop de difficulté à passer inaperçue. À cause de mes déboires en cours, je ne fais pas partie du cercle des gens intéressants pour Sélina. Au mieux, j'appartiens vaguement au décor de l'école, au pire, mon incompétence est contagieuse et il vaut mieux ne pas prendre le risque de trop s'approcher de moi.

Je passe près d'elle l'air de rien et, le cœur battant à tout rompre, je glisse le miroir volé dans l'ouverture de son sac de cours. Il y tombe avec un bruit infime dont j'entends encore, longtemps après, l'écho imaginaire.

Je sais que je devrais m'enfuir, mais, un peu bêtement peut-être, j'ai envie de hâter les choses. Je voudrais être certaine que Sélina trouvera le miroir, pour que le problème soit définitivement réglé, que mon quotidien reprenne son cours, pour dissiper une fois pour toutes la culpabilité qui me dévore depuis que j'ai récupéré l'objet du délit. Je passe mes mains dans mes cheveux et soupire :

– Je suis complètement décoiffée ! T'aurais pas un miroir à me prêter pour que j'arrange tout ça ?

D'accord, c'est débile. Mais je vous l'ai toujours dit : je suis une voleuse minable. Tout ce qui touche au vol me prive de mes moyens.

– Nan, répond Sélina sans déscotcher les yeux de son cahier.

– Oh ? Il me semblait pourtant t'avoir vue avec un miroir de poche l'autre jour.

– Laisse tomber, il ne sert pas du tout à se regarder. C'est un cadeau de mon parrain, à la cour des Miracles.

Je feins d'être surprise.

– Un miroir dans lequel on ne peut pas se voir ? Pas très utile, non ?

Sélina se met à glousser.

– C'est un vole-face ! Il conserve l'image de la dernière personne à s'y être regardée. À part son propriétaire, bien sûr.

J'ai l'impression de recevoir une gifle.

– À l'origine, poursuit Sélina, il servait aux amoureux séparés à garder une trace de l'être aimé. C'est beau, non ?

Elle referme son cahier d'un coup sec, le fourre dans son sac et s'oriente vers la sortie sans me dire au revoir. Atterrée, je la suis des yeux tandis qu'elle disparaît de l'autre côté de la porte.

Est-ce qu'elle a raconté ça pour me faire marcher ? Tout le monde sait que Sélina a un sens de l'humour pour le moins... vicieux. Mais si elle a dit vrai, je viens de signer ma condamnation. Lorsque Sélina prendra son miroir, mon reflet prisonnier s'y inscrira en gros plan, comme si je me tenais face à elle, immortalisée dans les moindres détails ! Elle comprendra aussitôt que je lui ai « emprunté » le miroir sans autorisation.

Je n'ai jamais entendu parler d'une glace capable de capturer l'image de celui qui s'y mire. S'il existe, c'est assurément le cauchemar de tous les voleurs. Et dire que c'est moi qu'il a piégée ! Moi qui ne faisais que rendre service à Main-d'Or !

Pas le choix, il faut que je le récupère et que je répare mon erreur, avant d'être accusée de l'avoir volé. Je me précipite hors du Bloc pour la suivre, mais elle a déjà disparu, bifurquant vers je ne sais quelle partie de l'école.

Je remonte le couloir à contre-courant, demandant à chaque élève que je croise : « Tu sais où est Sélina ? » Je ne récolte que des réponses évasives, jusqu'à ce que Gavroche m'informe l'avoir vue près de la salle des fournitures.

Je fonce vers l'endroit indiqué. En effet, Sélina fait la queue pour récupérer du matériel, son sac négligemment jeté sur une de ses épaules. Je me glisse derrière elle, encore plus échevelée que tout à l'heure – au moins, cela rend crédible le fait que je cherchais un miroir.

Impossible d'agir en public. Il faut l'entraîner à l'écart.

– Si on allait à la ménagerie ensemble ? je propose.

– Pour quoi faire ?

– On pourrait nourrir nos animaux-totems...

– Le mien a tout ce qu'il faut.

Son regard dévie vers un point derrière moi et s'allume comme je l'ai rarement vu faire.

– Guilleri ! s'exclame-t-elle. Dépêche-toi ! Je veux bien te garder ta place dans la queue mais pas passer la journée à t'attendre !

Guilleri, son frère jumeau, nous rejoint nonchalamment. J'avais déjà pu constater qu'ils se ressemblaient, mais, à les voir de près, ils sont la copie conforme l'un de l'autre, à part les cheveux longs de Sélina et les sourcils broussailleux de Guilleri. Elle a l'air si heureuse de le voir que, pendant un instant, je me surprends à me demander si ce n'est pas le visage de son jumeau que Sélina garde si précieusement dans son vole-face.

– Qu'est-ce que tu fais là, toi ? lance Guilleri en me découvrant.

Comme sa sœur, il me domine d'une bonne tête. C'est la première fois que je me trouve aussi près de Guilleri depuis que j'ai failli l'électrocuter dans les boîtes. Son air bourru me rebute au plus haut point, mais c'était plus facile de penser à lui faire du mal quand il n'était pour moi qu'un numéro.

Maintenant qu'ils sont deux, récupérer le miroir paraît complètement illusoire.

– En fait, dis-je en affectant un air ennuyé, je cherche des excuses pour prendre l'air. Dina n'arrête pas de me coller. Sous prétexte que je suis sa colocataire, elle me suit partout.

– Je déteste quand elle fait ça ! m'approuve Sélina.

– C'est pathétique, renchérit Guilleri. Elle cherche à se faire des amis mais, sérieusement, elle ferait mieux de ne pas la ramener.

J'ai honte de dire du mal du Dina, mais la crainte d'être condamnée comme voleuse de voleur est la plus forte. Il faut bien que je récupère le miroir, que je fasse parler Main-d'Or et que je retrouve la Clé des champs. Quelle que soit l'information que Main-d'Or a à me donner, elle a intérêt à valoir tous les efforts que je déploie.

Je reprends, faisant taire tous mes scrupules :

– Ouais, et en plus, je dois la supporter nuit et jour vu qu'on partage la même chambre. Elle a des manies répugnantes !

– Du genre ? demande Guilleri.

– Je ne peux pas trop en parler ici, dis-je en baissant la voix. Elle a des alliés dans l'école.

La file pour les fournitures a avancé. C'est au tour des jumeaux de recevoir leurs nouveaux cahiers. Un instant, je crois que ma tentative a échoué, mais Sélina finit par se pencher vers moi.

– Rejoins-nous dans ma chambre dans un quart d'heure. On y sera tranquilles pour discuter.

La chambre de Sélina est à son image : nette, les murs radieux de propreté, avec ses objets décoratifs, son couvre-lit brodé, ses affiches encadrées. Coësre me l'a raconté le premier jour : Sélina vit à l'école depuis de nombreuses années. Cet endroit est sans doute pour elle ce qui se rapproche le plus d'un « chez-soi ». Elle m'invite d'ailleurs à enlever mes chaussures avant d'entrer.

Elle s'est assise sur le lit. Guilleri, affalé sur une chaise, est occupé à se curer les ongles avec un bâtonnet. Je repère aussitôt le sac que Sélina a déposé sur son bureau en rentrant. Coup de chance, il est resté ouvert. J'y distingue même le vole-face, son verre aveugle miroitant dans la pénombre.

– Vas-y, me presse Sélina. Qu'est-ce que tu voulais nous dire sur Aladina ?

Je me poste près du sac, m'interdisant de le regarder, et je soupire :

– Vivement qu'on m'en débarrasse !

Je me sens coupable de parler aussi mal d'une personne qui m'a accueillie à l'école, et qui n'a pas hésité à faire un faux témoignage quand j'étais en mauvaise posture dans les boîtes. Mais la situation est trop grave pour que je m'arrête à ce détail. C'est la seule idée que j'ai trouvée pour approcher les jumeaux, et je dois aller jusqu'au bout.

– Ça fait longtemps qu'on essaie de la faire dégager, dit Guilleri, mais elle s'accroche. Je dois bien lui reconnaître ça : elle est aussi increvable qu'un cafard.

– Tu voulais nous parler des manies de Dina, relance Sélina.

– Oui ! À la cantine, pour le petit déjeuner, elle prend une cuillerée de confiture et elle trie les morceaux qu'il y a dedans pour ne manger que la gelée. La voir chipoter comme ça, ça me dégoûte. Et quand elle brosse ses cheveux le soir… Bon, déjà, elle met un temps fou. Pas étonnant, vu leur longueur ! Mais surtout, elle en met partout, c'est dégueulasse.

– Ah oui, j'imagine, avec sa sale tignasse ! siffle Sélina. C'est ridicule d'avoir les cheveux aussi longs. Tu sais pourquoi elle ne veut pas les couper ?

– Elle dit qu'elle a fait le vœu de ne pas y toucher jusqu'à son Initiation.

– Pffft, crache Guilleri. Elle mériterait une bonne leçon.

– Vous la connaissez depuis quand ? je demande.

– Oh, tu sais, on connaît à peu près tous les élèves depuis leur arrivée, répond Sélina comme si elle évoquait quelque chose de tout à fait banal. On en a vu débarquer autant qu'on en a vu partir. À la fin, ils finissent tous par se ressembler d'une façon ou d'une autre. D'ailleurs tu ne fais pas exception à la règle. Heureusement, Guilleri est là pour moi et je suis là pour lui, alors les autres ne nous manquent jamais vraiment.

Ça y est, le moment que j'attendais est arrivé. Ils se sont tournés l'un vers l'autre, aimantés par l'affection qu'ils éprouvent – cette affection qui est, si j'en juge par leurs dernières paroles, le seul bien qu'ils possèdent depuis leur naissance. Quand Sélina et Guilleri se regardent, ils ne se contentent pas d'un coup d'œil, ils plongent dans une contemplation si brève mais si intense que, pendant quelques secondes, ils semblent totalement absorbés.

Avec une vivacité qui me surprend moi-même, je sors le vole-face du sac et je le remets dans ma poche. Le contact du verre froid me paraît presque familier, cette fois.

Les jumeaux ont cessé de se dévisager.

– Robine, nous t'avons suffisamment vue pour aujourd'hui, tu peux partir maintenant, déclare Sélina sans tourner autour du pot, d'une voix très polie pourtant.

– D'accord... Euh... À la prochaine fois ?

– Si tu es encore là. Sinon, ce sera une autre comme toi, conclut-elle.

Sans demander mon reste, je fonce dans le couloir, le vole-face toujours dans ma poche. Je m'éloigne le plus possible de la chambre de Sélina, persuadée pendant un instant que les jumeaux vont constater le vol et en sortir pour me pourchasser.

Car désormais, je suis une voleuse, une vraie. Pas celle qui n'y touche qu'à moitié, quand elle y est forcée, pas celle qui le fait à contrecœur, qui hésite, qui demande à être dispensée. Non, cette fois, j'ai commis un vol en toute conscience, de mon plein gré. Si ça se trouve, j'ai toujours été une voleuse qui s'ignore. Il fallait juste une occasion pour me le révéler. Mais bizarrement, je n'en suis pas particulièrement heureuse, seulement fatiguée d'avoir dû courir partout.

Moi qui me suis toujours plainte de ma famille de voleurs, je découvre qu'il n'est pas si difficile, finalement, de leur ressembler. Il suffit de s'oublier un peu et de faire ce qu'on a à faire. C'est un processus moins compliqué qu'on ne le pense, moins douloureux aussi. Vous avez déjà été à bout de nerfs à cause d'un petit bruit en fond sonore, un tic-tac d'horloge, par exemple ? Ce n'est que quand on y prête attention qu'il nous devient insupportable. Le reste du temps, nous faisons notre vie sans même en avoir conscience. S'oublier, c'est un peu pareil. Il n'y a qu'à cesser de s'écouter, jusqu'à ce que ce soit l'inverse – percevoir le tic-tac – qui requière un effort.

J'ai retrouvé ma chambre. Assise sur mon lit, je libère le miroir de Sélina à l'air libre. Je voudrais savoir si mon reflet est bel et bien emprisonné derrière la surface opaque. Il faudrait que quelqu'un d'autre se regarde dedans pour effacer mon image et que je puisse enfin rendre l'objet à sa propriétaire. Mais qui piéger ? Pas un autre élève, ce serait trop cruel ! Et du côté des adultes… Une partie de moi aimerait bien se venger de M. Voldingue, de Chafouin, le secrétaire de Chippe, ou encore de Larron, qui m'avait enfermée sous la ménagerie. Mais je n'ai pas le cœur à faire condamner un innocent.

Faire d'une pierre deux coups, peut-être ? Une idée saugrenue se fraie peu à peu un chemin dans mon esprit. Et si j'arrivais à capturer le reflet du voleur de la Clé des champs pour l'étaler à la vue de tous ? Mon enquête piétine tellement en ce moment que ça ne coûte rien d'essayer.

Le miroir au creux de la main, j'élabore un plan. Si l'ombre est, comme je le pense, responsable de la disparition de la Clé, il suffit que je place le vole-face à l'endroit stratégique où je sais qu'elle apparaît certains soirs. Le lendemain, je reviendrai le chercher, je dénoncerai le coupable, et je dirai que j'avais besoin du miroir pour mener à bien ma mission. Chippe me pardonnera sûrement ce petit écart, si j'identifie celui qui a volé sa relique.

C'est décidé, je mettrai mon plan en œuvre dès ce soir. Que l'ombre profite bien de sa dernière soirée de liberté : elle ne pourra pas m'échapper bien longtemps.

16
Une invitation

Moins absorbée par le vole-face, maintenant que j'ai trouvé quoi en faire, je remarque soudain qu'une enveloppe a été glissée sous ma porte. Le courrier du jour, probablement.

Il m'arrive parfois de recevoir un mot d'Arsène ou de mes parents, mais cette enveloppe-ci semble très différente. Elle est faite dans un papier luxueux et ses bords sont décorés de petits motifs, comme les faire-part de mariage.

Mon nom a été rédigé sur l'enveloppe avec une encre de couleur, suivi de l'adresse de l'école. Ça ne ressemble pas du tout aux billets d'Arsène. Non, cette lettre a quelque chose d'officiel.

Je l'ouvre du bout des doigts, comme si elle allait me mordre, et j'en retire un carton tout aussi soigné, sur lequel est tracé le message suivant :

Chers membres et amis de la famille Larcin,

Nous avons l'honneur de vous convier
à l'Initiation de notre fille Robine.
Elle aura lieu le premier lundi du mois prochain
à l'école des voleurs et sera suivie d'un festin.
Merci de bien vouloir apporter
un cadeau volé pour la cérémonie.
Réponse souhaitée avant la fin de ce mois.

Stupéfaite, je retourne le carton pour vérifier que je ne me suis pas trompée. Mes parents m'ont envoyé une invitation à ma propre Initiation ! Le principal Chippe les a sans doute prévenus de sa décision d'avancer l'épreuve. J'aurais dû me douter qu'il prendrait des mesures contre moi. Mais de savoir que mes parents ont confectionné ces faire-part, qu'ils les ont décorés, calligraphiés, tout ça pour m'en faire parvenir un exemplaire, à moi, comme si je n'étais pas la première concernée !

Je lance le carton d'invitation en direction de la corbeille, où il atterrit au milieu des touffes de cheveux de Dina. J'ai beau aimer mes parents, comme je les aimerai toujours, je sens qu'un des liens entre nous vient tout juste de se défaire, au moment précis où je déchiffrais mon nom sur la lettre.

Je suis soulagée et j'ai mal en même temps. Car cette sensation est peut-être la plus douloureuse de toutes celles que j'ai éprouvées jusqu'à présent, plus choquante que d'être enlevée pour être amenée à l'école des voleurs, plus cruelle que d'être enfermée dans les boîtes, plus inquiétante que d'imaginer mon reflet capturé par le vole-face.

Je ne sais pas quoi faire. Je ne sais pas si je dois me rendre à cette Initiation, pour accomplir la petite prophétie du carton d'invitation, ou si je dois fuguer vers un village de Marchandeurs, comme le frère de Dina et tant d'autres. Et comme chaque fois que je suis perdue, je ressens le besoin profond d'aller en parler avec Miss Maraude, dans la nature presque sauvage du cloître.

Toute la journée, je trépigne en attendant le moment où Miss Maraude sera seule dans sa salle. Elle a pris l'habitude d'y rester après les cours, à cause de ses « humeurs », comme elle dit. Elle livre ses états d'âme aux pissenlits et aux renoncules quand elle croit que personne ne peut la surprendre.

En soirée, peu avant le couvre-feu, je prends donc une nouvelle fois le chemin du cloître. Avant de sortir, je m'assure que le vole-face est toujours dans ma poche. C'est l'heure idéale pour le mettre en place, maintenant que les élèves ont déserté les couloirs. Je récupère aussi le carton d'invitation, dans la corbeille, pour pouvoir le montrer à Miss Maraude.

Comme je l'avais prévu, un rai de lumière s'échappe de sous la porte. Mais quand je frappe, personne ne répond. J'insiste un peu et je me décide à ouvrir moi-même. D'abord, je ne remarque rien, jusqu'à ce qu'une brassée de lierre se mette à frémir dans un coin. La silhouette de Miss Maraude, engloutie dans la végétation, en émerge peu à peu. Sa voix finit par s'élever, claire et chantante :

– Robine ? C'est toi ?

– Oui, Miss Maraude ! Qu'est-ce qui vous arrive ?

– Ne t'en fais pas. Je passais un peu de temps avec mes amies de toujours – parfois les plantes sont beaucoup plus supportables que les êtres humains. Oh, toi, tu as des choses à me dire, n'est-ce pas ? ajoute-t-elle en remarquant ma mine défaite.

Elle s'assoit dans un fauteuil et me désigne la place en face d'elle. Sans ajouter un mot, je sors la lettre que j'ai reçue ce matin et je la lui tends. À mesure qu'elle la lit, son visage devient plus soucieux, puis finalement elle me la rend avec un franc sourire.

– Quelle merveilleuse nouvelle, Robine ! déclare-t-elle.

– Oh, non, pas vous, Miss Maraude ! Vous vous rendez compte que ce message m'a été envoyé par mes propres parents ?

– Je t'en prie, nous ne sommes que toutes les deux, tu peux m'appeler Phûlan.

– Phûlan ?

Je répète le mot avant de comprendre qu'il s'agit de son prénom. Ainsi, Miss Maraude a un prénom ! C'est évident, mais, jusqu'ici, je l'imaginais plus comme un membre de l'école que comme une véritable personne.

– C'est mon prénom. Celui que je me suis choisi, en tout cas, reprend-elle en croisant les mains sur ses genoux.

– Vous avez choisi votre prénom ? dis-je, interloquée. Comment c'est possible ?

– Je l'ai pris à l'adolescence, en hommage à une grande voleuse que j'admirais beaucoup quand j'étais petite.

– Et votre prénom de naissance ? Qu'est-ce qui s'est passé ? Il ne vous plaisait plus ? Vous l'avez oublié par accident ?

Elle éclate de rire et, pour ce soir au moins, ce rire dissipe son humeur sombre.

– Ma petite poseuse de questions ! s'exclame-t-elle avec affection. Tu crois donc être la seule au monde à chercher ta place ? Sais-tu que je viens d'une célèbre – légendaire même – famille de policiers ?

Sa révélation me fait l'effet d'une bombe. Phûlan Maraude vient de prononcer la pire insulte qui soit à l'école des voleurs.

– Ça t'étonne ? demande-t-elle devant mon silence. Mon père était réputé pour réussir à coffrer les plus habiles hors-la-loi. Une fois qu'il avait repéré leurs traces, il les traquait comme si sa propre vie en dépendait.

– C'est peut-être indiscret, mais… Vous n'êtes pas obligée de répondre… Comment est-ce qu'ils ont réagi quand vous êtes devenue voleuse ?

– Oh, ils m'ont mise à la porte, bien sûr, et ils m'ont interdit de les revoir. À jamais.

Je ne sais pas comment Miss Maraude a fait pour m'annoncer cela avec tant de calme, un calme qui défie la raison. Ses yeux noirs sont profonds comme une blessure restée ouverte qui laisserait voir l'intérieur d'elle-même. Je n'arrive même pas à imaginer que des parents puissent abandonner leur enfant comme ça, du jour au lendemain. Il y a quelque chose d'absurde, de révoltant dans cette idée.

– Mais peut-être qu'ils ont changé d'avis maintenant, je suggère, peut-être que vous leur manquez et qu'ils regrettent leur décision ? Est-ce que vous pourriez reprendre contact avec eux ?

– Ce serait malheureusement beaucoup trop dangereux. Qui me dit qu'ils ne voudront pas me dénoncer ? Il y a des gens qui ont le cœur brisé, Robine, moi, j'ai le cœur troué. Dès que j'essaie de le remplir avec quelque chose, ça fuit. Parfois, j'ai même envie de disparaître de la surface de la terre. Alors, tu vois, le jour de ton Initiation, quoi qu'il advienne, je serai là pour te soutenir. Si tu choisis de la passer, je serai dans le public, impatiente de te voir revenir, excitée, un peu émue aussi. Et si tu décides de ne pas te présenter, je te soutiendrai également. Je te défendrai contre ceux qui te critiqueront. Et bien plus tard, je serai cette petite voix intérieure qui, quand tu doutes de toi, te rappelle qu'au moins quelqu'un d'autre ne doute pas.

Là, tout de suite, j'aimerais que Phûlan Maraude devienne ma jeune tante ou une proche cousine avec laquelle je pourrais prendre le thé tous les dimanches jusqu'à la fin de nos jours. J'ai envie de lui faire une promesse, moi aussi.

– Miss M... Euh, Phûlan... Je vais retrouver la Clé des champs et, avant de la rendre au principal, je vous l'apporterai. Vous pourrez l'utiliser comme bon vous semble. Vous pourrez retourner voir vos parents et leur échapper s'ils décident de tenter quelque chose contre vous. Je m'y engage, c'est le cadeau que je veux vous faire. J'ai tout ce qu'il faut maintenant pour attraper le voleur. Je sais qu'il y a quelqu'un qui rôde ici la nuit et j'ai mis la main sur un vole-face pour le...

Je ne peux achever ma phrase. Miss Maraude m'en empêche en posant son index sur ma bouche.

– Chuuut, souffle-t-elle. Tu ne sais pas de quoi tu parles. Allez, c'est bientôt l'heure du couvre-feu.

Elle se relève, m'entraînant à sa suite, me claque un « Au revoir » affectueux avant de m'éjecter du cloître sans que j'aie le temps de réaliser ce qui vient de se passer. Décidément, Miss Maraude a l'art de me mettre à la porte chaque fois que je vais lui rendre visite, dès que je lui parle de la Présence ou simplement de la vie nocturne de l'école.

Les affaires sérieuses commencent. Dans la pénombre artificielle qui endort les couloirs avant le couvre-feu, et dont je suis désormais si familière, je sors le vole-face, cherchant du regard un endroit où je pourrais le déposer. Il est assez petit pour tenir dans ma main, ce ne sera pas difficile de le cacher dans le décor. Mais il faut quand même qu'il offre un angle suffisamment large pour capter le reflet de la Présence – si tant est qu'elle en ait un, de reflet, et si tant est qu'il fonctionne, ce prétendu vole-face.

J'avise un tableau qui représente le célèbre Robin des Bois. Son cadre épais laisse assez de place pour y caler le miroir. Tout en y disposant l'objet, je contemple Robin, lui qui a inspiré mon prénom, et je fais une petite prière intérieure pour qu'il assure le succès de mon entreprise.

Voilà, le piège est en place. Le miroir n'est pas

totalement discret, mais il se fond quand même dans les détails du tableau. Je me surprends à lui murmurer :

– Bonne nuit, petit voleur de visages.

Ça y est, je parle aux objets maintenant ! Il est grand temps pour moi d'en finir avec toute cette histoire.

Le lendemain, dès l'aube, je me précipite dans le couloir, encore en pyjama, pour récupérer le vole-face. L'école s'éveille à peine mais je tombe sur Mme Cavale, qui passe le balai.

Elle sursaute en me voyant débouler.

– C'est toi, Robine ? Jamais vu un élève se lever si tôt. À part les jours de fête où il y a des croissants au réfectoire !

Je la salue sans même ralentir. Le portrait de Robin des Bois, fier et majestueux, apparaît au loin devant moi. Mais il faut que j'évite de me présenter face au miroir, sans quoi il risque d'enregistrer mon reflet et tout sera à recommencer. Plaquant le dos au mur, je m'approche avec précaution du tableau quand j'entends crisser quelque chose sous ma chaussure.

Je reconnais aussitôt le bruit du verre brisé. Des bouts de verre couvrent le sol, éparpillés tout autour de la coque du miroir. Il est tombé et, sous le choc, a éclaté en un poudroiement de débris. Les morceaux qui restent en place forment un kaléidoscope gris qui scintille mornement dans la lumière. Si le reflet de l'ombre était piégé à l'intérieur, il n'en reste rien désormais. Le miroir est aussi muet et aussi désolé que moi.

Qu'est-ce qui a pu faire exploser le vole-face ? Une force hors du commun, un élève peu soigneux qui l'aurait remarqué ? Non, c'est impossible, les élèves n'ont pas accès aux couloirs pendant la nuit. Et s'il était tombé par accident de l'endroit où je l'avais posé ? Pourtant, je me souviens de l'avoir bien calé. Une idée m'effleure. Le vole-face était peut-être fait pour conserver des reflets ordinaires, pas celui d'une créature à l'aura aussi bouleversante que celle de la Présence.

J'étais tellement excitée à l'idée de découvrir l'identité de l'ombre, de pouvoir capturer son reflet, que ce nouvel échec me fait l'effet d'une gifle. Mon enquête n'a pas avancé d'un poil, je n'ai pas vraiment rempli mon contrat envers Main-d'Or, et mon Initiation se rapproche à grands pas.

Au moins je n'ai pas eu de problème avec le miroir brisé. Quelques minutes après mon passage, Mme Cavale l'a trouvé en nettoyant, et l'a rapporté au bureau des surveillants. Sélina finira bien par le récupérer là-bas et elle croira sans doute qu'elle l'a fait tomber de son sac. En tout cas, plus rien ne me relie au vole-face, rien à part ce petit pincement au cœur quand je me le remémore brisé en mille morceaux.

C'est mardi, et nous n'avons pas cours aujourd'hui (vous vous souvenez, le fameux jour de repos qui n'est pas le dimanche, à l'école des voleurs ?). Les élèves commencent à émerger de leurs chambres. Main-d'Or m'a fait passer un message pour me dire de la retrouver, pendant la matinée, dans la salle d'art. Je trépigne d'impatience en pensant à ce qu'elle a à me dire.

À l'heure du rendez-vous, je me dirige vers la salle d'art. On nous y laisse libre accès, pour que nous puissions profiter des œuvres qui y sont exposées. Main-d'Or, dont je reconnais de dos la silhouette volumineuse, a installé deux chaises devant une toile colorée qu'elle est en train de contempler. Je m'installe à côté d'elle.

– Tu as réussi à remettre le miroir à sa place ? me demande-t-elle en guise de salutation.

– C'est tout comme. Je m'en suis débarrassée, tu ne risques plus rien.

– Quoi ? Tu t'en es *débarrassée* ? Mais...

– Tu ne risques plus rien, je t'assure. J'ai pris de gros risques, j'espère que tu vas tenir ta promesse. Crache le morceau, Main-d'Or. D'autant que je ne te crois pas assez stupide pour voler un miroir juste pour te regarder dedans. Tu savais que c'était un vole-face, pas vrai ? Pourquoi est-ce que tu en avais besoin ?

Sans répondre à mes questions, Main-d'Or se remet à fixer la peinture, dont les couleurs chaudes et profondes se reflètent sur la peau de son visage.

– Tu vois cette toile ? me demande-t-elle. Elle est belle, non ? On jurerait qu'elle sort tout droit d'un musée. Et pourtant, ce n'est qu'un faux. Peint par Mme Falsifi elle-même. Un excellent faux, je te l'accorde. Même un expert s'y tromperait.

– Je ne suis pas venue pour une leçon d'art ! je réponds, énervée. Sinon j'aurais demandé à Mme Falsifi !

Elle semble ignorer mon interruption.

– La Clé des champs, c'est pareil, Robine. Celle qui a été volée dans le bureau de Chippe, c'est une fausse. Une imitation, une réplique, une contrefaçon, bref, tout ce que tu veux.

Éberluée, je mets un moment avant de comprendre ce qu'elle est en train de me révéler.

– C'est impossible, je proteste. La Clé des champs est une relique très ancienne que le principal Chippe gardait dans son bureau ! Elle appartenait à son propre père.

Devant moi, la peinture que je trouvais si belle un peu plus tôt me paraît laide et grossière, maintenant que je la sais fausse.

– J'ignore depuis combien d'années la véritable Clé des champs est perdue, si la famille de Chippe la possédait vraiment ou si le principal s'est trompé en la récupérant… Mais peu importe, la Clé qu'il gardait dans son bureau était une fausse, reprend Main-d'Or. Réfléchis ! Si c'était la vraie, celle qui peut crocheter toutes les serrures de ce monde, le voleur se serait empressé de l'utiliser. Or, on n'a constaté aucune disparition, ni dans les rangs des élèves, ni dans ceux du personnel de l'école.

– Mais si le voleur ne savait pas s'en servir ? je rétorque.

– Bah ! Tu ne saurais pas introduire un petit bout de métal dans une serrure, toi ? Et puis, elle est si facile à imiter, cette Clé. Ce n'est qu'une tige métallique, après tout. En faire un double a dû demander beaucoup moins de talent qu'il n'en a fallu à Mme Falsifi pour reproduire ce tableau. C'est très facile de travestir la réalité, de la rendre plus jolie et plus intéressante qu'elle ne l'est, tu sais. On t'a déjà parlé de ça ?

Main-d'Or agite devant moi le bout de son bras privé de main. Je ne le remarque plus, ces derniers temps, tant il semble faire partie d'elle. Mais je me souviens de ce qu'on m'a raconté à son sujet : que sa main, d'une exceptionnelle dextérité, aurait été coupée pour la punir d'un vol, comme cela se pratique dans certaines parties du monde.

– Vas-y, dis-le, ricane Main-d'Or qui semble lire dans mes pensées. Le vol, la main coupée, tout ça... C'est une belle histoire. En vérité, je suis tout simplement née avec une main en moins. Mes parents m'ont envoyée à l'école des voleurs pour que je « développe toutes mes facultés malgré mon handicap », je cite. Mais je n'ai jamais eu besoin de cette main, je me débrouille très bien sans, de la même façon que tu trouverais bizarre et assez inutile d'avoir six orteils à un pied. C'est pour ça que je veux être la meilleure de l'école. Pour qu'on arrête de me regarder comme si j'étais cassée !

– Mais alors, pourquoi tu as risqué tout ça pour le vole-face ? je demande, ahurie.

Main-d'Or se renfrogne. Elle finit par lâcher :

– Sélina n'arrêtait pas de répéter partout que c'était un miroir magique, un miroir qui nous montre tel qu'on est *vraiment*. Un moyen de se moquer de moi, bien sûr. Mais à tout hasard, j'ai voulu me regarder dedans, pour voir si ma main apparaissait ou pas, pour vérifier s'il me manque quelque chose, après tout.

Je voudrais la réconforter en serrant sa main unique dans une des miennes. Comme celle de Coësre, l'histoire de Main-d'Or me paraît d'une insupportable injustice. Moi, je suis le mouton noir de ma famille, mais pour de vraies raisons.

– Alors ? reprend Main-d'Or après une pause. Qu'est-ce que tu en penses ?

Ses révélations bouleversent mes théories. Est-ce que, depuis tout ce temps, je suis en train de poursuivre un faux, un misérable bout de métal tordu ? Et que dira le principal Chippe si je lui apprends que, pendant des années, il a voué un culte à une vulgaire réplique ?

– Je ne sais pas… J'ai passé mon temps à étudier les histoires qui entourent la Clé, en espérant qu'elles me mèneraient quelque part, qu'il suffirait de suivre le fil. J'ai même lu un dictionnaire de mythologie ! Et là, tu m'expliques que je suis retournée au point de départ, pire même, que je poursuis une illusion !

– Réfléchis, Robine ! Le principal Chippe a été trompé une fois, il pourra l'être une deuxième. De toute évidence, il ne fait pas la différence entre la véritable Clé des champs et une contrefaçon. Tout ce que tu as à faire, si tu veux innocenter Coësre et sauver ta peau, c'est fabriquer un double du crochet et le lui donner en prétendant que tu as retrouvé la Clé !

Je ne peux réprimer un sourire en imaginant le principal Chippe faisant admirer à des générations d'élèves le faux grossier que je lui aurai refilé.

Je n'ai pas l'occasion d'interroger Main-d'Or sur les détails pratiques d'une telle entourloupe. Une clameur s'est élevée depuis le couloir, mêlée de stupeur et d'excitation. Quelque chose de terrible est arrivé, je le sens. Il faut que ce soit terrible, pour troubler le calme qui règne habituellement à l'école.

Un élève passe devant la porte de la salle d'art en criant :

– Hé, venez voir ! Dina s'est fait attraper par les jumeaux !

Je me précipite dans le couloir, forçant le passage dans une cohue d'élèves. De loin, je distingue à terre une masse sombre, bizarrement recroquevillée. Je me rapproche, m'attendant à tout moment à reconnaître la silhouette familière de Dina. Mais là où elle aurait dû se trouver, il n'y a que ses cheveux. Ses incroyables boucles noires, tranchées net et abandonnées sur le sol.

De celle qui les portait, nulle trace.

17
Pour un bouquet de cheveux

Au fond de moi, j'espère découvrir qu'il s'agit d'une blague, d'une vulgaire perruque que quelqu'un s'est amusé à déchiqueter. Mais lorsque je m'accroupis pour les toucher, les boucles, trop réelles, glissent et se défont sous mes doigts.

– Qu'est-ce qui s'est passé ? je demande, malgré la boule qui grossit dans ma gorge et qui m'empêche presque de parler.

– C'est Sélina et Guilleri ! Ils ont voulu donner une leçon à Aladina, répond Gavroche, apparemment aussi ému que moi. Ils ont pris des ciseaux et...

Une leçon. Les mots prononcés par Guilleri, quand je lui ai parlé des cheveux de Dina, me reviennent en mémoire : « Elle mériterait une bonne leçon. »

Je n'ai pas porté la main sur Dina, mais c'est moi qui ai donné l'idée aux jumeaux, je suis responsable de ce qui lui est arrivé. Je n'ai qu'une envie désormais : la rejoindre et la prendre dans mes bras. Sans fausse excuse cette fois, sans remettre à demain.

Je demande en pesant chaque syllabe :

– Où est-ce qu'elle est partie ?

– Dans sa chambre, je crois...

Je laisse derrière moi l'auréole de cheveux, cette partie si intime du corps de Dina, cette parure qu'elle a mis des années à faire pousser. Parvenue devant notre chambre, j'hésite encore une fois. Pas longtemps, juste pour me préparer à ce que je vais découvrir : Dina sans sa folle chevelure, furieuse contre moi sans doute, quand je lui aurai appris la vérité sur mon implication. Car c'est que je compte faire.

Je frappe doucement à la porte, en imaginant que c'est sur le cœur de Dina que je toque pour qu'il m'accepte, malgré l'envie qu'elle doit avoir de se terrer dans un coin, là où plus personne ne pourra la trouver.

Elle me répond : « Entre. » Même pas : « Entrez. » Elle sait que c'est moi.

En pénétrant dans la chambre, je l'aperçois d'abord de dos. Je veux dire, je n'avais encore jamais vu son dos. D'habitude, il était toujours recouvert par ses cheveux. Et comme c'est étrange de lire soudain dans ces omoplates exposées toute la fragilité qu'ils cachaient.

– Ne me regarde pas, dit-elle alors qu'elle me sent approcher.

– Dina...

– Je ne veux pas que tu me voies comme ça.

– C'est moi qui ne sais pas si j'oserais soutenir ton regard.

– Pourquoi est-ce que tu dis ça ?

Elle se tourne enfin dans ma direction. Son visage est ravagé par les larmes, mais les boucles qui l'entourent lui donnent un charme que je ne lui avais jamais remarqué. Elles forment une petite couronne noire, fière et sauvage.

En constatant les dégâts que j'ai faits malgré moi, je sens que je m'effondre. Je saisis la tête de Dina entre mes mains et j'approche mon front du sien jusqu'à le toucher. C'est la première fois que je suis aussi proche, physiquement, de la personne avec qui pourtant je partage ma chambre depuis des semaines. Les sanglots montent, je parviens à peine à articuler :

– Pardonne-moi, Dina, c'est ma faute, c'est moi qui ai parlé aux jumeaux de tes cheveux... Je pensais pas qu'ils feraient quelque chose d'aussi horrible, je te jure... Si je pouvais revenir en arrière, je leur dirais de prendre mes cheveux à moi et de te laisser... J'ai été nulle, pire que nulle. Je crois qu'on est toujours un peu méchant avec les gens à qui on ressemble, et la vérité, c'est qu'on se ressemble, toi et moi.

Les larmes de Dina coulent comme les miennes et, pendant un long moment, je ne sais plus qui pleure de quoi dans les bras de qui.

Elle finit par se redresser, passe les mains dans ses cheveux, en ausculte chaque boucle, tire dessus pour jauger leur longueur.

– De quoi j'ai l'air ? me demande-t-elle.

– D'un lutin, je réponds.

Elle se met à rire, d'un rire encore plein de sanglots. J'ajoute :

– Pour de vrai ! On dirait qu'on t'a enlevé un énorme poids qui te rattachait au sol.

– Je ressemble à un garçon ! proteste-t-elle.

– Non, tu te ressembles à toi. Bon, il faudra peut-être égaliser…

– Je sais à quelle équipe de coiffeurs j'éviterai de demander, cette fois.

Nous rions ensemble. Cela, pour la première fois aussi. D'un coup, tout me paraît absurde : la Clé des champs, mon enquête… Pourquoi est-ce que je m'acharne à retrouver un objet qui n'est là que pour renforcer le pouvoir de cette école où les gens se font tant souffrir ?

Soudain, Dina devient plus grave.

– Tu me dois quelque chose, dit-elle.

– Tout ce que tu veux.

– Je voudrais que tu m'accompagnes quelque part. Sans me demander où, ni ce qu'on va faire. Juste que tu viennes avec moi.

Je fais taire la petite voix intérieure qui s'inquiète des conséquences, des risques encourus, et je lui donne mon accord sans condition. Elle se lève.

– On y va, dans ce cas. Prends ton manteau.

– Quoi ? Maintenant ?

– Maintenant !

Il faut que je tienne parole, c'est le moins que je puisse faire. Sans protester davantage, j'attrape mon manteau et je suis Dina dans les couloirs.

Les élèves que nous croisons s'écartent ou, au contraire, lorgnent Dina comme une bête curieuse. Mais elle continue son chemin sans leur prêter attention, sans courir ni ralentir, droit vers son but.

Après avoir traversé l'ensemble des bâtiments jusqu'à l'entrée de l'école, nous nous arrêtons devant la grande porte en métal – cette porte que j'ai franchie il y a des mois et que je n'ai pas revue depuis. Je me tourne vers Dina.

– On ne peut pas sortir comme ça, non ?

– Mais si, répond-elle calmement. Ce n'est pas interdit, juste déconseillé.

Elle pousse le lourd battant et nous nous faufilons dans le souterrain pour remonter jusqu'à la sortie. Les néons projettent des ombres immenses que je dépasse une à une, jusqu'à la surface. La silhouette de Dina, loin devant, se découpe à l'entrée du tunnel.

– Bon, tu viens ? lance-t-elle. Je vais pas passer la journée à t'attendre.

Encore hésitante, je franchis le seuil et sors de l'école comme d'une caverne.

Je pensais que la lumière naturelle me ferait chavirer les yeux, mais elle m'accueille comme une vieille amie. À force d'avoir vécu entre quatre murs, je me sens minuscule dans cet espace qui s'étend jusqu'aux nuages, bien au-dessus de moi. Comme j'emboîte le pas de Dina, mes semelles, crissant sur le gravier, égrènent une petite musique de bienvenue. Une goutte de pluie claire roule le long de ma joue jusque dans ma bouche : elle a le même goût que la lumière.

Dina trottine devant moi, la capuche de son manteau rouge rabattue, par crainte peut-être d'exposer cette nuque si nouvellement dénudée. Je la suis avec peine, tant elle se déplace avec agilité. Elle a l'air de bien connaître les lieux: ce n'est sûrement pas la première fois qu'elle sort de l'école. Mais moi si, et à chaque pas j'ai l'impression que mes jambes vont me trahir.

Petit à petit, nous arrivons au niveau du bois qui borde le terrain.

– On n'est plus très loin, précise Dina.

– Mais où...?

– T'as promis que tu ne demanderais pas!

Je lui obéis. Cernées par les troncs épais des arbres, nous empruntons un sentier mal débroussaillé qui s'enfonce à travers la végétation. Au-dessus de nous, leurs branchages se croisent et s'entrecroisent en une voûte d'un vert profond, plein de sève et de vie.

Des statues anciennes, aux formes féminines érodées, ponctuent le chemin. Je pense aussitôt aux bosquets sacrés où les voleurs trouvaient refuge sous la protection de leur déesse, Laverna.

Muettes et respectueuses, nous continuons notre progression. Les statues se font plus rares, puis disparaissent, les arbres rapetissent à échelle humaine. L'odeur du goudron remplace celle de la terre, des bruits de circulation et des éclats de conversation viennent troubler la paix du bois.

Dina se retourne une dernière fois vers moi.

– Prête?

J'acquiesce. Encore quelques pas dans une végétation clairsemée et nous débouchons aux abords d'un village. Un village de Marchandeurs.

De toute ma vie, je n'ai vu les Marchandeurs que de loin, quand nous allions nous approvisionner avec mes parents. Chaque fois, ils prenaient soin de me dire : « Reste bien derrière nous et ne parle à personne sans notre autorisation. »

Tandis que nous marchons vers le centre du village, je vais d'étonnement en étonnement. La première chose qui m'interpelle, c'est l'attitude des Marchandeurs. Ils se promènent le nez en l'air, indifférents les uns aux autres, tandis que nous, les voleurs, nous sommes toujours sur le qui-vive. De façon générale, les Marchandeurs font très peu attention à leur environnement. Personne, d'ailleurs, ne remarque que deux jeunes filles inconnues ont fait irruption dans le village.

Je me fonds parmi les passants, les vendeurs de rue, les enfants qui jouent au ballon dans l'agitation collective. Un homme passe près de moi, les bras chargés d'une quantité impressionnante de sacs. Un instant, je veux lui dire : « Soyez plus discret ! Quelle idée d'exhiber votre butin à la vue de tous ! » Mais il vient sans doute d'acheter ce qu'il transporte. D'ailleurs, tout dans le village des Marchandeurs est fait pour inciter les gens à acheter des choses, des panneaux publicitaires qui défigurent les murs aux prospectus qui errent mollement sur le trottoir. Devant moi, une grande affiche aux couleurs criardes montre une femme, disons, pas très habillée, en train de manger un yaourt avec extase. Est-ce que ça vaudrait le coup de s'embêter à voler un tel yaourt ? Probablement pas.

Pire encore que les publicités, le contenu des vitrines

qui miroitent un peu partout semble crier : « Dévalisez-moi ! » Toute la ville s'est barricadée en transparence. Autour de moi, des dizaines d'objets se morfondent dans ces cages de verre. Et dire que, pendant qu'ils restent là, personne ne les utilise ! Les Marchandeurs déambulent devant eux comme s'ils regardaient des toiles dans un musée, très absorbés.

Un homme qui marche à toute allure nous dépasse en nous bousculant un peu. Je vois Dina lorgner le porte-monnaie qui gonfle la poche de sa veste.

– Dina, non ! je lui souffle. Faut pas se faire remarquer !

– T'inquiète. On sera reparties avant même qu'il s'en rende compte. T'es jamais venue ici ? C'est le village de Marchandeurs le plus près de l'école. Paraît que les surveillants vont y faire la fête, parfois. Oh, tu as vu ça ?

Elle fonce vers une curieuse machine dotée d'un écran et de petites touches, et se met à tapoter sur le clavier en riant.

– Mhmm, dit-elle en imitant une grosse voix de Marchandeur, je voudrais deux cents billets, s'il vous plaît ! Mais comme je ne suis pas un sale voleur, je vais taper mon code et récupérer mes billets qui sont à moi et à personne d'autre !

– Mais qu'est-ce que tu fabriques, Dina ?

– Je m'amuse avec le distributeur de billets !

J'insiste :

– Tu veux pas m'expliquer pourquoi on est là, maintenant ?

Alors qu'elle ouvre la bouche pour me répondre, une voix sèche et autoritaire nous fait sursauter :

– Qu'est-ce que vous faites ici, les filles ?

En me retournant, je me retrouve nez à nez avec un duo de Marchandeurs en uniformes bleus et blancs. Des *policiers*. De vrais policiers, comme ceux que mon père me désignait au loin en me recommandant de ne jamais m'approcher d'eux. Cette fois-ci, ils sont suffisamment près de moi pour que je puisse distinguer les menottes qui brillent à leurs ceintures.

La première, une femme dont la casquette projette sur son visage un masque d'ombre, se plante près de Dina qui pianote toujours sur le distributeur de billets.

– Écarte-toi de là, ordonne-t-elle. Ce n'est pas un jouet.

Le deuxième policier, un homme un peu trop serré dans son uniforme, s'adresse à moi :

– Vous n'avez pas école, toutes les deux ?

– On a fini les cours, répond Dina à ma place.

Je n'ai qu'une envie : m'enfuir à toutes jambes. Mais l'école des voleurs est trop loin pour que nous puissions la rejoindre sans que les policiers nous rattrapent.

– Et qu'est-ce que vous faites, maintenant ? demande la policière.

– On va voir de la famille ! réplique Dina du tac au tac.

Comment a-t-elle fait pour inventer une excuse aussi rapidement ? Moi, j'étais à deux doigts de me mettre à bégayer : « Rien, monsieur l'agent, j'étais seulement en train de me dégourdir les jambes », la réplique que M. Dupe nous avait fait apprendre par cœur lors d'un exercice théâtral.

Un instant, je suis persuadée que les policiers vont nous empoigner et nous traîner au poste, comme dans les contes de mon enfance – « La Petite Voleuse en rouge et le Grand Méchant Policier », par exemple. Après s'être consultés du regard, ils reculent à regret.

– Vous pouvez y aller, les filles, dit l'homme.

– Mais on vous a à l'œil, conclut la femme.

J'essaie de marcher d'un air naturel, retenant ma respiration quand je passe au plus près d'eux, avant de m'engouffrer dans une ruelle un peu plus loin. Là, tapie dans l'ombre protectrice comme des générations de voleurs et de voleuses avant nous, je reprends mon souffle en vérifiant que nous n'avons pas été suivies.

– Ouf, on s'en est bien sorties grâce à toi, Dina ! Super, l'excuse de la famille !

– C'était pas une excuse. On va vraiment voir de la famille à moi.

– Comment ça ? je demande, interloquée.

– Mon frère vit ici. On a dû te raconter son histoire, non ? L'horrible traître qui a fugué de l'école des voleurs pour devenir Marchandeur, ça te dit quelque chose ? Sauf qu'il n'est pas allé bien loin, il a posé ses bagages dans le premier village de Marchandeurs qu'il a croisé sur sa route… et c'était celui-ci.

Un dernier regard pour s'assurer que les policiers ont disparu, et Dina m'entraîne dans la rue principale. Elle finit par s'arrêter à la hauteur d'une boulangerie. Derrière la vitrine, la boutique regorge de pains et de pâtisseries tous plus beaux les uns que les autres : croûtes dorées, miches joufflues, poudroiements de farine, bouquets de baguettes et coulures de pains au chocolat... Le nom *Aux délices de Hafsûn* est peint en lettres aux couleurs de bonbons sur l'enseigne.

– Tu entres avec moi ? murmure Dina. Je ne sais pas si j'aurai le courage toute seule.

18
Le palais des délices

De l'intérieur, la boulangerie semble encore plus accueillante. Occupé à garnir les étagères de gâteaux, le vendeur nous lance :

– Qu'est-ce que je vous sers ?

J'ai si peu l'habitude de cette formule que je reste muette. Dans le monde des voleurs, on n'est pas servi, on se sert soi-même.

– Qu'est-ce que je vous sers ? répète-t-il en nous toisant avec méfiance.

Il doit prendre tous les adolescents qui entrent dans sa boutique pour des délinquants en puissance. Cette fois, pourtant, impossible de lui donner tort.

– Mettez-moi... euh... un petit pain aux noix et aux abricots secs, je demande en imitant une Marchandeuse.

– Ce sera tout ?

– Un quart de miche au levain, enchaîne Dina.

– Ce sera tout ?

– Une demi-viennoise aux pépites de chocolat blanc.

– Ce sera tout ?

– Une brioche tressée.

– Ce sera tout ?

– Une tartelette aux framboises.

– ... Ce sera tout ?

– Un croissant aux amandes.

Les victuailles s'accumulent désormais sur le comptoir en une véritable pyramide qui menace de s'écrouler.

– Vous avez de quoi payer, au moins ? s'inquiète le vendeur.

J'essaie de gagner du temps :

– Tant qu'on y est, ajoutez aussi une part de moelleux au...

– Dites donc, vous ne seriez pas en train de vous moquer de moi ? Parce que si c'est ça, je vous préviens que...

– Elles sont avec moi, coupe une voix délicate en provenance de l'arrière-boutique.

Devant nous se tient un jeune homme qui ressemble beaucoup à Dina. Comme elle, il a les cheveux noirs et la peau dorée, de la même teinte que les pains qu'il expose si fièrement en vitrine.

– Mais, Hafsûn... ! proteste le vendeur.

– Je les connais, affirme Hafsûn en nous rejoignant, les mains si enfarinées qu'on les dirait recouvertes de gants en velours blanc. Au moins l'une des deux, en tout cas ! Venez avec moi, les filles.

Aladina et lui échangent un long regard dont je n'arrive pas à savoir s'il est chargé de tendresse ou de rancune.

Puis nous le suivons dans l'arrière-boutique où se trouvent les machines qui servent à fabriquer les pains.

Hafsûn s'est interrompu en pleine tâche : des boules de pâte, rebondies comme des joues de bébé, attendent d'être pétries. Il en saisit une et, avec douceur mais fermeté, commence à lui imprimer un geste du poignet.

– Bon, alors, finit-il par lâcher, tu me présentes ton amie, Dina ?

– C'est Robine, marmonne-t-elle.

– Bonjour, Robine, me dit tranquillement Hafsûn, comme si la situation était tout à fait banale.

– Bonjour, euh... C'est votre boulangerie ?

– À ton avis ? répond-il en lançant la pâte en l'air et en la récupérant au vol, tout fier de sa démonstration. Vous voulez essayer ?

– Non ! s'écrie aussitôt Dina. On fait pas des trucs de Marchandeurs, nous !

– Comme tu voudras, répond Hafsûn sans élever la voix. Mais peut-être que Robine a envie d'essayer, elle ?

En vérité, j'aimerais bien, comme faire de la montgolfière ou du saut à l'élastique, mais je n'ose pas dire oui devant Dina.

– Pas grave ! s'exclame Hafsûn devant mon silence et ma mine déconfite. Mais alors, si vous ne voulez pas pétrir le pain, vous voulez peut-être le goûter ? Si je vous faisais tester mes dernières créations, hein ?

Il prend une miche à peine sortie du four, en arrache deux petits bouts et nous en donne un à chacune. Sans consulter Dina, dont je sens d'ici la réprobation, je mets le morceau dans ma bouche.

– C'est très bon, monsieur Hafsûn ! dis-je, impressionnée. Si je devais voler un seul pain au monde, ce serait le vôtre.

Il éclate de rire.

– La logique des voleurs m'avait manqué, tiens !

– C'est juste du pain, on ne va pas en faire toute une histoire non plus…, grogne Dina, qui de toute évidence ne partage pas mon enthousiasme.

– Et maintenant, si vous me disiez ce que vous venez faire ici, mhmm ? reprend le boulanger.

– Pourquoi ? rétorque Dina. Tu as peur qu'on te vole ?

– Petite sœur, même si on ne s'est pas vus depuis des années, je te connais comme ma poche. C'est moi qui t'ai appris tes meilleurs tours. Ce n'est pas demain la veille que tu réussiras à me dérober quoi que ce soit sans mon accord !

– Mais j'ai grandi depuis. Et justement, tu ne m'as pas vue changer parce que tu es parti.

Le reproche est lâché. La main du boulanger dérape, un accroc détraque son mouvement si bien rodé.

– Je ne t'ai pas abandonnée, se défend-il. Je n'avais pas le choix. C'était partir ou devoir renoncer à ce que j'aimais faire. De tout mon cœur, j'aurais voulu continuer à te rendre visite, mais papa et maman… Bref.

Hafsûn ne sait sans doute pas, bien qu'il le devine, à quel point sa fugue a pesé sur la vie de Dina, en salissant sa réputation. Une larme unique tombe sur la pâte qu'il pétrit, vite emportée et absorbée, intégrée à ce pain auquel elle donnera peut-être le goût secret de l'amertume.

– Et toi, Robine, tu apprécies ton séjour à l'école des voleurs ? demande-t-il pour rompre le silence étouffant qui s'est installé entre nous trois.

– Pas vraiment, monsieur Hafsûn.

– C'est toujours le principal Chippe qui dirige la maison ?

– Oui, toujours.

– Ah, le vieux requin ! Il venait de prendre son poste quand je suis arrivé à l'école. Il a donné un sacré tour de vis. Faut dire qu'il avait beaucoup de choses à prouver. Pendant toute sa scolarité, on l'a soupçonné de vouloir devenir Marchandeur !

Une petite musique intérieure vient de résonner dans ma tête. C'est celle que j'entends quand on me dit quelque chose d'important, celle qui me guide quand je sens qu'il faut absolument que je pose une question, celle qui affûte mes pensées et ma langue.

Je reprends la parole :

– Comment ça, des soupçons de marchandisme ?

– Oh, pas seulement sur lui, mais sur toute sa famille ! Selon la rumeur, le père de Chippe avait longtemps hésité à rejoindre le monde des Marchandeurs. Possible même qu'il y ait fait un bref séjour, qu'il en soit revenu, mais c'était très tabou, tout ça. Chippe, lui… il a toujours voulu redorer le blason de sa famille. En appliquant les règles des voleurs le plus strictement, le plus scrupuleusement possible, pour faire taire une bonne fois pour toutes les mauvaises langues.

– Mais le père du principal, ce n'est pas Jean-Filou Chippe, le célèbre bandit disparu au cours d'un casse ?

– Si ! Comme quoi, on peut être un excellent voleur et aspirer quand même à autre chose.

Les révélations de Hafsûn font germer en moi une foule d'idées. Tout le monde prétend que Chippe Ier a utilisé la Clé des champs pour s'enfuir de la banque. Et s'il en avait tout simplement profité pour abandonner le monde des voleurs et rejoindre celui des Marchandeurs, ainsi qu'il en avait toujours rêvé ? Comme Hafsûn, il aurait trouvé un travail, payé ses factures, se fondant si bien dans la masse que personne n'aurait pu le suspecter d'être un des plus célèbres malfaiteurs de son temps. Cela expliquerait, comme me l'ont raconté M. Shiranami et Mme Cavale, pourquoi il n'a plus donné signe de vie et aussi pourquoi il n'avait pas touché au butin de la chambre forte.

Désormais, j'en suis convaincue. Je dois rencontrer l'ancien braqueur, s'il est toujours vivant, et lui demander ce qu'il a fait de la véritable Clé des champs, s'il l'a prise avec lui en s'enfuyant ou bien s'il en a laissé une fausse derrière lui.

Hafsûn a terminé. Il se tourne vers Aladina. Je sens qu'il voudrait la prendre dans ses bras mais qu'il a peur qu'elle le repousse.

– Dina, je ne peux pas revenir, mais je peux te promettre que, chaque fois que tu feras le trajet jusqu'ici, tu trouveras une chambre prête à t'accueillir, un lit chaud et une assiette pleine.

– Mais il ne faudra pas que je vole, c'est ça ? demande Dina.

– En effet, répond son frère, il ne faudra pas que tu voles.

– Alors, ce n'est pas vraiment comme si j'étais la bienvenue.

J'imagine que Dina a dû faire le chemin jusqu'à la boulangerie de nombreuses fois, sans avoir le courage d'entrer. Aujourd'hui, elle vient enfin d'avoir la conversation qu'elle espérait depuis tant d'années.

– On peut y aller, Robine, dit-elle simplement.

Elle prend son frère dans ses bras pour lui dire au revoir. Lui n'ose pas trop la serrer à cause de la farine qu'il a sur les mains, mais il finit par les laisser retomber sur ses épaules, les taguant de poudre au passage.

J'aurais peut-être dû dire à Hafsûn qu'il m'a considérablement aidée dans mon enquête sur la Clé des champs, mais nous sommes déjà sorties de la boulangerie.

Des enfants Marchandeurs défilent devant nous, en rang deux par deux. Eux aussi ont des écoles, apparemment.

– Je ne t'en veux plus pour mes cheveux, déclare Dina. Enfin, un peu quand même. Mais tu m'as accompagnée voir Hafsûn, alors on est quittes.

Je voudrais lui parler de ce qui m'est venu à l'esprit à propos de la Clé des champs en écoutant son frère me parler de la famille Chippe, mais, au moment où je m'apprête à ouvrir la bouche, je sens une présence lourde et menaçante derrière moi.

– Il me semblait vous avoir demandé de partir, les filles.

C'est la policière de tout à l'heure, avec son acolyte. Campée sur ses deux jambes, les mains sur les cuisses, elle a l'air buté de celle à-qui-on-ne-la-fait-pas. J'avale péniblement ma salive.

– On y allait, dis-je.

– Je peux voir le contenu de vos poches ?

– Pourquoi ?

– Parce que je vous le demande.

Je m'exécute, retournant le tissu pour montrer qu'elles sont vides – à part un vieux mouchoir qu'ils n'auront pas envie d'inspecter et un trombone que je croyais perdu.

– À ton tour, ordonne le policier à Dina.

Celle-ci plonge lentement ses mains dans ses poches. Quand elle les ressort, un arc-en-ciel de bonbons dévale sur le trottoir : ours en gelée, crocodiles fluo, fraises Tagada, boules piquantes... et même, parmi eux, une bague dorée qui brille au milieu des confiseries. Dina a dû voler tout ça à la boulangerie pendant que je discutais avec Hafsûn.

La policière ramasse la bague et l'examine de près.

– À qui as-tu pris ce bijou ?

– Il est à moi, répond Dina.

– Ah oui ? Tes initiales sont H. H. ?

J'imagine déjà le scandale à l'école des voleurs demain matin : deux élèves envoyées en prison pour mineurs avant même leur Initiation. Abrutie par la panique, je n'ai aucune idée de ce que je dois faire. M. Voldingue dirait : « Cours », Mme Latro dirait : « Calcule le nombre de pas vers le bois », Miss Maraude dirait : « Gagne du temps », M. Dupe dirait : « Invente un mensonge. » Est-ce qu'ils vont m'expédier dans un établissement spécial pour les adolescents, ou est-ce que je vais rejoindre ma sœur Bonnie en prison ? Et est-ce que ma mère viendra au parloir nous voir ensemble – deux pour le prix d'une, tarif de groupe, promo familiale ?

– Bonjour ! s'exclame soudain une voix chaleureuse. Je vois que vous avez rencontré mes nouvelles apprenties.

Hafsûn est sorti de sa boutique, un sourire avenant, presque commercial, aux lèvres.

– Vous les connaissez ? s'étonne le policier.

– Et comment ! Ce sont les deux apprenties que je viens d'embaucher pour m'aider à la boulangerie.

– Et cette bague ?

– Je leur ai confiée pour qu'elles la donnent à réparer. Alors, mesdemoiselles, qu'est-ce que vous attendez ? Et n'oubliez pas de me rapporter de la farine de seigle au passage.

– Bien, m'sieur, enchaîne Dina.

– Oui, m'sieur, je bégaie à mon tour.

– Et vous, conclut Hafsûn à l'adresse des policiers, pendant que mes apprenties accomplissent leur tâche, que diriez-vous de passer à la boutique tester notre nouvelle variété de chouquettes ?

La policière n'a pas l'air totalement convaincue, mais Hafsûn entraîne déjà son collègue vers la boutique. La femme nous jette un dernier regard plein de menace en guise d'avertissement.

Tandis que nous reprenons le chemin de l'école, pressant le pas pour retraverser le bois, j'hésite à demander à Dina pourquoi elle a pris le risque de voler la bague et les bonbons. Mais qu'elle ait voulu défier son frère ou garder une trace de lui, ses raisons lui appartiennent.

Parvenue sur le terrain vague, alors que ma colocataire s'apprête à retrouver ce lieu qui ne sera jamais un foyer, je la retiens par la manche.

– Dina, dis-je, je suis désolée, mais je ne peux pas rentrer avec toi. En tout cas, pas tout de suite… Il faut que je suive la piste de Jean-Filou Chippe. C'est ton frère qui me l'a fait comprendre. La banque dans laquelle il a fait son dernier casse se trouve dans une ville à quelques heures d'ici. Je retourne au village. Il y a sûrement des bus qui se rendent là-bas.

Dina ne cherche pas à me dissuader.

– Bonne chance, glisse-t-elle en me donnant une accolade avant de s'engouffrer dans le tunnel vers l'école.

Trophée ou souvenir, elle a enfilé la bague de Hafsûn à son doigt. Alors qu'elle me fait « au revoir » de la main, un rayon de soleil qui s'est aventuré avec elle dans la pénombre s'y accroche et scintille.

J'essaie d'emporter cette image avec moi, tout au fond de mon cœur, pour affronter le voyage qui m'attend.

19
La gueule du loup

Je n'ai jamais voyagé toute seule. D'ailleurs, je n'ai jamais voyagé tout court. En cherchant le bon bus à la gare routière, j'ai le tournis au milieu de tous ces inconnus que je croise, des manteaux qui gonflent dans le vent, des talons qui claquent sur le sol, des valises qu'on traîne derrière soi. C'est donc ça, partir à l'aventure ? Je ne comprends rien aux noms et aux chiffres qui défilent sur le panneau lumineux de la gare. Je voudrais demander de l'aide à quelqu'un, mais les gens autour de moi ont l'air si pressés et si absorbés dans leurs pensées que je n'ose pas les déranger.

Soudain, le nom de la ville où je veux me rendre s'affiche sur le tableau. Départ dans quinze minutes, quai n° 6. Je finis par apercevoir le bus, où quelques personnes sont déjà en train de monter.

Je me présente au chauffeur :

– Bonjour, monsieur, je voudrais me rendre à...

– Ticket, s'il vous plaît.

Un ticket ? Je vois que les autres passagers sortent de petits rectangles de leur poche et les passent dans une machine bizarre. Je demande :

– Où est-ce que je pourrais trouver un ticket ?

– Il faut les acheter au guichet de la gare.

Les *acheter* ? Tout en descendant du bus, je vérifie une nouvelle fois mes poches, mais elles sont aussi vides que le cœur du principal Chippe. Bien sûr, je pourrais voler de l'argent ou un ticket à un autre passager, mais... je ne peux m'y résoudre. L'épisode du vole-face m'a dégoûtée de ce genre de manigances.

Je repense soudain à l'une de mes sorties avec Arsène, quand nous étions enfants. Nous avions vu un Marchandeur à quatre pattes, en train de fouiller désespérément sous un distributeur. Visiblement, il avait fait tomber sa monnaie. « Tu vois à quoi s'abaissent les Marchandeurs pour récupérer quelques centimes ! » m'avait dit Arsène.

Il ne me reste que cinq minutes, à en croire la grande horloge de la gare. Je m'accroupis et passe la main sous la machine. Du bout des doigts, je sens le contact froid d'une pièce de monnaie, trop loin cependant... Une annonce défile dans les haut-parleurs pour prévenir du départ du bus. Dans un grognement, je force pour attraper deux grosses pièces. Elles luisent entre mes doigts noircis par la crasse.

Une fois le ticket en ma possession, je cours à toutes jambes vers le bus du quai n° 6, dont le moteur vient de commencer à vrombir.

– Attendez ! J'ai un ticket !

Le chauffeur me rouvre la porte.

– Des bagages ? demande-t-il.

– Juste moi !

Ma formule le fait rire et il m'invite à entrer. Je parcours l'allée du bus, sondant les visages de tous ceux à côté de qui je pourrais m'asseoir. J'ai l'impression de faire du repérage de pickpocket, sauf que, cette fois, je suis une anonyme comme les autres.

Je m'installe finalement toute seule. Le bus démarre en cahotant et quitte la gare routière, laissant le village derrière lui.

Je crois que, jusqu'à présent, je n'ai rien vu d'aussi beau que le paysage qui défile devant moi : les champs vert et jaune en pleine floraison, les nuages légers aux bords qui s'effilochent, et, de temps à autre, une grappe de maisons sous le soleil. Est-ce qu'il y a des gens qui voyagent juste pour le plaisir ? Peut-être que, les jours où je n'ai pas cours, je pourrai reprendre le bus, vagabonder à travers la campagne avant de retourner à l'école ?

Une petite voix me murmure : « Ou peut-être que tu ne retourneras jamais à l'école des voleurs. »

Je la fais taire aussitôt. C'est juste une escapade pour les besoins de l'enquête, rien de plus. Je me rends dans la ville où Jean-Filou Chippe a commis son dernier casse. Les objets saisis à cette occasion ont sans aucun doute été rangés aux archives, comme pièces à conviction. La coupure de journal trouvée dans le bureau de Chippe mentionnait, je m'en souviens, du « matériel récupéré sur place ». Il faut que je vérifie si la Clé des champs figurait parmi ces objets, voire si elle s'y trouve encore.

Bien sûr, on ne me laissera pas facilement consulter des preuves aussi confidentielles. Mais je pourrais demander à l'inspecteur chargé de l'enquête sur Jean-Filou Chippe de m'y emmener, en lui faisant miroiter de nouvelles informations sur le fugitif. L'inspecteur Larivière, précisait l'article. Celui qui était arrivé le premier sur les lieux. Si tant est qu'il exerce toujours, bien sûr... ou même qu'il soit vivant.

Mais une autre idée me vient, submergeant toutes les autres – une idée aussi séduisante qu'une carte au trésor et sa promesse de richesse. Si je mets la main sur la Clé des champs, pourquoi est-ce que j'irais la rendre au principal ? Pourquoi ne pas l'utiliser pour passer moi-même dans l'autre monde, si la légende dit vrai ? Plus d'Initiation, plus de parents, plus d'école des voleurs, plus d'enquête insoluble...

En comparaison, le bus interurbain me semble soudain bien lent et bien modeste. La tête appuyée contre la vitre, je me laisse bercer par la route jusqu'à m'endormir.

Une voix me réveille en sursaut :

– Mademoiselle, il faut descendre ! C'est le terminus.

Le chauffeur se tient devant moi, tandis que les derniers passagers sont en train de quitter le bus. Encore hébétée de sommeil, je les suis. La gare dans laquelle nous sommes arrivés est beaucoup plus grande que celle du village. Des dizaines et des dizaines de gens s'engouffrent dans des bus qui les avalent et les recrachent en rythme. Il fait moins frais, aussi, le soleil a eu le temps de réchauffer l'air. J'enlève mon manteau, mais je continue de m'y cramponner comme à la seule chose que je possède dans ce monde totalement étranger.

Je dois me rendre au commissariat. Volontairement. Vous connaissez l'expression « se jeter dans la gueule du loup » ? C'est exactement ça, je m'apprête à poser le pied dans l'endroit le plus dangereux qui soit pour un voleur.

Tandis que je cherche un plan de la ville, j'entends quelqu'un m'interpeller.

– Mademoiselle, vous auriez pas une petite pièce ?

C'est un vieil homme, assis par terre sur une couverture abîmée, entre deux gros sacs dans lesquels il semble avoir fourré toute sa vie. Devant lui, il a placé un gobelet vide.

Arsène m'a parlé de ces gens qui vivent dans la rue, dans l'espoir que les Marchandeurs leur ouvrent leur porte-monnaie. Je fouille au fond de ma poche, mais il ne me reste que quelques centimes, monnaie rendue en achetant le ticket de bus. Je laisse tomber dans le gobelet les deux ridicules pièces en cuivre.

– M'ci, répond l'homme malgré la petitesse de mon aumône.

– Vous sauriez où se trouve le commissariat dans cette ville ?

Il m'indique une direction que j'emprunte. En chemin, je passe devant la banque qu'a voulu dévaliser Jean-Filou Chippe en son temps, celle dans laquelle la Clé des champs a été retrouvée. L'enseigne en lettres d'or étincelle dans le soleil tardif. J'imagine, il y a des années, le défilé des voitures de police toutes sirènes hurlantes, déboulant jusqu'au lieu du casse dans l'espoir d'arrêter le criminel. Aujourd'hui, tout est calme dans cette fourmilière géante qu'un coup de pied a pourtant agitée trente ans plus tôt.

Le commissariat apparaît, large et haut, tel un bloc de béton imprenable. Je sens mes jambes ralentir malgré moi à mesure que je pénètre dans le champ de son ombre portée. Deux policiers me dépassent, tenant une femme menottée. Je me fige, paniquée comme si c'était moi qu'ils emmenaient. Après mon audience avec l'inspecteur, si j'arrive à l'obtenir, je décamperai sans demander mon reste.

Retenant ma respiration, je franchis la porte vitrée à la suite des agents. Je pensais débarquer dans un lieu grouillant de gardes, barricadé par des portiques de sécurité et des alarmes. C'est comme ça qu'on le représente, dans les contes pour enfants voleurs. Mais je me tiens dans un hall où patientent des gens de tous les âges. Au centre se trouve un guichet tenu par un agent fatigué, le nez dans ses papiers.

Parvenue à sa hauteur, je me racle la gorge pour attirer son attention.

– Oui ? dit-il sans daigner lever les yeux.

– Bonjour. Je viens voir l'inspecteur Larivière.

– Tu as rendez-vous ? C'est à quel sujet ?

– Je dois faire un exposé pour l'école sur le braqueur Jean-Filou Chippe. J'ai prévu d'interviewer l'inspecteur.

D'une certaine façon, ce n'est pas un mensonge, pas tout à fait. Je me détends un peu et j'essaie de dégainer un sourire d'élève modèle, celui qui fait fondre le cœur des adultes. Sans me le retourner, le guichetier me considère comme si j'étais un insecte doué de parole et par conséquent particulièrement nuisible.

– L'inspecteur ne reçoit pas sans rendez-vous, tranche-t-il en se replongeant dans sa tâche.

– Vous pourriez lui demander s'il accepterait de me rencontrer ?

L'homme attrape un document d'un geste automatique et me le tend sans rien ajouter. C'est un formulaire. Tout en bas de la feuille est écrit : *Votre demande sera transmise dans les plus brefs délais et vous recevrez une réponse sous deux à trois semaines.*

Je ne peux pas me permettre d'attendre aussi longtemps, le principal m'aura atomisée bien avant. Mais le guichetier, implacable, me chasse de la main et interpelle déjà la femme qui patientait derrière moi.

J'erre un instant dans le hall du commissariat, cherchant comment me faufiler jusqu'au bureau de l'inspecteur. Une porte à badge barre l'accès aux étages supérieurs, ne me laissant aucun espoir de ce côté-là.

Soudain, un panneau attire mon attention : ARCHIVES. Il est accompagné d'une petite flèche qui pointe vers le sous-sol. La salle où sont entreposées les pièces à conviction ! Je m'engouffre dans l'escalier en espérant que personne ne m'a vue, dévalant les marches à la lumière de néons qui me rappellent ceux de l'école des voleurs.

Je débouche devant une salle gardée par une femme austère, dont le chemisier est si bien fermé jusqu'en haut que le dernier bouton presse la chair de son cou. Pas le genre à faire une entorse au règlement.

– Qu'est-ce que tu fabriques ici ? m'apostrophe-t-elle dès qu'elle m'aperçoit. Cette partie du bâtiment n'est pas autorisée au public.

J'improvise :

– Désolée, je me suis perdue, je cherchais les toilettes. Ma mère m'attend en haut.

– Rez-de-chaussée, à gauche de l'entrée..., indique-t-elle d'un air suspicieux.

Je fais demi-tour le plus innocemment possible, mais je l'entends dans mon dos parler dans son talkie-walkie :

– Allô ? C'est Marisa, des archives. Une jeune fille de toute évidence *mineure* a besoin d'être raccompagnée pour rejoindre ses parents.

Je remonte l'escalier à toute vitesse, électrisée par la peur. Si un agent m'intercepte et découvre que je suis venue seule, il voudra joindre les gens qui sont responsables de moi – Chippe, ma famille... Je mettrai tous mes proches en danger.

Vlan ! Je me cogne contre un corps musclé enveloppé dans un uniforme bleu sombre, presque noir.

– Tu as l'air drôlement pressée ! lance l'agent qui vient de m'intercepter au vol, probablement celui qu'a prévenu la gardienne.

Prise au piège, j'essaie de le doubler, espérant atteindre le hall et filer jusqu'à la sortie, mais le policier me retient.

– Si tu me disais ce que tu cherches, plutôt ? reprend-il d'une voix aimable mais ferme. Et où sont tes parents ?

La panique a épuisé presque tout mon stock de mensonges. Je tente le tout pour le tout :

– Je viens voir l'inspecteur Larivière. Je suis sa petite-fille.

Même s'il me croit, je n'aurai gagné qu'une ou deux minutes, le temps qu'il me conduise au bureau de l'inspecteur et que celui-ci démente. Mais au bord de la catastrophe, je suis prête à tout pour grappiller quelques secondes de liberté.

– Viens avec moi, ordonne finalement l'homme en me poussant devant lui.

Il m'emmène vers les bureaux à l'étage, à travers un dédale de couloirs qui sentent la vieille moquette et le mauvais café. L'inspecteur a laissé sa porte ouverte. Il est penché sur un dossier dont il ne s'extrait qu'à grand-peine, lorsque son subordonné l'interpelle respectueusement.

– Inspecteur ? Votre petite-fille est venue vous rendre visite.

Larivière me dévisage, moitié surpris moitié goguenard. Il a l'air de trouver la plaisanterie particulièrement divertissante. Suffisamment, du moins, pour la faire durer un peu.

– Comme c'est gentil de passer voir ton vieux grand-père, ironise-t-il. Merci, je la raccompagnerai moi-même à l'accueil après notre petite discussion.

L'autre agent le quitte sur un signe de tête. Je laisse échapper un long soupir, si long qu'il résonne dans le profond silence qui s'est installé entre l'inspecteur et moi. Nous nous faisons face, lui moqueur et moi pétrifiée, attendant que l'autre fasse le premier pas, comme si on jouait au roi du silence.

– Donne-moi une seule bonne raison de ne pas rappeler mon agent, lâche finalement Larivière.

Avec sa peau ravinée, ses cernes et ses lèvres gercées sous sa barbe, on voit qu'il a passé sa vie à ruminer des questions insolubles. Combien de criminels a-t-il coffrés, combien d'enquêtes a-t-il résolues au cours de sa carrière ? Une pour chaque ride, peut-être, comme un prix à payer.

Et je connais celle qu'il n'a jamais réussi à boucler.

– Je viens de loin pour vous parler de Jean-Filou Chippe, dis-je en essayant d'affermir ma voix.

Touché. Les sourcils de l'inspecteur se haussent, gravant plus profondément les lignes sur son front.

– Je dois avouer que je ne m'attendais plus à entendre ce nom, surtout à quelques mois de la retraite, souffle-t-il, visiblement intrigué. J'ai passé toute ma vie à traquer ce vieux renard. Crois-moi, j'ai suivi les pistes les plus farfelues – plus farfelues même que de laisser une gamine venir faire son intéressante dans mon bureau...

– Si vous m'autorisez à consulter les pièces à conviction de son dernier casse, je crois pouvoir le retrouver.

– Toi ?

– En fait... je connais quelqu'un qui le connaît.

L'inspecteur pose ses mains bien à plat sur son bureau et se relève pour venir placer son visage tout près du mien. Une étincelle presque inquiétante s'est allumée dans ses yeux quand il a entendu le nom de Chippe et, pendant tout le reste de notre conversation, elle s'est mise à briller jusqu'à me mettre presque mal à l'aise.

– Tu me le livrerais ? demande-t-il brusquement.

– Non ! je proteste, choquée. Mais je peux vous promettre quelque chose que personne d'autre ne pourra vous offrir. J'interrogerai Jean-Filou Chippe pour savoir comment il a réussi à s'échapper de la banque et à vous filer sous le nez, le jour du casse. Et je reviendrai vous le dire.

Larivière me sonde en plissant les yeux – étonnant, il a la même habitude que moi. Soudain, sa main jaillit vers moi, comme si elle allait me saisir par le col, mais finalement s'arrête à mi-chemin, paume ouverte. Je la serre maladroitement.

– Marché conclu, déclare-t-il.

Je n'en reviens pas d'avoir réussi à convaincre l'inspecteur. Il m'emmène à sa suite : direction les archives, dont j'ai été refoulée un peu plus tôt.

En chemin, nous passons devant un grand panneau sur lequel sont punaisés plusieurs portraits en noir et blanc, surmontés de l'inscription « RECHERCHÉS ». Je sursaute en reconnaissant Mme Cavale. Même si son visage est beaucoup plus jeune sur la photo, ses yeux d'acier n'ont pas changé. Et non loin d'elle, Jean-Filou Chippe. Il a l'air si avenant, une fleur à la boutonnière. On ne croirait pas du tout qu'il s'agit d'un des fugitifs les plus célèbres du pays. Je m'aperçois que je ne connais même pas les détails de sa spectaculaire évasion.

– Inspecteur… Qu'est-ce qui s'est passé exactement, le jour du casse ?

– Tu as dû lire tout ce qui a été écrit sur le sujet, se contente de répondre le vieil homme.

– Je voudrais entendre votre témoignage à vous.

Larivière soupire. Je sens qu'il est difficile pour lui d'évoquer ces souvenirs, comme une blessure restée ouverte – son échec le plus retentissant peut-être.

– C'était un matin comme celui-ci, ensoleillé mais pas trop. Mon chef a déboulé dans mon bureau en criant : « Il y a un cambriolage en cours à la banque ! » Moi, d'habitude, je ne m'occupe pas de ça, c'est l'affaire des équipes d'intervention. Sauf que, cette fois-là, les caméras de la banque, qui filmaient la scène en direct, montraient que le voleur en question était Jean-Filou Chippe.

Il s'interrompt en prononçant ce nom, comme si sa sonorité même réveillait des sentiments enfouis. Puis il reprend :

– Ça faisait des mois que j'essayais de le coincer. Je n'en dormais plus la nuit, j'avais l'impression qu'il me narguait, qu'il me ridiculisait. Alors, tu imagines, j'avais enfin la possibilité de lui mettre la main dessus ! J'ai obtenu de mon chef l'autorisation d'accompagner les équipes d'intervention. Nous avons bloqué toutes les issues de la banque. Chippe était fait comme un rat, enfin ! J'ai foncé vers la chambre forte. Je voulais être le premier à lui passer les menottes.

Il ferme les yeux pour mieux visualiser la scène. Je suis suspendue à son récit, guettant le détail qui pourra tout éclaircir.

– Chippe avait réussi, je ne sais comment, à s'introduire dans la chambre forte. Tout d'abord, j'ai eu le vertige au milieu des piles de lingots d'or. J'ai cherché partout, mais j'ai dû me rendre à l'évidence assez vite :

le voleur ne se trouvait nulle part. Envolé, comme ça, *psschhitt*, évaporé !

Nous arrivons devant les archives. La gardienne fronce le nez en me voyant réapparaître.

– Tout va bien, la devance Larivière alors qu'elle tente d'ouvrir la bouche. Cette jeune fille est avec moi.

Elle nous laisse passer à contrecœur, s'effaçant respectueusement devant l'inspecteur. Je pénètre à sa suite dans un immense hangar, composé de dizaines et de dizaines d'allées qui se croisent à angles droits, bourrées de boîtes qui attendent désespérément, sur les étagères, que quelqu'un daigne s'intéresser à leur contenu.

Pendant un moment, Larivière déambule à la recherche du bon carton, parcourant les rangées classées par ordre chronologique. Il finit par s'arrêter devant une boîte poussiéreuse, qu'il extrait sans ménagement, comme s'il venait tirer un prisonnier des oubliettes.

– Voilà tout ce qui reste du dernier casse de Chippe, déclare-t-il. Mais...

Il fait glisser ses doigts sur le ruban adhésif qui la scelle, garantie de son inviolabilité. Il a été arraché.

– Quelqu'un est passé avant nous, marmonne l'inspecteur, visiblement contrarié, en ouvrant la boîte.

Je me penche, espérant secrètement que la Clé des champs se trouve dedans. Les objets sont rangés dans des sachets en plastique, soigneusement étiquetés, et cet emballage officiel contraste avec leur aspect dérisoire, décevant. Un tournevis tout ce qu'il y a de plus banal. Un chalumeau. Un vieux mouchoir. Une fleur séchée, comme sur le point de tomber en poussière.

J'attrape la fiche d'inventaire qui accompagne les pièces à conviction.

01 Boîte à outils
02 Tournevis
03 Clé à molette
04 Chalumeau
05 Mouchoir en coton blanc
06 Fleur séchée (*Epidendrum ilense*)
07 Crochet en métal

– Là ! dis-je en pointant le doigt sur la septième ligne, le cœur battant. Le crochet en métal !

Il ne peut s'agir que de la Clé des champs. Ainsi, ma théorie se confirme : pour une raison ou pour une autre, Chippe l'a laissée derrière lui.

– Il n'est plus là, constate l'inspecteur d'un air particulièrement sombre. Ces archives sont gardées vingt-quatre heures sur vingt-quatre. Le voleur qui a réussi à s'en emparer est particulièrement doué.

Rien d'étonnant, si c'est bien le principal qui est venu récupérer, une fois adulte, ce qu'il considère comme son héritage, afin de l'exposer dans sa précieuse collection à l'école des voleurs. Avant, peut-être, que Jean-Filou Chippe, à son tour, vienne réclamer ce qui lui appartenait en premier lieu. Cette maudite Clé que tout le monde passe son temps à s'arracher !

La frustration me submerge avec tant de force que j'ai envie de balancer la boîte et son inutile contenu. Je suis revenue à la case départ. Je sais ce qui est arrivé à la Clé avant qu'elle atterrisse à l'école, mais après, sa trace se perd inexorablement.

– Tu n'as pas oublié ta promesse ? demande l'inspecteur en refermant le carton.

Je hoche la tête, mal à l'aise. Encore un engagement que je vais avoir du mal à tenir, car je n'ai rien appris qui me permettrait de retrouver Chippe Ier.

– Pourquoi est-ce que vous voulez absolument savoir comment il a réalisé son dernier casse ? je marmonne, abattue par la déception. Des fois, ça sert à rien de courir après un mystère...

– Nous autres, les enquêteurs, nous sommes de grands poseurs de questions, soupire Larivière. Et il existe autant de questions que d'animaux dans la Création : des petites, qu'on résout d'un tour de main, des gênantes, dont on aimerait bien se débarrasser, des compliquées, qu'il faut regarder sous différents angles, des qui prennent toute la place dans nos cœurs, des qu'on n'ose pas poser et d'autres qu'on regrette d'avoir posées... Moi, j'ai besoin de savoir ce qui est arrivé au fugitif le plus recherché de ce pays. Si tu as fait tout ce chemin, c'est que tu comprends de quoi je parle, j'en suis certain.

Se tirant d'une sorte d'engourdissement, l'inspecteur lisse sa veste aussi usée que lui et me raccompagne vers la sortie. Avant de me quitter, il prend quand même le temps de plonger ses yeux dans les miens.

– Si tu le retrouves, ajoute-t-il, dis-lui que je l'attends, le moment venu.

20
Jardin secret

En sortant, je suis frappée par la couleur chaude qu'a prise la lumière pendant ma visite au commissariat. La journée touche à sa fin, il faut que je me dépêche si je veux être rentrée à l'école avant la nuit.

Tout en remontant vers la gare, je récapitule ce que j'ai appris. Larivière a raison, c'est dur de se débarrasser d'un mystère quand il a refermé sur vous ses mâchoires. Je dois absolument retrouver Jean-Filou Chippe pour lui demander si c'est lui qui est venu reprendre la Clé des champs. Mais rien de ce que j'ai découvert aux archives ne m'a offert le moindre début de piste. Les outils : il a dû s'en servir pour entrer par effraction dans la banque. Le mouchoir : rien d'excitant, on sait tous à quoi ça sert. Une fleur. Il avait la manie d'en accrocher une à sa boutonnière, comme je me rappelle l'avoir vu sur les photos. Mais pas n'importe quel spécimen, à bien y réfléchir : une fleur aux pétales blancs délicatement dentelés. Une plante rare, peut-être ?

Ce n'est pas grand-chose, mais ça vaut la peine de vérifier. Je cherche parmi les bâtiments la boutique d'un fleuriste qui pourrait me renseigner. J'en trouve justement une près de la gare. À peine entrée, je me dirige directement vers le vendeur, occupé à remonter le moral d'une rose qui fait grise mine.

– Excusez-moi, je suis en quête d'une fleur très spéciale. Une *Epidendrum ilense*, dis-je en m'efforçant ne pas écorcher le nom que j'ai déchiffré sur la liste des pièces à conviction.

– J'ai bien peur que ce soit impossible, mademoiselle. Je n'en vends pas. Ni moi ni personne d'autre. Cette plante a presque disparu de la surface de la terre. Mais si vous y tenez vraiment, je connais un amateur d'orchidées qui en cultive pour le plaisir. Il possède une serre à quelques heures de route d'ici. Vous pouvez toujours essayer de le convaincre de vous céder un plant.

Le fleuriste griffonne une adresse sur un bout de papier. Je le remercie avant de foncer vers la gare pour ne pas perdre de temps. Je repère un train de nuit qui se rend dans la ville indiquée. Train de nuit : ça signifie que je ne rentrerai pas à l'école ce soir. Je ne sais pas ce qui m'attend, ni quelle sera ma punition pour ne pas avoir rejoint le dortoir à temps. Est-ce que je serai considérée comme fugueuse ? Et Dina ! Elle va peut-être penser qu'il m'est arrivé malheur dans le bois ou dans le bus.

N'ayant plus d'argent, je monte sans prendre de ticket, en priant pour qu'aucun contrôleur ne passe pendant le trajet. Par chance, c'est le cas dans ce train peu fréquenté et, ce soir-là, je dors mieux dans mon compartiment inconfortable que dans mon lit à l'école des voleurs.

Je suis presque la seule à descendre sur le quai de la petite gare de campagne, dans la matinée, tenaillée par la faim après une journée de jeûne. J'ai un peu froid, car le manteau que j'ai attrapé au dernier moment pour suivre Dina dans le bois n'est pas très épais.

Suivant la route jusqu'à l'adresse que le fleuriste m'a transmise, j'arrive devant une maisonnette entourée de serres blanches qui miroitent face au soleil. Un vieil homme se tient sous le porche, dans un fauteuil, une tasse de café à la main, plongé dans la lecture d'un journal.

Aucun doute, c'est Jean-Filou Chippe, l'insaisissable fugitif, le braqueur aux mille et un forfaits, pilleur de banques comme d'autres pillent des tombeaux. Mêmes yeux malins que sur les photos, même front bas, même menton bien taillé. Et pourtant, c'est comme si, malgré toutes ces similarités, il était impossible de l'identifier. Il se ressemble sans se ressembler. Si je l'avais croisé par hasard dans la rue, même après avoir vu son portrait, je ne suis pas sûre que je me serais écriée : « C'est lui ! »

Il m'a remarquée. Il faut dire que ce n'est pas discret, une gamine sans sac ni bagage qui s'arrête devant chez vous. À son regard insistant, je devine qu'il a immédiatement compris que je venais du monde des voleurs. C'est difficile à expliquer mais, nous autres, nous savons nous reconnaître au premier coup d'œil.

Je frémis tandis qu'il m'examine, l'excitation de l'avoir retrouvé cédant le pas à l'inquiétude. Il a beau avoir changé de vie, il est peut-être encore dangereux.

– Qu'est-ce que tu veux ? me crie-t-il depuis le porche en reposant sa tasse.

– Bonjour, monsieur Chippe. Je suis à votre recherche depuis un bon moment.

L'homme n'a pas tressailli en entendant son véritable nom, quoique personne n'ait dû l'appeler comme ça depuis des décennies. Il semble d'une tranquillité désarmante, celle de quelqu'un qui sait que le destin va le rattraper un jour ou l'autre – même s'il ne s'attendait sûrement pas à ce qu'il se manifeste sous les traits d'une adolescente.

– C'est M. Narcisse, maintenant, corrige-t-il.

– Enchantée. Moi, c'est Robine, Robine... Cinral. D'une certaine façon, je viens de la part de votre fils.

Ça y est, ses mains se sont contractées sur les bras du fauteuil.

– Qu'est-ce qu'il est devenu ? demande-t-il, pressant. Comment va-t-il ?

– Eh bien... C'est un peu compliqué. Disons qu'il lui manque quelque chose. Quelque chose que je dois retrouver. Quelque chose qui vous a appartenu en personne.

– ...

– La Clé des champs.

J'ai l'impression d'avoir prononcé une formule magique. Cette fois, Narcisse a bondi sur ses pieds, trahissant, malgré son âge, une forme athlétique qui fait bien plus penser à celle d'un braqueur que d'un vieil horticulteur.

– Suis-moi, lance-t-il simplement. On sera plus tranquilles pour parler dans la serre.

Nous rejoignons l'abri aux parois embuées. Lorsque nous pénétrons à l'intérieur, la chaleur tropicale me saisit d'un coup. J'emboîte le pas du vieil homme dans l'allée centrale. De tous côtés, des fleurs ouvrent leurs corolles béantes, jaunes, rouges ou violettes, ou les trois ensemble ; des arbres ploient sous le poids de fruits exotiques que je n'ai jamais goûtés de ma vie. Une plante en particulier attire mon attention : les pétales blancs, aux bords dentelés…

– *Epidendrum ilense* ! je m'exclame en reconnaissant la fleur qui m'a conduite jusqu'au voleur.

Narcisse a l'air sincèrement surpris.

– Tu t'y connais en orchidées ? Pourtant celle-ci n'est pas commune. C'est ma préférée, tu sais.

Il en caresse les fleurs avec beaucoup de tendresse, presque comme s'il lissait les cheveux d'une personne aimée. Mais rapidement, les traits de son visage s'aiguisent de nouveau, tandis qu'il se retourne pour me faire face.

– Alors comme ça, Robine, tu cherches la Clé des champs ?

– Après votre dernier casse, la police a mis la main dessus. Mais votre fils, qui est à la tête de l'école des voleurs, a tout fait pour la récupérer. Et il a fini par y arriver. Sauf qu'il y a quelques semaines, la Clé a de nouveau été dérobée. Il faut que je la retrouve pour éviter qu'un de mes amis soit accusé du vol.

– Et tu penses que j'aurais quelque chose à voir là-dedans ? C'est pour ça que tu as fait tout ce chemin ?

– Je suis désolée de devoir vous poser la question avec aussi peu de tact, monsieur Narcisse : est-ce que c'est vous qui êtes revenu la chercher ? Je comprendrais, vous savez… Elle vous appartenait, après tout !

Le vieil homme éclate d'un rire incrédule.

– Je plaide non coupable – pour ça au moins ! parvient-il à lâcher entre deux gloussements. Et puis, la Clé des champs n'appartient à *personne*. Elle ne s'offre un moment qu'à ceux qui ont intensément besoin d'elle, c'est tout. Tu sais comment je l'ai rencontrée ? Un soir, alors que je jouais au poker, un des participants s'est retrouvé à sec. Il voulait absolument miser quelque chose, alors il a sorti de sa poche ce petit crochet en métal de rien du tout, en prétendant qu'il pouvait ouvrir toutes les serrures du monde.

– Et vous l'avez cru ? je demande.

– Non, évidemment ! Mais je me suis pris au jeu. J'avais une main ridicule, alors, pour remporter la Clé des champs, j'ai triché, je l'avoue.

– Et par la suite, vous l'avez utilisée ? j'insiste. Elle marche vraiment avec toutes les serrures ?

– Pendant des années, j'ai oublié jusqu'à son existence. Le jour du casse, je désespérais de pouvoir forcer la porte de la chambre forte. Elle avait même résisté au chalumeau ! Le temps pressait, je pouvais être découvert d'une minute à l'autre. En fouillant dans ma boîte à outils, j'ai vu luire le petit crochet qui m'attendait là, bien sagement depuis tout ce temps, comme s'il savait dès le départ que j'aurais besoin de lui ce jour-là. Quand je l'ai glissé dans la serrure, celle-ci s'est ouverte sans même un grincement. Oui, Robine, la Clé des champs est un outil remarquable.

– Alors, pourquoi est-ce que vous l'avez laissée derrière vous, après le casse ?

– Parce que, si je l'avais gardée, je n'aurais jamais pu m'empêcher de voler ! Imagine, un passe-partout qui ouvre toutes les serrures, du coffret à bijoux à la chambre forte, du simple cadenas à la porte de prison ! C'est beaucoup trop tentant. Mais, moi, je rêvais d'une autre vie. Pendant des dizaines d'années, j'ai pris sur moi parce que je n'osais pas trahir les miens. J'avais envie de faire pousser des fleurs, sauf que c'est absurde pour un voleur, n'est-ce pas ? Les voler, ça veut dire les cueillir et donc les voir se faner inexorablement…

Rêveur, l'homme fait courir son doigt sur les pétales muets de l'orchidée, avant de poursuivre :

– Pendant le casse, quand j'étais dans la chambre forte, face à toutes ces piles de lingots d'or qui me laissaient indifférent, j'ai eu le déclic. C'était le moment ou jamais de faire ce que j'avais toujours voulu ! Mais, pour cela, j'ai dû abandonner ma femme et mon fils…

– Pourquoi est-ce que vous ne les avez pas emmenés avec vous dans l'autre monde ?

– L'autre quoi ? répète Narcisse, perplexe.

– L'autre monde ! Celui où mène la Clé. Celui par lequel vous êtes passé pour vous enfuir de la banque, pas vrai ?

Le vieil homme secoue la tête en me gratifiant d'un sourire d'une étrange tendresse, comme si à ses yeux j'étais redevenue une très petite fille.

– Je suis désolé de te décevoir, Robine. Je suis sorti de la banque par là où j'étais entré, tout simplement. J'avais fait le casse pendant la nuit, en l'enregistrant sur les caméras de sécurité pour qu'elles le diffusent en différé, plusieurs heures après. J'étais déjà loin quand la police a investi la banque. Quand je pense à la tête qu'a dû faire Larivière !...

Et à celle qu'il fera quand je lui raconterai cette histoire, pour tenir ma promesse. Car désormais, j'ai découvert le fond du mystère qui taraude l'inspecteur. Mais la Clé des champs, si je connais ses vrais pouvoirs, persiste encore et toujours à m'échapper, comme si elle ne voulait pas de moi.

Je regarde mes pieds, dépitée. Malgré sa belle histoire, Jean-Filou Chippe vient de ruiner tous mes espoirs. Il finit par remarquer que quelque chose ne va pas.

– Qu'est-ce qu'il y a, Robine ?

– C'est juste que je vais avoir de gros ennuis si je ne retrouve pas la Clé des champs. Vous étiez ma meilleure piste, pour tout vous dire ! Vous, et une espèce de fantôme que j'ai cru sentir certains soirs, alors vous voyez, c'est mal barré !

Sans plus réfléchir, l'ancien braqueur lève la main vers le plant d'*Epidendrum ilense* et coupe une de ses fleurs. Je voudrais lui crier de ne pas faire ça, de la laisser en place, mais il est déjà en train de l'accrocher à la boutonnière de mon manteau, comme celle qu'il portait trente ans plus tôt. Un peu émue, je n'ose pas toucher ce cadeau inestimable.

– Merci, dis-je, la voix tremblante.

– C'est moi qui te remercie de m'avoir donné des nouvelles de mon fils. Viens, je vais te raccompagner en voiture jusqu'à ton école.

Sous le soleil maintenant clair et haut, nous montons dans la vieille auto – pas du tout celle d'un bandit autrefois richissime, si vous voulez tout savoir. Tout en actionnant le moteur, dont les pétarades couvrent presque sa voix fatiguée, le vieil homme me glisse :

– Je ne sais pas qui a volé la Clé des champs, Robine. Cependant, je peux te donner un conseil. Parmi les suspects, il faut que tu cherches celui qui a le plus besoin de s'enfuir, celui qui est assez désespéré pour croire aux pouvoirs du crochet.

– Monsieur Narcisse, dis-je en soupirant, j'étudie dans une maison de redressement. Bien sûr qu'elle est bourrée de gens désespérés ! Moi-même, pour tout vous avouer, j'aurais adoré mettre la main sur la Clé.

– Alors, c'est facile, répond-il en manœuvrant dans la poussière du chemin. Il suffit que tu cherches quelqu'un qui te ressemble.

21
Retrouvailles

Après plusieurs heures de route, Narcisse me dépose à ma demande au village de Marchandeurs près de l'école.

– Tu es sûre que tu ne vas pas te perdre ?

– Mais oui ! J'ai juste le bois à traverser.

– Bonne chance pour ton enquête, alors.

– Bonne chance pour votre nouvelle vie, monsieur Narcisse.

Je le regarde s'éloigner en lui faisant de petits signes de la main, comme on salue quelqu'un qu'on va retrouver dans quelques heures. Mais sous sa légèreté, notre au revoir a un goût d'adieu. La fatigue du trajet m'enveloppe aussitôt dans son manteau de courbatures.

Maintenant que j'ai connu la ville, le village me paraît tout petit, étroit comme un berceau d'enfant. J'ai bien changé, c'est sûr, depuis la fois où les gardes m'ont kidnappée. Si j'avais su qu'un jour je retournerais volontairement à l'école des voleurs !

– On t'avait pourtant dit de ne pas revenir, claque une voix familière derrière moi.

Je pivote d'un bloc pour découvrir deux silhouettes menaçantes. Le couple de policiers ! La femme, qui vient de parler, croise les bras dans une posture de défi, tandis que l'homme, patibulaire, a crocheté ses pouces à sa ceinture.

Et alors qu'il s'avance vers moi, je sens tout mon corps bondir, par réflexe – le réflexe du lapin pris dans les phares d'une voiture, qui n'a qu'une microseconde pour réagir. Je détale, dévalant la rue, slalomant entre les poubelles et les passants.

Derrière moi, les policiers poussent un juron de surprise. Un bruit de cavalcade m'indique qu'ils se sont lancés à ma poursuite. « Délit de fuite ! », je pense en évitant un poteau in extremis. Même si je n'ai rien à me reprocher, j'ai déguerpi à leur approche et cela me rend inévitablement suspecte.

Aucune chance de les semer en ville, sur leur territoire. Heureusement, l'orée du bois m'apparaît dans un flash vert. Je la traverse violemment, sans ralentir, le visage fouetté par les branches d'arbres. Le sol rembourré de feuilles mortes absorbe mes pas et celui de mes poursuivants, nous courons dans un silence presque total que viennent écorcher chacune de nos respirations.

Je risque un coup d'œil derrière moi : l'homme a abandonné, mais la femme zigzague toujours entre les troncs d'arbres. Pas moyen de rejoindre l'école avant qu'elle m'attrape, alors je bifurque vers le cœur de la forêt, dans une ultime tentative pour protéger mes amis et garder secrète l'existence de notre colonie de voleurs.

Mais, emportée par la vitesse, je trébuche sur une racine et me crashe de tout mon long dans une volée d'aiguilles de pin. Je me relève difficilement, de la terre plein la bouche, en m'appuyant sans m'en rendre compte sur une forme grise et froide. Les statues ! Je suis arrivée dans la zone où elles se trouvent. Elles me regardent, apitoyées, leurs mains tendues, leurs toges effritées.

En un éclair, je repense aux bois de Laverna. Dans l'ancien temps, les voleurs venaient y prier la déesse, couvrant d'offrandes des sculptures à son effigie. Mais je n'ai rien sur moi, à part... à part l'orchidée de M. Narcisse ! Elle orne encore ma boutonnière, toujours vaillante, ayant mystérieusement échappé aux dégâts laissés par la course.

Ma poursuivante sera là d'une seconde à l'autre. Je détache fébrilement la fleur et, après l'avoir déposée dans la coupelle formée par les mains de pierre, je me cache derrière la statue, comme si nous ne faisions plus qu'une, elle et moi.

J'entends la policière débouler sur le chemin, haletante. Et par un petit miracle dont j'avais vraiment besoin, elle continue sa course, croyant sans doute que je l'ai distancée.

J'attends un long moment, pour être sûre qu'elle ne reviendra pas, avant d'oser quitter mon abri. Je ne sais pas si la statue m'a délibérément sauvée mais, dans le doute, je laisse la fleur sur ses paumes de granit.

Un peu plus tard, je débouche enfin sur le terrain de l'école. Avec mes bleus et mes cheveux en bataille, je dois ressembler à une soldate qui revient du front. Je me dirige en boitant vers le tunnel qui donne sur les locaux souterrains, mais, avant même que j'aie pu l'atteindre, quelqu'un en émerge à pas pesants.

C'est La Buse qui vient à ma rencontre, imperturbable sous sa casquette. Elle va sans doute me passer un savon – c'est ce qu'elle sait faire de mieux.

– Je t'attendais, lâche-t-elle en guise de bienvenue.

– Ah bon ?

– Évidemment ! Je t'ai vue sortir hier, il fallait bien que tu reviennes. Comme une belette dans son terrier.

– J'aurais pu partir pour toujours, non ?

– Il te reste des choses à accomplir ici, petite, et tu le sais mieux que moi. Allez, secoue un peu tes vêtements ! On dirait que tu rapportes la forêt entière avec toi. Mme Cavale va pas aimer si tu lui bousilles son ménage, ça non.

Un peu étonnée par sa relative amabilité, je m'ébroue comme un chien, éparpillant des bouts de feuilles mortes autour de moi.

– Voilà, c'est mieux, approuve La Buse en faisant un pas de côté pour me laisser rentrer avec elle dans l'école. Bon, tu t'en doutes, ta petite sortie n'a pas ravi tout le monde : tu as rendez-vous avec le principal Chippe demain matin à la première heure. Et ça va chauffer : plusieurs cours séchés, une nuit passée dehors, des échanges avérés avec des Marchandeurs...

Je n'ai même pas la force de répliquer. J'ai quand

même droit à un peu de répit, après avoir passé vingt-quatre heures à courir tout le pays et à échapper à deux policiers surentraînés, non ?

Quand je pénètre dans le réfectoire, toujours en manteau, le visage égratigné et des épines de pin dans les cheveux, c'est l'heure du dîner. Un silence sidéré m'accueille. Les élèves se sont figés, leur fourchette à la main, leur bouche pleine de salade à demi mâchée. J'aperçois Coësre, stupéfait, et Main-d'Or, qui contemple son bol de soupe comme si elle comptait se noyer dedans.

Sans mot dire, j'attrape un plateau – l'élève le plus près de moi s'écarte, comme si j'allais le taper avec –, j'y colle une assiette remplie et je marche jusqu'à une place libre, boitant toujours. Je crois que, de toute ma vie, je n'ai jamais fait une entrée aussi fracassante. Je ne sais pas qui osera encore me chercher après ça.

Je plante ma fourchette dans une pomme de terre et, la soulevant en entier, j'en croque un morceau que je mastique avec un mélange de rage et de soulagement. Pendant toute la durée de mon repas, aucune conversation à voix haute, aucun mouvement des autres élèves. Malandrine et Gavroche chuchotent à leur table sans me lâcher du regard. Ils doivent se demander ce que le principal Chippe va me dire demain, mais, pour la première fois de ma courte scolarité, je n'en ai rien à faire. Je sais seulement que j'ai terriblement faim après tout ce temps passé sans manger.

Quand j'ai fini, juste avant de débarrasser mon plateau, je prends le luxe de roter haut et fort. Quitte à avoir l'air du méchant dans un western, autant profiter du rôle jusqu'au bout. Et je fourre ostensiblement un bout de pain dans ma poche pour le finir dans ma chambre – je ne suis plus à cette petite incartade près. Au moins, je me ferai sermonner le ventre plein.

Maintenant, il ne me reste qu'à dormir aussi profondément que possible pour tirer un trait sur les événements de ces derniers jours. Et demain… demain n'existe pas. Pas encore.

Pourtant, il faudra bien que j'aille affronter le coupable. Ou plutôt devrais-je dire : la coupable.

Car désormais, je pense savoir qui a volé la Clé des champs. C'est sur le trajet du retour que cette idée a émergé, petit à petit. D'abord, je n'ai pas voulu la regarder en face. J'aurais préféré pouvoir accuser n'importe qui d'autre.

Dans un grand tumulte intérieur, tous les événements de ces derniers mois ont pris sens : la nuit du vol, la Présence dans les couloirs, la destruction du vole-face…

Le coupable est forcément quelqu'un qui vit dans l'école et a un accès facile au bureau du principal. Qui était au courant que je me promenais la nuit dans les couloirs à la recherche du voleur ? Qui, sachant cela, a pu repérer le vole-face pour le détruire ? Qui pouvait m'influencer suffisamment jusqu'à m'attirer sur de fausses pistes ? Enfin et surtout, qui, de son propre aveu, avait envie de disparaître de la surface de la terre, comme on raconte que la Clé le permet – même si je sais maintenant que ce n'est qu'une légende ? Quelqu'un qui, de plus, connaissait parfaitement cette légende.

C'est Phûlan Maraude qui a volé la Clé des champs.

Au fur et à mesure que la révélation fait son chemin, je me sens trahie, manipulée. Je n'arrive pas à croire que j'aie pu être bernée à ce point-là par quelqu'un en qui j'avais placé toute ma confiance.

La dernière chose qu'il me reste à comprendre, c'est si Miss Maraude a volé la Clé toute seule. Je me souviens de ses conversations bizarres et de ses rencontres nocturnes avec La Buse. Est-ce qu'elles auraient pu planifier le vol à deux ? Ou peut-être que La Buse a surpris Miss Maraude, que depuis, elle la couvre ou, à l'inverse, qu'elle la fait chanter.

Et ce que je sais encore moins, c'est si j'aurai le courage de dénoncer ma prof préférée. Si elle était dans les boîtes avec moi, est-ce que je lui enverrais une petite décharge d'électricité pour la faire avouer, maintenant que je sais que c'est elle ?

Toutes ces questions fondent sur moi et me harcèlent, comme une bande d'oiseaux qui auraient décidé de m'attaquer, tandis que je marche de la cantine jusqu'au dortoir. Au moment où je pousse la porte de la chambre, une petite chose aux cheveux noirs me saute au cou.

– Robine !

C'est Dina. Je titube sous l'effet de son élan.

– Salut, Dina, dis-je en arrachant un sourire à mon visage crispé. Contente de te revoir aussi. T'étais pas au réfectoire avec les autres ?

– Non, je ne pouvais rien avaler, je t'attendais ! Et tu es rentrée ! continue-t-elle en me débarrassant de mon manteau comme une petite maman inquiète. J'ai cru que tu ne reviendrais pas… par ma faute…

– Pourquoi, ta faute ? Tu ne m'as pas obligée à repartir en ville, j'ai pris ce risque toute seule.

– Non, mais… je sais que tu y allais pour ton enquête sur la Clé des champs et… et…

Aladina ne s'effondre pas en pleurs, elle ne se roule pas en boule, elle ne se prend pas la tête dans ses bras. Au contraire, elle me contemple d'un air parfaitement serein, comme si toutes les barrières en elle venaient de tomber.

Je la vois prendre un livre sur son bureau et le feuilleter. Elle l'ouvre. Je ne sais pas de quoi il parle, mais ça n'a pas d'importance, car, au moment même où je me pose la question, j'aperçois, soigneusement rangé comme un marque-page, un petit crochet en métal brillant.

Elle est là, la Clé des champs.

– Tiens, souffle Dina.

Un mot si court et qui pourtant, à l'instant où elle le dit, me laisse sans voix.

Je n'ai jamais vu la Clé de si près. En fait, je ne me souvenais pas très bien de son apparence. C'est bizarre de chercher quelque chose dont on ne se souvient pas vraiment, non ? Maintenant, je peux la dévorer du regard. Elle a une forme incurvée, comme celle d'un point d'interrogation, et on dirait que le métal dont elle est faite a été poli et repoli par des mains pleines de dévotion.

J'ai dû dormir près d'elle pendant des semaines. J'ai dû

écouter son chant inaudible la nuit, à mon insu, quand je dormais, hypnotisée peut-être. Il aurait suffi que je me demande de quoi parlait ce livre, que je l'ouvre au hasard par curiosité, et je serais tombée nez à nez avec la Clé des champs.

– Tiens ! répète Dina un peu plus fermement. Tu peux la prendre. Je la rends.

Je n'ose pas. Je pensais que je l'arracherais au voleur, pas qu'on me l'offrirait de cette façon.

– J'ai beaucoup réfléchi pendant que tu étais partie, continue Dina. Je me suis dit que je ne pouvais pas te laisser payer pour moi. Chippe ne te lâchera pas tant que tu n'auras pas retrouvé sa Clé...

– C'est... c'est toi qui l'as volée ?

– Ben oui ! me dit-elle en riant, d'un rire un peu étranglé. Pas évident : je pense que, à quelques centimètres près, je ne passais plus par le tuyau d'aération qui conduit dans le bureau de Chippe. Heureusement que je suis une des élèves les plus petites de toute cette école. Même toi, tu serais restée coincée ! Et puis, le cadenas de sa vitrine à reliques... Un vrai casse-tête...

– Mais la nuit où la Clé a été... où tu as volé la Clé... tu n'étais pas ici, dans la chambre ?

– Non ! Tu ne pouvais pas le savoir, puisque tu n'étais pas là non plus.

– Pourquoi est-ce que tu m'as fourni un alibi ?

– Ben, parce que ça m'en donnait un par la même occasion ! Désolée de te dire ça, Robine, mais, même si j'admire beaucoup tes qualités, il te reste encore des progrès à faire en tant qu'enquêteuse.

J'ose enfin m'emparer du crochet en métal. Rien de particulier ne se passe, mais je suis si bouleversée de le tenir enfin entre mes doigts que je dois m'asseoir. Ou plutôt, je laisse mon corps me porter jusqu'à une chaise.

Les paroles de Jean-Filou Chippe me reviennent en mémoire. « Parmi les suspects, il faut que tu cherches celui qui a le plus besoin de s'enfuir, celui qui est assez désespéré pour croire aux pouvoirs du crochet. »

– Tu voulais échapper à Sélina et Guilleri, pas vrai ? je demande. Tu ne cherchais pas la Clé pour ouvrir une serrure en particulier… Tu connaissais la légende qu'on raconte à son sujet et tu t'es dit qu'elle te mènerait vers l'autre monde, loin de tes harceleurs.

Dina esquisse un petit sourire triste.

– Oui, reconnaît-elle. Depuis des années, j'essaie de prendre sur moi, mais un soir, j'ai senti que je n'y arrivais tout simplement plus. Alors j'ai fait ce à quoi je pensais depuis des mois et des mois : je suis allée voler la Clé des champs. Une fois dans la chambre, je suis restée un moment en tête à tête avec elle, à me demander si j'allais l'utiliser… Et puis, j'ai reporté ma décision au lendemain. J'ai voulu tenir au moins une journée de plus, juste pour me laisser la possibilité de changer d'avis. On ne sait pas ce qui peut arriver dans un autre monde.

Je lui renvoie son sourire. Je n'ai pas le cœur de détromper Dina sur l'existence de l'autre monde, pas tout de suite.

– C'est vrai, dis-je, on ne sait pas.

– Bref, je l'ai mise dans ce livre en attendant. Le numéro de page, c'est la date d'anniversaire de Hafsûn, au fait, c'est comme ça que je m'en souviens ! Et puis, je ne l'ai jamais rouvert. Il y a eu les boîtes, tu as été chargée de l'enquête, tu n'arrêtais pas de fouiller partout. Le jour où Sélina et Guilleri m'ont coupé les cheveux, je me suis résolue à utiliser la Clé, quitte à tout laisser derrière moi. J'ai attrapé le livre, mais c'est le moment que tu as choisi pour rentrer dans la chambre. On peut dire que tu es arrivée pile au bon moment.

– Non, dis-je, je suis arrivée au *dernier* moment. Je t'ai laissée souffrir beaucoup trop longtemps, jusqu'à ce que tu aies l'impression de n'avoir aucune autre échappatoire. Et je crois que c'est pour ça qu'elle m'a fait attendre aussi, la Clé des champs.

Comme si c'était une soirée ordinaire, Dina commence à rassembler ses affaires de toilette pour aller se brosser les dents et se mettre en pyjama. Elle a toujours l'air aussi tranquille.

– Qu'est-ce que tu vas faire ? me demande-t-elle en s'avançant vers la porte.

– Je... je ne sais pas, Dina. Je n'ai même pas été fichue de trouver la Clé des champs par moi-même, alors je suis mal placée pour décider de son sort.

– Oh, si, tu l'as trouvée, puisque tu l'as entre les mains ! Peut-être pas de la façon dont tu l'imaginais, mais indéniablement elle t'a trouvée, elle.

– Tu n'as pas peur que je te dénonce ?

– Plus trop depuis que j'ai vu Hafsûn et qu'il m'a invitée à le rejoindre. Au pire, j'irai vivre chez lui. J'en profiterai pour faire arranger cette coupe qui reste un peu artisanale. Il paraît qu'il y a de bons coiffeurs chez les Marchandeurs!

Lestement, elle sort de la chambre en direction de la salle de bains commune, me laissant seule avec ce petit bout de métal qui me pique autant la main que le cœur, si léger et pourtant ce soir si lourd de responsabilités.

Un peu sonnée, je vais m'allonger sur mon lit. Je glisse la Clé des champs sous mon oreiller, là où s'emmêlent les rêves, là où passe la Petite Souris quand on est enfant. C'est drôle d'ailleurs, la Petite Souris est une grande voleuse, ou une grande troqueuse: c'est peut-être la seule histoire que les enfants voleurs et Marchandeurs ont en commun.

Je ferme les yeux. J'ai l'impression de sentir une masse énorme sous mon oreiller, quelque chose qui me gêne chaque fois que j'essaie de bouger la tête, mais ce n'est pas possible, elle est si fine pourtant…

J'ai jusqu'à demain matin pour trancher: dénoncer Dina ou la couvrir.

22
Un peu de tendresse

La première chose que je fais en me réveillant, c'est passer la main sous mon oreiller. La Clé des champs est toujours là, aussi muette que présente, comme si elle grésillait sous ma nuque.

Dina est partie prendre son petit déjeuner, mais elle hante le moindre de mes gestes tandis que je me prépare. Les gens disent parfois que la nuit porte conseil. Eh bien, laissez-moi vous dire que, sur ce point comme sur beaucoup d'autres, les gens ont tort, car je n'ai toujours pas pris de résolution. Je tente de lire la réponse dans les volutes d'eau qui coulent sous la douche, comme certains devinent l'avenir au fond d'une tasse de café. Je prends une décision en me brossant le côté droit de la bouche, je change d'avis en m'attaquant au côté gauche. Au réfectoire, je me dis intérieurement : « Si j'arrive à peler cette pomme jusqu'au bout sans la casser, alors je ne balance pas Dina... » Au dernier moment, la pelure se casse. Et si j'essayais avec un autre fruit pour forcer le destin ? C'est sans fin.

C'est en avalant ma dernière gorgée de jus d'orange que la solution m'apparaît comme une évidence : il faut que j'aille demander conseil à Miss Maraude. Comme les fois précédentes, quand je cherchais du réconfort ou que je me sentais perdue. C'est d'ailleurs peut-être la dernière fois que je vais parler avec ma prof de culture, alors autant lui dire au revoir en bonne et due forme. Il ne me reste plus beaucoup de temps avant mon rendez-vous avec le principal, programmé dans la matinée.

Mes pieds me guident jusqu'au cloître sans que j'aie à réfléchir. C'est un chemin que je connais si bien, désormais.

Mais en arrivant à destination, je ressens un coup au cœur. Les plantes, arrachées, gisent sur le pas de la porte, leurs racines recroquevillées à l'air libre. Et aux bruits qui s'échappent de la pièce, quelqu'un est toujours occupé à la retourner de fond en comble.

Je me précipite à l'intérieur du cloître.

– Ah, Robine, tu tombes bien ! s'exclame Phûlan en me voyant débouler comme un chevalier servant. Tu peux me tenir ça ?

Elle me fourre une pelle dans les mains et, s'accroupissant, ajuste un plant qu'elle vient de rempoter. Son visage et ses bras sont barbouillés de terreau, ce qui lui donne l'air d'une sorcière ou d'une chamane.

– Il a été difficile à déraciner, celui-là ! lance-t-elle, le souffle court. C'était un vrai sac de nœuds, là-dessous !

– Mais, Phûlan, dis-je, encore abasourdie, qu'est-ce que vous faites ?

– Je veux déplacer ces plantes dehors. Elles feront leur vie là-haut pendant mon absence. Elles auraient manqué d'eau et de lumière, ici. J'aurais bien demandé à Mme Falsifi de passer les arroser de temps en temps, mais elle est si distraite…

– Comment ça, votre absence ? Vous partez ?

– Tout à fait ! acquiesce joyeusement Miss Maraude. Je pars en lune de miel !

La nouvelle éclate telle une bulle de savon, si soudainement que je reste sans voix. Je regarde Miss Maraude sous un jour différent, comme si elle n'était plus tout à fait la même personne. Je me souviens d'elle, si triste et si lasse dans le cloître la dernière fois que j'avais recherché son aide. Au contraire, aujourd'hui, tatouée de terre et de sueur, elle a l'air radieuse.

– *En lune de miel* ? je répète, incrédule. Vous allez vous marier ?

– Oui, demain ! répond-elle avec un grand sourire – un sourire dont, je m'en rends compte maintenant, j'avais terriblement besoin après ces journées de doutes et d'errances. Tu es invitée, d'ailleurs.

– Moi ? Invitée ? À votre mariage ?

– Bien sûr ! Pas besoin de tenue particulière, nous voulons que tout reste très simple, très convivial. Mais sois ponctuelle : quinze heures sur le terrain au-dessus de l'école, d'accord ? Oh, et pendant que j'y pense, est-ce que tu pourras te charger d'apporter des alliances ?

Je n'arrive pas à y croire : je suis invitée au mariage de

Phûlan Maraude ! Mon premier mariage en tant qu'invitée d'honneur, pas comme la petite cousine ou la nièce qu'on convoque avec le reste de la famille et qu'on case dans un coin de la photo, sur le rang du fond, là où on doit se mettre sur la pointe des pieds. À vrai dire, je suis très émue que Miss Maraude m'ait fait, à moi, ce cadeau. Mais la joie d'assister à son mariage se mêle à la tristesse qu'elle s'en aille, et pour combien de temps ? Est-ce que c'est long, une lune de miel ? Et puis la question qui me brûle les lèvres...

– Euh... Excusez-moi, Phûlan, c'est peut-être indiscret... Enfin pas tant que ça, puisque demain matin j'aurai la réponse, mais... vous allez vous marier avec qui ?

– Avec ma compagne, Ève – La Buse, comme tout le monde l'appelle ici. Elle m'a fait sa demande hier soir et... C'est vrai que c'est un peu soudain, mais je me suis dit : « Pourquoi repousser ? Tous les moments heureux que j'ai passés ces derniers temps, c'était avec elle. »

– Ah ! Je n'aurais pas pensé à La Buse en premier, mais... je suis très heureuse pour vous. Ça va être un beau mariage.

– Un peu improvisé, certes... Mais pardon, Robine, je bavarde, je prends toute la place : qu'est-ce qui t'amène ? D'abord, comment vas-tu ?

Je lui souris tandis que les larmes commencent à me monter aux yeux. Il y a longtemps qu'on ne m'avait pas posé cette question, à laquelle les gens d'habitude n'attendent pas de véritable réponse. Aujourd'hui, Miss Maraude vient de la déposer sur mon cœur comme une main tiède.

Je me mets à rire. Pas parce que c'est drôle, mais parce que ce que j'ai à révéler défie l'imagination. Je me lance :

– Ça irait mieux si je savais quoi faire de la Clé des champs !

Phûlan Maraude se fige dans une sincère surprise.

– Tu l'as trouvée ? murmure-t-elle.

– En quelque sorte...

– Je peux la voir ?

Je sors la Clé de ma poche et la lui montre, posée sur la paume de ma main, sans oser la lui tendre. Elle la dévore des yeux, le visage empreint d'un respect presque religieux.

– Pas de doute, déclare-t-elle. C'est bien elle. Tu ne sais pas quoi en faire ? Qu'est-ce qui t'empêche d'aller la rendre au principal ?

– Il faudrait que je livre le nom de son voleur. Et ça, je ne sais pas si je peux m'y résoudre.

Elle pousse un petit « Oh » et éclate d'un grand rire qui la secoue de la tête aux pieds.

– Et moi qui étais persuadée que c'était toi la voleuse ! lâche-t-elle entre deux secousses.

– Moi ?!

– Oui, toi ! Qui d'autre ? J'étais convaincue que tu avais pris la Clé des champs pour t'enfuir de l'école des voleurs, parce que tu croyais en ses pouvoirs magiques. Je pensais même que c'était moi qui t'en avais soufflé l'idée, le soir où je t'ai conseillé de chercher de quoi « t'évader un peu » !

– Hein ? Moi, de mon côté, je vous soupçonnais d'être la voleuse !

Elle s'esclaffe tellement qu'elle est obligée de s'asseoir par terre, en se laissant glisser le long d'un mur. Je fais de même, pour me mettre à son niveau, pour pouvoir partager en écho les dernières bribes de ce fou rire qui nous réchauffe de l'intérieur. Là, face à face, j'ai l'impression que nous sommes deux petites filles assises dans une cour d'école.

– Bon, bon..., reprend-elle en essayant de recouvrer son calme à grandes lampées d'air frais. Répète-moi ton problème. Doucement, mot par mot.

– J'ai rendez-vous avec le principal dans quelques minutes pour faire le point sur mon enquête. Il faut que je lui donne la Clé des champs, mais je n'ai toujours pas décidé si je devais lui révéler le nom de la personne qui l'a volée. Si je ne le fais pas, il considérera sûrement que c'est moi la coupable, et je serai exclue de l'école... Or, mon Initiation dépend de M. Chippe... Sans son accord, je ne serai jamais Initiée et on me bannira.

– Et alors ? Je croyais que tu ne voulais pas passer ton Initiation. Tu as tellement envie de devenir une voleuse ?

Je me tais devant cette question, la fameuse question que j'ai toujours évité de me poser clairement et à laquelle il faut bien répondre maintenant. Une voleuse, moi ? Et c'est quoi une voleuse, d'abord ?

Je finis par avouer dans un soupir :

– Pour être franche, je n'aime pas voler.

– On peut voler beaucoup de choses, Robine, chuchote Miss Maraude dans le silence du cloître que les élèves ne troublent pas encore. Et pas seulement des objets. C'est, en réalité, une vision fort étroite. Je suis personnellement très déçue que tant de gens s'y limitent, surtout dans cette école. On peut faire bien mieux que ça. On peut voler la parole… la vedette… On peut voler du temps… de l'attention… Peut-être que tu trouveras une autre façon d'être une voleuse.

– Mais si, pour ça, il faut que je dénonce quelqu'un ?

– Tu sais, les plus grands voleurs sont aussi les plus généreux. Prométhée qui apporte aux hommes le feu des dieux, Robin des Bois qui prend aux riches pour offrir aux pauvres. Demande-toi ce que tu peux donner au voleur de la Clé des champs. De quoi aurait-il besoin, ce… ou cette… voleuse ?

– D'un peu de tendresse, je réponds, envahie par la puissance de ma décision au moment où celle-ci se forme dans mon esprit.

– Alors, tu sais, conclut Miss Maraude.

Oui, je sais. Mais je devine aussi tout ce qu'implique ce choix. Je regarde désormais les choses qui m'entourent en sachant que je vais bientôt les perdre. J'aurais aimé revenir au cloître, boire une dernière tasse de tisane avec Miss Maraude – oui, même son horrible tisane de pissenlit. Traîner encore avec Dina, Coësre, Main-d'Or et Gavroche, râler avec eux sur l'absence de dessert à la cantine et bousculer tout le monde pour récupérer le fauteuil le moins inconfortable au Bloc.

La sonnerie résonne dans le couloir, comme la corne de brume d'un bateau sur le départ.

– Merci, dis-je à Miss Maraude après cet instant de silence qui nous a traversées toutes les deux. Je ne manquerai pas de venir à votre mariage demain, même si c'est la dernière fois que je suis dans les parages. Et ne vous inquiétez pas, je m'arrangerai pour trouver des alliances. Faut que j'y aille, maintenant, j'ai quelque chose de très important à faire.

Je saute sur mes pieds, comme portée par ma résolution et, tout en faisant un geste de la main pour dire au revoir à Miss Maraude, je file en direction du lieu où j'ai laissé quelque chose d'essentiel, quelque chose sans lequel je ne peux pas quitter l'école. Quelqu'un, presque.

La ménagerie.

Il faut que je récupère Spira ; elle m'attend depuis trop longtemps. Si la Clé des champs doit servir à ouvrir une seule serrure, c'est bien celle qui ferme la porte de sa cage.

Depuis que je suis entrée à l'école et que Spira est enfermée à la ménagerie, je pense très souvent à elle. Quand je déambule dans les couloirs, je la sens perchée sur mon épaule, invisible, à juger les autres élèves de son regard perçant. Le soir, quand je m'endors, j'imagine qu'elle étend son aile noire et douce sur mon visage pour me plonger dans le sommeil. Mais jusqu'à ce matin, je n'avais jamais espéré la récupérer. En me donnant des précisions sur mon Initiation, un surveillant m'avait appris qu'on me rendrait Spira juste avant l'épreuve.

– Mais si on doit se préparer, elle et moi ? lui avais-je demandé.

– Se préparer à quoi ? avait-il répondu. Y a rien à préparer. Tu dis à ta bestiole quoi faire, elle obéit et puis c'est tout.

Encore un qui ne comprend pas la subtilité du lien

qui nous unit à nos animaux-totems. Nous ne communiquons pas avec eux par télépathie, ils n'ont pas de pouvoirs magiques, ils ne nous confèrent pas de talents particuliers. Mais quand je pense à Spira, je sens au fond de moi quelque chose qui est comme de la pure tendresse, la certitude d'être aimée sans condition.

Quand on m'a confié Spira, il y a de cela plusieurs années déjà, c'était une jeune pie au plumage encore ébouriffé. Je l'ai prise au creux de mes mains, sans appuyer, car j'avais peur de l'étouffer. Je pensais qu'elle allait filer à tire-d'aile pour rejoindre les autres oiseaux, mais elle est restée dans mon petit nid de mains, très intriguée, à picoter la chair de mon pouce du coin du bec, comme si elle essayait de me communiquer quelque chose en langage codé.

– Prends-en bien soin, avait recommandé ma mère, il faut qu'elle reste en forme jusqu'à ton Initiation.

Elle n'avait même pas besoin de me mettre en garde, j'aurais tout fait pour préserver ce petit oiseau déjà vif mais encore vacillant.

On raconte qu'un voleur dont l'animal-totem meurt prématurément, c'est-à-dire avant sa fin de vie naturelle, est condamné à perdre son instinct – cette capacité innée à saisir sa chance ou au contraire à sentir le danger, à savoir à qui faire confiance et à choisir, entre deux chemins, lequel le mènera là où il le désire. Le cœur serré, je me demande si c'est ce qui va arriver à Arsène, maintenant que Cabriol n'est plus là. Je dois tout faire pour éviter de connaître le même sort avec Spira.

J'ai marché jusqu'à la ménagerie, ni trop vite pour

ne pas alerter un surveillant, ni trop lentement pour ne pas perdre de temps. Le vétérinaire m'accorde quelques minutes avec Spira d'un air blasé. Je défile devant les animaux qui somnolent dans leurs cages ou leurs aquariums. Le petit singe roux me jette un regard si profond que, pendant un instant, je me demande si ce n'est pas l'animal-totem de Dina.

Je continue jusqu'à la cage de Spira. J'ai l'impression que ça fait une éternité que nous sommes séparées. Le plumage terne, l'œil éteint, elle s'anime à peine à mon arrivée, se contentant d'un pépiement moribond. En la voyant dans cet état, je repense à une comptine qui émerge des profondeurs de mon enfance :

Une pie voleuse
Qui volait dans l'air,
Je l'attrape par son aile,
Je la montre à ces messieurs,
Ces messieurs me disent :
« Trempez-la dans l'huile,
Trempez-la dans l'eau,
Ça fera un p'tit poulet tout chaud. »

Pendant que la comptine chante en moi, je sors la Clé des champs et l'insère tout doucement dans la serrure de la cage. J'ai peur de la briser. C'est à se demander comment elle peut venir à bout de serrures blindées tant elle est fine !

Et si c'était une fausse, comme le pense Main-d'Or ?

Tortueuse, la Clé des champs s'enfonce jusqu'à

produire un petit *clic,* signe qu'elle a touché le fond. Lorsque je la tourne, les engrenages coulissent avec une délicatesse surprenante, tandis que la porte – *clic !* encore – cède dans un sursaut.

Aussitôt, Spira se faufile par l'ouverture et vient se lover dans mes mains, ces mains où je l'ai accueillie des années plus tôt.

– Désolée de t'avoir laissée si longtemps là-dedans, je murmure.

À ce moment-là, il se passe quelque chose auquel je ne m'attendais pas du tout. Des cris d'animaux commencent à s'élever derrière moi. Les oiseaux piaillent, les félins miaulent en grattant frénétiquement leurs barreaux, le crabe fait claquer ses pinces en rythme sur les parois de l'aquarium. Et tous ces sons forment une seule musique, un chant de protestation ou une prière pour la liberté, bouleversante et douloureuse à la fois.

Car même si j'ai terriblement envie de relâcher tous les animaux, je ne peux pas prendre cette responsabilité. Qui sait s'ils survivraient, livrés à eux-mêmes ?

– Je suis désolée…, je souffle, le cœur lourd. J'espère que vos humains viendront vous chercher très vite.

Je m'apprête à mettre Spira dans ma poche, quand soudain je réalise qu'elle n'y sera pas à l'abri. En m'accusant du vol de la Clé des champs, je risque l'exclusion et le bannissement. On pourrait me reprendre Spira, considérant que je n'en suis plus digne, pour la donner à quelqu'un d'autre peut-être – à un gentil enfant voleur qui ne posera pas problème, lui. Spira ne sera pas en sécurité avec moi. Je frémis à l'idée de ce que Chippe pourrait lui faire, pour me mater ou me punir d'avoir volé sa Clé, lui qui n'a pas hésité à m'arracher ma pie dès le premier jour à l'école.

Si je l'aime, je dois la relâcher. Même si ce geste tord chacune des fibres de mon cœur.

– C'est le moment de nous séparer, ma belle, dis-je en caressant sa petite tête. Désolée, ça arrive un peu plus tôt que prévu mais… tu sauras où aller, j'ai confiance.

Est-ce qu'elle comprend ? Ses yeux noirs, insondables, ne se détachent que par leur brillant de son plumage tout aussi noir.

C'est alors que les paroles de Dina me reviennent en mémoire. La nuit où elle a pénétré dans le bureau du principal, elle est passée par le système de ventilation qui alimente l'école en oxygène.

M'avançant jusqu'à une grille d'aération, je la fais sauter d'un coup de pied et je place Spira à l'entrée.

La pie hésite au bord du conduit. Après tout ce temps passé dans la cage, elle a l'air d'avoir oublié comment voler. Je la regarde s'éloigner en sautillant le long du tuyau, ses petites pattes cliquetant sur la paroi métallique. Impossible de bien la distinguer désormais, si sombre dans la pénombre, à part la tache vibrante de son ventre blanc.

C'est cette forme claire que je vois briller une dernière fois puis disparaître, comme une étoile filante, lorsqu'elle s'élance enfin.

Le concert des animaux cliquette et s'arrête,

soulignant ma soudaine solitude. Je fixe quelques instants le conduit pour voir si elle va revenir, mais il faut se rendre à l'évidence : Spira a bel et bien disparu. Ou plutôt, elle a réapparu ailleurs.

La Clé des champs, que j'ai pourchassée avec tant d'ardeur, aura au moins servi à quelque chose. Et maintenant qu'elle a joué son rôle, je peux la rendre à celui qui a l'audace de s'en croire le propriétaire.

23
Les aveux

Voilà, j'ai fait ce que j'avais à faire, plus rien ne me retient ici. Ça tombe bien, puisque l'heure de mon rendez-vous avec le principal Chippe a sonné.

J'ai rejoint la petite troupe des élèves. Gavroche prend la peine de me saluer :

– Hé, Robine, on parle que de toi au Bloc ! Y en a même qui racontent que t'es allée chez les Marchandeurs et que tu as voulu leur vendre l'emplacement de l'école contre une énorme somme d'argent ! C'est vrai ?

Je ris devant le visage effaré du jeune garçon, plein de taches de rousseur éclatantes.

– Gavroche, dis-je en prenant le ton de la grande sœur, tu ne crois pas que, si j'avais balancé l'adresse de l'école, il y aurait déjà une flopée de Marchandeurs et de policiers dans le bâtiment ?

– Mais alors, pourquoi t'es allée au village ?

– Pour faire du repérage.

– Du repérage pour quoi, dis ?

Je mets mon index devant mes lèvres, l'air de cacher un secret. Gavroche écarquille les yeux, tiraillé entre sa méfiance et l'envie de me croire sur parole.

Une voix adulte, celle de Larron – le surveillant qui m'avait enfermée sous la ménagerie –, met subitement fin à notre conversation :

– Robine, le principal t'attend dans son bureau !

Je m'avance vers le bâtiment A, au milieu des élèves qui forment une haie d'honneur et me dévisagent avec un mélange de pitié et de curiosité. Ils doivent se douter que je vais passer un sale quart d'heure à cause de ma fugue de la veille. « Salut les gars, ravie de vous avoir rencontrés ! », je pense au fond de moi. Gavroche esquisse un signe d'au revoir presque amical. Je reconnais Coësre, perdu dans un débat intérieur. Il tend la main vers moi comme s'il voulait venir me sauver ou m'accompagner, mais finalement suspend son geste et se contente de scruter le sol, gêné. Près de lui, Main-d'Or, étreignant ses livres de cours contre sa poitrine, semble me souhaiter « bonne chance » silencieusement. Un peu plus loin, Sélina et Guilleri me regardent à peine, comme si, insignifiante, je ne me tenais déjà plus tout à fait devant eux. Je croise aussi Malandrine, avec ses éternels élastiques-muscleurs-de-doigts. Elle a l'air ravie que quelqu'un aille défier le principal Chippe, auquel elle n'a pas pardonné qu'il lui refuse sa spécialisation en cambriolage. Et enfin, Kappa, qui m'observe d'un air vaguement hostile. Il n'aime pas trop ceux qui « causent des problèmes », comme il dit. Moi, je n'ai jamais voulu causer aucun problème, ce sont plutôt les problèmes qui existaient déjà dans l'école – les petites haines, les injustices et les embrouilles – qui m'ont trouvée. Dina, quant à elle, brille par son absence. Comme hier soir, elle n'a pas dû avoir le cœur à sortir de la chambre.

Toujours escortée de Larron, j'entre dans la salle d'attente du principal, celle où se trouve son secrétaire, M. Chafouin. Il est d'une humeur massacrante : il n'a pas dû oublier mon petit chantage de l'autre jour. Tout en patientant, je repense à la première fois que je me suis tenue devant ce bureau, telle une petite chose apeurée. J'ai l'impression que c'était il y a des siècles.

La voix austère du principal s'élève, faisant frémir la porte sur toute sa hauteur :

– Faites-la entrer !

On me pousse vers son bureau. J'essaie de prendre une grande inspiration, mais je manque de suffoquer devant l'odeur désagréable qui s'en échappe – comme si quelqu'un avait passé beaucoup trop de temps à se démener dans cette pièce. Le chaos a d'ailleurs commencé à gagner celle-ci. Une pile d'affaires colonise le sol autrefois impeccable. Plusieurs dossiers d'élèves ont été retirés de l'armoire où ils auraient dû être si soigneusement rangés, et jetés pêle-mêle sur une table. Chippe lui-même a l'air un peu hagard. Une barbe de trois jours perce la peau de son visage qui, auparavant, faisait écran à tous ses sentiments.

Il tente de lisser son costume, ne fait qu'exaspérer un peu plus les plis qui le déforment.

– Bonjour, mademoiselle Larcin, me lance-t-il, raide derrière son bureau. Asseyez-vous. Nous devons faire le point sur votre scolarité.

– Bonjour, monsieur, dis-je, m'attendant à tout moment à voir débarquer le vrai principal, celui qui est toujours parfaitement apprêté, et non ce jumeau inquiétant qui semble sur le point de s'effondrer.

– Vous vous souvenez sans doute de ce que je vous ai dit, lors de votre entrée à l'école ? « C'est mieux si nous n'avons pas de raison de nous revoir. » Mais votre comportement durant ces derniers jours ne m'a pas laissé d'autre choix que celui de vous convoquer.

Il agite sa main comme pour chasser le vol d'un insecte imaginaire, une mouche ou une abeille – un frelon fantôme peut-être.

– Vous avez été très imprudente, mademoiselle Larcin. Sortir de l'école, soit, ce n'est pas interdit – bien que cela vous donne une certaine réputation, si vous voyez ce que je veux dire. Sécher des cours, en revanche, cela est inadmissible, surtout quand votre piètre niveau scolaire devrait vous inciter à beaucoup plus d'assiduité. Fréquenter des Marchandeurs ? Je passe sur une telle ignominie, qui ne mérite que mon mépris. Mais mes informateurs affirment vous avoir vue entrer dans des boutiques – celle d'un fleuriste notamment – afin de commettre un *achat*. Un achat ! Peuh ! Qu'avez-vous à répondre à cela ?

– Tout est vrai, je reconnais sans chercher à me justifier.

– Bien sûr que tout est vrai ! reprend-il, sa voix montant dangereusement dans les aigus. Devant de tels actes, je ne vois pas d'autre solution que d'avancer votre Initiation. Elle aura lieu tout à l'heure. À ma demande, les surveillants sont déjà en train de préparer le banquet-bûcher. Nous verrons si vous faites la fière comme pendant vos petits exploits extrascolaires.

Je me pétrifie à l'évocation de mon Initiation imminente. Mais ce n'est pas la seule punition qui me guette.

Le principal resserre machinalement sa cravate et poursuit :

– Je suppose que vous avez lamentablement échoué dans votre enquête. Non que j'espérasse quoi que ce soit, mais il est grand temps de mettre un terme à votre ridicule numéro, qui n'a servi qu'à vous faire gagner du temps pour négliger vos obligations !

Ça y est, c'est le moment de lui rendre la Clé. Je jette un coup d'œil vers la vitrine à reliques, là où le crochet était entreposé pendant des années avant sa disparition. Le verre est recouvert de traces de doigts et d'empreintes de front, comme si quelqu'un avait à maintes reprises pressé ses mains et son visage contre la surface, dans une effarante prière. J'ai peine à croire que le principal ait fait ça. Est-ce qu'il aimerait la Clé des champs… comme on aime une personne ? Est-ce qu'elle lui aurait… manqué ?

– Eh bien, mademoiselle Larcin ?

Il veut une réponse et, si je ne la lui donne pas, j'ai l'impression qu'il va se mettre à hurler, contre toutes ses habitudes. Je repense à Dina. Je ne peux pas la trahir. Mais là, soudain, j'ai si peur de finir bannie que je suis à deux doigts de le faire, comme quand j'étais dans les boîtes, prête à appuyer sur le bouton.

Je m'accroche aux bords de la chaise pour me donner de la force et je déclare, le cœur brûlant, sans reprendre ma respiration, de crainte qu'elle me fasse défaut si je fais la moindre pause :

– C'est moi qui ai volé la Clé des champs. Je l'ai subtilisée dans votre bureau, et j'ai proposé de mener l'enquête pour détourner les soupçons. Je me suis dit que le meilleur endroit où cacher la Clé, celui où vous ne chercheriez jamais, c'était chez les Marchandeurs. Alors, hier, je suis allée dans une bijouterie pour la revendre. Mais je n'en ai pas eu le courage, c'était trop vil. Même si c'est la dernière chose que je dois faire dans cette école, je vais vous rendre la Clé des champs. En voleuse je suis arrivée, en voleuse je partirai... Dignement.

Pendant mon discours, le visage de Chippe a changé de couleur, passant du rouge au blanc par toutes les nuances de la colère. Il a du mal à articuler lorsqu'il reprend la parole :

– Vous l'avez ? Vous l'avez là, sur vous... la Clé des champs ?

– Oui, monsieur.

– Montrez-la-moi... Rendez-la-moi...

Je pose devant moi, sur le bureau, l'entêtant petit point d'interrogation métallique qui m'a attiré tous ces ennuis. En le voyant, Chippe lâche un soupir qui ressemble à un râle. Il amorce un geste dans sa direction, le réprime aussitôt, comme s'il cherchait à se maîtriser en ma présence.

– Je... Hum... Vous venez d'avouer des méfaits d'une gravité confondante, mademoiselle Larcin. Mais je n'ai pas le pouvoir de prononcer seul votre exclusion de l'école, bien que je l'eusse fait avec délectation. Pour juger un voleur de voleur, il est d'usage de convoquer une assemblée composée du personnel de l'école. Je la présiderai, bien entendu. Nous... Je vais prévenir les membres de ce pas...

Il ne s'écoute plus. Il s'est jeté sur le crochet de métal, qu'il est déjà en train d'étreindre au creux de sa main repliée.

– Et... pour mon Initiation, alors? j'ose à peine rappeler.

– Nous ne pouvons pas vous *exclure* et vous *Initier* en même temps. Ces décisions sont absolument contradictoires. L'assemblée choisira entre les deux.

Il presse le bouton sous son bureau. La porte s'ouvre à toute volée, recrachant Larron et Chafouin qui m'attrapent chacun par un bras, comme s'ils voulaient me soulever du sol.

– Mettez Mlle Larcin à l'isolement le temps de la délibération, ordonne le principal.

Les deux hommes me traînent à travers l'école.

– Je sais exactement où t'emmener, jubile Larron avec un sourire sadique. Tu verras, tu seras pas dépaysée!

Et en effet, je reconnais la porte qui donne sur le sous-sol de la ménagerie. Dès que Chafouin l'ouvre, l'odeur des excréments me saute au nez.

– Vous allez me laisser là combien de temps? je demande, écœurée à l'idée d'y retourner.

– Aucune idée, grogne Larron en me poussant dans la pièce. Ça peut aller vite, ça peut prendre des heures ou même plusieurs jours. Je ne sais pas ce que tu as fait pour énerver le principal, mais ça devait être grave.

– Quoiqu'il perde un peu la boule ces derniers temps, laisse échapper Chafouin.

Dans un grognement d'approbation, le surveillant referme la porte qui se scelle dans un *clac!* puissant.

24
La cour des Miracles

Hébétée par tout ce qui vient de m'arriver, je m'assois dans le coin le plus propre que je peux repérer, serrant mes jambes entre mes bras. La pièce n'a pas changé : une vaste cellule en pierre de taille, au plafond de laquelle se trouve la petite trappe qui sert à évacuer les ordures. La dernière fois qu'on m'y a jetée, c'était pendant le vol de la Clé des champs – raison pour laquelle j'y suis de nouveau enfermée. Le destin, c'est comme l'oncle Klepto : il fait les blagues les moins drôles, mais aussi les plus longues.

Je passe un certain temps sans rien faire, le regard rivé à la porte qui reste obstinément close. Les membres de l'assemblée ne vont quand même pas mettre plusieurs jours à trancher, si ? De toute façon, quoi qu'ils décident, les deux issues sont désastreuses. Soit je devrai me rendre directement à mon Initiation – à laquelle je ne suis absolument pas préparée, et que j'ai donc de grands risques de rater. Soit je serai exclue de l'école, interdite d'Initiation et donc sommée de quitter la société des voleurs. La peste ou le choléra, pour résumer.

À l'idée de ce qui m'attend, j'ai l'impression que le sol devient mou comme des sables mouvants et qu'il m'aspire petit à petit. Je repense à Dina me tendant le livre avec la Clé des champs, avec candeur, comme un enfant qui offre un bouquet. Si je ne m'étais pas sacrifiée, c'est elle qui se tiendrait à ma place.

Je me lève en soupirant pour chasser l'engourdissement qui me gagne, attentive aux moindres signes qui pourraient trahir la venue de la Présence. C'est ici qu'elle s'est manifestée, la première fois. Mais aujourd'hui, même elle semble avoir décidé de me laisser croupir seule dans cet endroit.

Un bruit de pas, cependant, égratigne le silence de la déchetterie. Pourtant, la Présence ne marche pas... Je me rue sur la porte et plaque mon oreille contre, pour mieux entendre. Je perçois des voix, maintenant, des bribes de conversation dont émerge mon prénom.

La porte s'ouvre à toute volée, me projetant en arrière. La Buse surgit dans l'encadrement – je reconnais bien là sa délicatesse habituelle. Et surtout, deux personnes s'engouffrent à sa suite, deux personnes que j'identifie au moment précis où elles se précipitent vers moi.

– Robine ! crient mes parents.

Ma mère me serre contre elle, et mon père, qui arrive en deuxième, nous entoure de ses bras.

– Ben, qu'est-ce que vous faites là ? je leur demande, en les laissant m'embrasser avec soulagement.

– Mme La Buse est venue nous prévenir de ton Initiation ! répond mon père, les yeux brillants.

– C'est juste La Buse, pas besoin de tralala, rectifie-t-elle.

– C'est vrai ? j'interroge, étonnée.

– Ouais. Dès que j'ai su que le principal avait programmé ton Initiation pour aujourd'hui, j'ai sauté dans la voiture et j'ai été chercher tes vieux. Fallait qu'ils soient là pour un événement aussi important.

Depuis que je sais que La Buse va se marier avec Miss Maraude, je la regarde d'un autre œil. Sous ses airs austères, elle se préoccupe sincèrement des élèves, et c'est peut-être la seule personne de l'école assez forte pour tenir tête à Chippe.

– Merci, dis-je en lui offrant un sourire qu'elle ne me rend pas, mais je vois qu'il la touche.

– On n'aurait raté ton Initiation pour rien au monde ! ajoute ma mère. Je ne pensais pas que ça arriverait si vite. Qu'est-ce que tu as fait pour que ce soit avancé au dernier moment ?

– Oh... C'est une longue histoire...

Elle ne me demande pas de précisions, pour une fois, elle ne me gronde pas et ne me donne aucun ordre. Elle caresse seulement les angles de mon visage, comme si elle trouvait que j'avais beaucoup changé. Et puis frotte mon front avec son pouce d'un air soudain très concentré.

– Maman ! je proteste.

– Attends, reste tranquille, tu as une tache ! Pas étonnant, dans cet endroit sordide.

– M'man !

– Je ne vais quand même pas te laisser t'Initier avec une tache !

– Au fait..., reprend La Buse en fronçant les sourcils. On m'a dit où te trouver, mais pas ce que tu fiches ici.

– Le principal a convoqué une assemblée pour me juger. J'attends leur décision.

La cheffe des gardes siffle entre ses dents sans que je sache si elle est impressionnée ou énervée. Ma mère, elle, a l'air catastrophée, tandis que mon père tente de la rassurer. Je les entends discuter à voix basse :

– Mais qu'est-ce que tu crois qu'elle a fait comme bêtise, encore ?

– Je n'en sais rien, chérie, c'est sûrement un malentendu...

– Bon, coupe La Buse en rajustant sa casquette sur sa tête. On va pas attendre cent cinquante ans qu'ils aient fini de blablater. Venez avec moi, ils doivent être réunis dans la grande salle. On va leur demander ce qu'ils ont décidé et leur mettre un petit coup de pression au besoin.

Elle fonce dans les couloirs. Mes parents pressent le pas pour se maintenir à sa hauteur, visiblement fascinés par la décoration de l'école.

– Quel endroit remarquable ! murmure mon père en admirant les portraits anciens qui ornent les murs.

– Remarquable... si tu n'es pas obligé d'y vivre..., je réponds avec une grimace en les suivant.

– Oh, Robine ! s'exclame ma mère. Si tout le monde est aussi serviable que mad... que La Buse, alors tu as dû être bien entourée pendant tes études ici.

Je ne cherche plus à argumenter. Je suis juste contente de les revoir et, pour aujourd'hui, il vaut mieux laisser nos petits différends de côté et savourer l'instant. Un peu plus tôt, j'étais assise près d'un tas d'immondices, alors autant se réjouir, il y a du mieux !

La Buse en tête, notre petit groupe traverse l'école jusqu'à la grande salle, celle qui est peinte à l'image de la cour des Miracles. La dernière fois que j'y ai mis les pieds, après le vol de la Clé des champs, le principal avait annoncé l'épreuve des boîtes. Qu'est-ce que ce sera, cette fois ?

– Est-ce qu'il faut qu'on requière une audience ? demande ma mère alors que nous approchons de la porte sculptée.

– On pourrait, répond La Buse. Mais pas de temps à perdre.

Elle lâche une volée de coups sur la porte – sa manière à elle de faire *toc-toc*, j'imagine – et entre sans attendre de réponse.

Nous nous figeons tous les quatre en découvrant la scène. Les adultes de l'école sont rassemblés autour d'une grande table ovale au bout de laquelle trône, visiblement irrité, le principal Chippe. Je reconnais évidemment Miss Maraude, qui a l'air de vouloir bondir de son siège pour nous accueillir. M. Shiranami, Mme Cavale, les bras croisés, en pleine réflexion, Mme Latro, qui a ôté ses lunettes pour vérifier qu'elle n'avait pas une hallucination, M. Voldingue, qui tousse après avoir avalé de travers en buvant son verre d'eau, M. Dupe, vaguement endormi, Mme Falsifi, la bouche dessinant un O de surprise parfaitement rond. Et beaucoup d'autres encore : des gardes, des surveillants, le secrétaire, les employés de la cantine... Tous ces gens que j'ai fréquentés pendant des mois, parfois sans oser leur parler, et qui aujourd'hui sont réunis pour décider de mon sort.

– Je suis ravie de vous voir, La Buse, déclare Chippe d'un ton qui signifie le contraire. J'aurais préféré que vous veniez avec vos collègues quand j'ai convoqué d'urgence le personnel de l'école, mais on m'a dit que vous étiez partie en mission.

– Tout à fait, monsieur, en mission.

– Qui sont ces gens avec vous ?

– Les parents de Robine, pour son Initiation.

– Mlle Larcin était censée attendre à l'isolement, répond le principal, agacé.

– Ah bon ? Personne m'en avait informée, mais maintenant qu'on est là, autant qu'on reste pour le verdict, ça évitera des allers-retours.

– Nous n'avons pas encore voté, oppose Chippe d'un ton glacial.

– Mais nous sommes prêts à le faire ! intervient Miss Maraude qui, à la table, s'est animée en voyant apparaître sa fiancée. N'est-ce pas, chers collègues ? Nous avons suffisamment débattu des éléments du dossier.

Le principal fronce le nez. Il doit sentir que la situation est en train de lui échapper comme rarement. Mes parents se terrent dans un coin de la grande salle, intimidés, suspendus à ses lèvres. Je suppose que le principal ne veut pas faire mauvaise impression devant eux. Après tout, l'école n'existe que parce que certains parents tiennent à y envoyer leurs enfants.

– Hum..., reprend-il en se raclant la gorge. Si nous sommes prêts...

– Prêt, toujours prêt ! lance M. Shiranami en tapant du poing sur la table.

– ... alors nous pouvons voter.

La pression tombe sur la salle tout d'un coup. Les visages, même les plus amicaux, se sont faits sévères, concentrés, studieux. Mme Latro a repris son stylo et griffonne quelque chose dans un petit carnet posé devant elle. Je me sens minuscule dans cette salle démesurée.

Chippe se lève, les paumes plaquées sur le bois précieux de la table.

– Qui est favorable à la motion dont nous venons de discuter ? demande-t-il en bousculant chaque membre de l'assemblée du regard.

Une forêt de mains se lèvent. Miss Maraude étend la sienne vers le ciel. D'autres restent baissées, comme celles de Mme Latro. Je les compte une à une. C'est serré, il y a majorité... Mais majorité pour quoi ? Pour le meilleur ou pour le pire ?

– Bien, déclare Chippe. Mademoiselle Larcin, veuillez vous avancer, l'assemblée va livrer son verdict.

Mes parents se tiennent l'un contre l'autre, attendant fébrilement la suite. Je traverse la grande salle pour me placer devant le principal. Il n'a pas eu le temps de changer de costume depuis tout à l'heure et, même s'il a repris les manières du chef de meute, les plis sur ses habits, la barbe de trois jours, tous ces détails le rendent moins effrayant que d'habitude. Ou peut-être que c'est moi qui ne le crains plus comme avant.

– À la majorité relative, nous, assemblée de l'école des voleurs, déclarons Mlle Robine Larcin ici présente *coupable* d'avoir volé un objet appartenant à un voleur, à savoir la relique « Clé des champs » conservée dans cette institution. Subséquemment, comme le veut le règlement, Robine Larcin est exclue de l'école des voleurs et son Initiation, qui dépend de l'aval de l'école, ne pourra avoir lieu comme prévu…

Abasourdie, je mets un moment à comprendre. Toute ma vie, j'ai redouté de passer mon Initiation. Désormais, je n'aurai plus à le faire, et je vais pouvoir quitter cette école que je déteste du plus profond de moi-même. Une vague de soulagement me submerge, immédiatement balayée par une autre, de consternation celle-là. Sans Initiation, je le sais, je ne pourrai jamais rester dans la société des voleurs. Je devrai couper tous les ponts avec ma famille, mes amis…

Le principal reprend, expulsant cette fois les mots comme s'ils lui écorchaient l'intérieur de la bouche :

– Mais l'Initiation de l'élève ayant été programmée avant la convocation de cette assemblée, il nous est rigoureusement interdit de l'annuler. Par conséquent, étant donné que l'élève a fait preuve de ses talents de voleuse en dérobant seule un objet extrêmement précieux, nous déclarons Robine Larcin Initiée avec les honneurs.

Miss Maraude jaillit de son siège et m'applaudit à tout rompre, accompagnée par M. Shiranami et quelques autres. Mes parents se joignent au concert. Je n'arrive pas à savoir si le principal est content de s'être enfin débarrassé de moi ou s'il enrage d'avoir dû concéder mon Initiation pour arriver à ses fins, mais peu importe. Oui, peu importent les encouragements et les silences, les sourires et les moues boudeuses, je suis libérée d'un poids qui, depuis trop longtemps, pesait sur mes épaules. Finis les cauchemars d'Initiation, la peur panique de décevoir ceux que j'aime, l'angoisse d'être la ratée de la famille ! C'est comme si je me trouvais vraiment dans la cour des Miracles, au milieu des vieilles bâtisses dessinées et du ciel peint qui prennent vie : un petit miracle vient d'avoir lieu, indéniablement. Un demi-miracle, mais un miracle suffisant quand même, juste ce qu'il me fallait. Alors je joins les mains en signe de remerciement et je laisse éclater sur mon visage un sourire euphorique.

Chippe lève un bras pour faire cesser les applaudissements. Qu'est-ce qu'il va ajouter, encore ? Une clause cachée, un décret vengeur ? Non, sans piper mot, il porte la main à sa poche intérieure et en extirpe un petit objet en métal brillant : la Clé des champs.

L'assemblée se tait aussitôt, muette de respect. Le petit crochet aimante les regards et scelle les bouches. Chippe le brandit au-dessus de sa tête, haut, très haut, pour que tout le monde puisse le contempler.

– La Clé des champs va regagner sa place légitime, qu'elle n'aurait jamais dû quitter, déclare-t-il solennellement. Et cela mettra fin aux regrettables incidents de ces dernières semaines. J'en profite par ailleurs pour vous annoncer que, pour éviter qu'une telle situation se reproduise, l'école organisera désormais des Initiations plus dures et plus exigeantes, au cours desquelles...

La fin de sa phrase est fauchée par un éclair noir et blanc.

Un éclair noir et blanc qui a dévalé du plafond, en faisant sauter à pleine puissance une grille d'aération – un éclair noir et blanc virevoltant, fondant sur sa cible, jusqu'à la main tendue du principal. D'un coup de bec, Spira s'empare du crochet et, redressant sa trajectoire, là où plus personne ne peut l'atteindre, elle l'emporte avec elle.

Elle volette entre les lustres, esquivant les grappes de cristaux, tandis que de la bouche béante du principal jaillit un cri de rage animal, presque un cri de douleur. Des professeurs se sont levés pour essayer de l'attraper. Mme Falsifi empile des chaises l'une sur l'autre, entreprend d'y grimper, manque de tomber lamentablement. M. Voldingue escalade la table et se propulse d'un bond héroïque. Il arrive à effleurer le bout de sa queue... mais Spira lui file entre les doigts pour remonter vers les hauteurs. Il pousse un grognement, bondit encore, moins haut cette fois, et en retombant fend le plateau de la table qui s'écroule sous son poids, emportant avec elle les papiers et les stylos dans un bruit fracassant.

– Larcin ! tonne le principal, blême au milieu du désastre. Rappelez votre oiseau !

– Elle n'est plus mon oiseau, je réponds. Et vous l'avez dit vous-même, je ne suis plus votre élève.

Comme pour ponctuer ma phrase, Spira s'élance vers le conduit d'aération, par où elle est entrée. Elle y disparaît avec son précieux trophée dans un ultime frémissement de plumes.

25
Un air de fête

Il fait bon. Le soleil dore la scène et rehausse les couleurs des fleurs qui décorent l'arche de mariage. Une poignée d'invités parlent à voix basse, guettant le moment où les mariées vont faire leur apparition. La prêtresse et le prêtre convoqués pour l'occasion, eux aussi, attendent le début de la cérémonie. J'ai mis ma plus belle tenue, mais le mariage de Miss Maraude et de La Buse a été organisé si rapidement que je ne ressemble pas vraiment à une demoiselle d'honneur.

En vérité, lorsque j'ai débarrassé ma chambre hier soir, j'ai fourré toutes mes affaires dans des sacs, le plus vite possible, comme si d'un moment à l'autre quelqu'un allait débarquer pour me dire: «Stop! On a changé d'avis! Tu restes ici!» J'ai tout entassé pêle-mêle: les vêtements dans le placard, les crayons sur le bureau, les cahiers, et... pas grand-chose d'autre. Des mois et des mois passés ici balayés en quelques gestes.

Au moment de fermer les sacs, un bruit derrière moi m'a fait sursauter. C'était Dina, qui fixait sur moi des yeux brillants.

– J'ai entendu la nouvelle, m'a-t-elle dit. Tout le monde ne parle que de ça dans l'école ! Robine, ça y est, tu es Initiée !

Elle m'a sauté au cou comme le petit singe polisson qu'elle a toujours été. J'ai senti les extrémités de ses boucles noires contre ma joue – coupées à vif, et pourtant si délicates.

– Merci, Dina, ai-je répondu en savourant ce moment.

– Tu repars chez toi ? Avec ta famille ?

– Oui, pour l'instant...

– C'est super !

– Tu es sûre que tu ne veux pas venir avec moi ? ai-je demandé, sans même savoir si ce que je proposais était possible.

– Pour vivre avec tes parents ? Tu rigoles ? Je dois rester pour préparer mon Initiation !

– Mais si ça ne se passe pas bien à l'école...

– Ça ira, m'a-t-elle assuré, comme si d'un coup la petite sœur se transformait en grande sœur. Il va y avoir du changement, avec le départ de Sélina et Guilleri...

De surprise, j'ai laissé tomber un sac par terre. Dina m'a offert un demi-sourire, contente de son effet.

– Ils s'en vont ? Pour de vrai ?

– Oui ! Pas pour toujours, bien sûr : pour un an. C'est leur punition pour m'avoir harcelée.

– Tu les as dénoncés ? Dina, je ne m'y attendais pas, c'est... c'est... ça a dû te demander tellement de courage !

– Quand j'ai appris que tu t'étais sacrifiée pour moi auprès du principal, quand j'ai vu à quel point tu avais été forte, prête à tout pour me protéger, quitte à risquer ta place ici, je me suis dit que je devais être à la hauteur. Je suis allée voir Miss Maraude et je lui ai tout balancé. Tout. J'avais même apporté mes cheveux avec moi, tu sais, ceux qu'ils ont coupés... Et pas seulement ça, les petits mots d'insultes que je retrouvais dans mes affaires, aussi. Un instant, j'ai cru que, comme les autres profs, elle n'allait pas me croire, ou qu'elle allait me dire de prendre sur moi. Mais non, elle a tout apporté à La Buse, qui a reconvoqué les surveillants, les enseignants, tout le monde, quoi. Sélina et Guilleri ont été temporairement exclus de l'école. Et tu sais la meilleure ? Ils vont les envoyer *chez les Marchandeurs* !

– Non ?!

– Si. Pour un an, avec interdiction totale de voler pendant cette période. Une sanction spécialement inventée pour l'occasion.

J'ai essayé de m'imaginer Sélina en train de pétrir le pain comme Hafsûn, en pestant parce que ça lui salit les mains, ou Guilleri à la caisse, accueillant les clients d'un grognement bourru. Nul doute que cette année de pause va les changer, ces deux-là.

Je sais que les autres ne seront pas tendres avec Dina, car ils ne l'ont jamais été. Mais sans la pression des jumeaux, sans l'impulsion qu'ils donnaient, Aladina connaîtra probablement un peu de répit. Suffisamment, je l'espère, pour parvenir triomphante à son Initiation, ainsi qu'elle en rêve.

– Je n'arrive pas à y croire ! j'ai lâché, encore sous le choc de la nouvelle. Sélina et Guilleri chez les Marchandeurs !

– Je sais, c'est fou ! Si on m'avait dit ça il y a un mois ! Ils avaient l'air dégoûtés en l'apprenant. Ils ont dû faire leurs bagages sur-le-champ. Guilleri en pleurait de rage, et Sélina lui serrait la main comme s'ils s'apprêtaient à sauter ensemble d'une falaise. Tu penses que c'est une punition atroce ? que je suis horrible de leur faire subir ça ?

– Non, Dina. Je pense qu'ils vont voir autre chose, un autre monde, une autre façon de faire. Avec un peu de chance, ils en reviendront transformés.

J'ai rassemblé mes sacs comme un berger qui rappelle ses moutons. Ils étaient plus lourds que ce que je pensais, plus lourds que ce qu'il me semblait tout à l'heure, en tout cas.

– Est-ce qu'on se reverra, Robine ? a demandé Dina en m'aidant à porter mes affaires.

– Bien sûr, au moins demain, au mariage de Miss Maraude ! Tu es invitée, pas vrai ?

Elle a fait oui de la tête et...

... et la voilà qui se tient sur un siège, dans une petite robe dorée que je ne l'avais jamais vu porter. Elle me fait un signe de la main, impatiente que la cérémonie commence.

Un murmure parcourt l'assemblée. Je me retourne avec les autres, pour voir Miss Maraude et La Buse s'avancer, bras dessus bras dessous, la première en robe rouge et l'autre dans un uniforme impeccable. Je repense à toutes les fois où j'ai vu La Buse au cloître, et je me sens un peu bête de n'avoir pas compris ce qui se jouait là-bas, d'avoir échafaudé des scénarios incroyables dans lesquels l'une faisait chanter l'autre, alors que ces deux-là étaient tout simplement amoureuses. Il faut que je retienne ça, si je continue dans la carrière d'enquêteuse : toujours parier sur l'amour.

Il n'y a pas grand monde pour assister à ce mariage improvisé, mais la joie qu'elles dégagent suffit à donner l'impression du nombre.

La prêtresse attend le silence, puis prend la parole :

– Mesdames et messieurs, nous sommes réunis…

– … pour assister au mariage de ces deux personnes, achève le prêtre.

– Un mariage, c'est toujours une histoire d'espoir, reprend la première. Mais un mariage de voleurs, ça l'est encore plus. Il y a tant de choses qui peuvent nous séparer, car nous, voleurs et voleuses, nous menons depuis la nuit des temps des vies si dangereuses ! Aussi, jamais tu ne trahiras ta moitié. Elle pourra tout t'avouer et tu pourras tout lui avouer, sans risquer d'être dénoncée.

Le grand moment est arrivé. L'auditoire frémit d'attente et d'émotion.

– Ève La Buse, voulez-vous voler le cœur de Phûlan Maraude ici présente, et ne jamais le lui rendre ?

– Oui, déclare La Buse sans ciller.

– Phûlan Maraude, voulez-vous voler le cœur de La Buse ici présente, et ne jamais le lui rendre ?

– Je le veux, répond Phûlan avec dévotion.

Le prêtre et la prêtresse concluent à l'unisson :

– Vous avez été Initiées dans la solitude, désormais vous serez deux, unies dans la vie comme dans le crime!

Miss Maraude se tourne vers La Buse pour l'embrasser, mais, derrière elles, ce sont tous les membres du public qui viennent d'être reliés les uns aux autres, le temps d'un baiser.

Le prêtre et la prêtresse me regardent avec insistance, comme s'ils voulaient me rappeler quelque chose. J'hésite un instant... Les alliances! Tous les mariages de voleurs doivent se clore par l'échange de deux anneaux fraîchement dérobés.

Je saute sur mes pieds, attrape le petit coussin que j'ai posé à côté de moi et sur lequel j'ai placé les deux bagues, et je me précipite vers les mariées.

Miss Maraude me lance un sourire plein de chaleur recouvrée et prend l'une des alliances, qu'elle passe délicatement à l'annulaire de son épouse. La Buse fait de même. Un concert d'applaudissements nous enveloppe.

Ma prof – mon ancienne prof – examine sa bague en faisant tourner sa main dans la lumière.

– C'est un ouvrage d'une rare finesse, Robine. On dirait qu'elles ne sont pas faites en métal. Mhmm... En bois, peut-être? Où as-tu volé ces petites merveilles?

– Euh, Phûlan..., je bafouille, un peu gênée. En fait, je les ai fabriquées moi-même. Avec la liane d'une de vos plantes préférées. Mais dites-moi si elles ne vous plaisent pas et je...

– Elles sont absolument charmantes. Tu ne trouves pas, Ève? demande-t-elle en se tournant vers La Buse, qui acquiesce, muette de bonheur. Elle a l'air de quelqu'un qui n'en revient pas de sa chance.

Je m'éloigne de quelques pas pour les laisser savourer l'instant. Plus loin, là où des tentes multicolores ont été dressées, des serveurs apportent boissons et petits-fours. Je m'approche d'un stand, demande un verre de jus. Au moment de le porter à mes lèvres, j'entends :

– Robine... Je pourrais te parler ?

Coësre se tient près de moi. Avec son nœud papillon et son gilet à l'ancienne, il a l'air d'un petit maître de cérémonie. Est-ce que ce sera vraiment lui, le futur responsable de la scolarité à l'école des voleurs – le futur principal peut-être, après le règne de Chippe ?

– Bien sûr, dis-je. Mais avant tout, trinquons !

Nos verres s'entrechoquent, bien plus que nos cœurs, qui restent toujours sur la défensive. Je repense au garçon qui me suppliait de garder son secret. Est-ce que nous avons déjà été proches, tous les deux ? Rien n'est moins sûr, sauf peut-être ce jour-là.

– Merci de m'avoir empêché de me dénoncer, lâche Coësre en regardant les bulles se pourchasser dans son verre. Quand je pense que c'était toi la voleuse !

– Eh oui, c'était moi.

– Et pourtant, si tu m'avais laissé faire, j'aurais tout avoué, Chippe m'aurait renvoyé et, hop, affaire classée !

– J'ai eu des remords.

– Et puis, pourquoi est-ce que finalement t'es allée rendre la Clé des champs à Chippe ? Tu voulais qu'il t'admire, c'est ça ? Qu'il voie à quel point tu l'avais berné, humilié, surpassé ?

– Parce que tu voudrais qu'il t'admire, toi ?

Ma question a déstabilisé Coësre.

– Ouh, vous faites de ces têtes d'enterrement ! commente Main-d'Or en surgissant près de nous.

Elle attrape un petit-four dans la foulée. Je fais de même, Coësre aussi, et tous ensemble nous dévalisons une rangée de toasts.

– Meilleur que la bouffe de l'école, hein ? lance Malandrine qui vient de nous rejoindre, une poignée de chips à la main.

– C'est clair ! répond Gavroche en se mêlant au groupe. Il nous faudrait un petit mariage toutes les semaines, histoire de nous remplir le ventre comme il faut.

Il essaie de piquer une chips à Malandrine.

– Espèce de... voleur de voleeeeur ! hurle-t-elle avant d'enfourner le reste dans sa bouche, le plus vite possible, dans un festival de miettes.

Je ne peux retenir un rire.

– Vous allez me manquer, dis-je. Je vais retrouver mon frère, mais il est beaucoup moins drôle que vous.

– Ça va nous faire du changement, soupire Main-d'Or. Ton départ, plus celui de Sélina et de Guilleri !

– Oui, je les ai croisés avec leurs bagages ce matin, renchérit Coësre. Ils m'ont dit qu'ils partaient pour la grande ville.

– J'arrive pas à le croire ! s'exclame Malandrine. Ils étaient là depuis... depuis tout le temps, quoi ! Entre ça et la lune de miel sans limites de temps de Miss Maraude, pffft! Vous pensez qu'on aura un nouveau prof de culture? Moi, je dis: tant qu'à faire, y a qu'à supprimer cette matière, hein, c'était tellement ennuyeux!

Dina s'est approchée du groupe pendant la discussion. Elle reste un peu en retrait, comme si elle n'osait pas déranger. Un instant, tout le monde se dévisage sans savoir quoi faire, et puis Coësre prend les devants.

– Dina, tu devrais essayer ce toast au saumon et à la crème de petits pois, il est divin.

Et tandis qu'il lui tend l'assiette de petits-fours, j'adresse un regard appuyé au petit roi de l'école, un regard qui signifie: «Je t'ai sauvé la peau. Si jamais tu veux régler ta dette envers moi, tu as intérêt à prendre soin de Dina.»

Coësre hoche légèrement la tête, comme s'il avait lu dans mes pensées.

– Alors, Robine, ça fait quoi d'être Initiée? reprend Malandrine qui, comme d'habitude, n'est pas très sensible à l'intensité du moment.

– Euh... Je ne me sens pas très différente... Soulagée, peut-être?

– C'est la classe, quand même, enchaîne-t-elle. Initiée avec les honneurs, waouh. J'aurais jamais cru ça de toi. Enfin, désolée de te balancer ça comme ça, tu me connais, je suis un peu directe! C'est juste que, ben... en cours, t'avais pas l'air spécialement douée pour le vol. Mais je suppose que t'as bien caché ton jeu.

Dina a piqué du nez dans son verre, comme pour mieux cacher tout ce qu'elle ne pourra jamais révéler.

Elle et moi, nous sommes liées par un secret, maintenant. Je ne peux pas dire que ce soit mon amie, pas exactement, mais... c'est ma sœur de secret. Et c'est un lien très puissant.

Heureusement, d'autres élèves se joignent à nous. Les musiciens ont pris leurs instruments et la piste improvisée au milieu des herbes sauvages commence à se remplir de danseurs.

– Vous voyez ce que je vois ? chuchote Gavroche.

Il pointe le doigt vers M. Voldingue et Mme Latro, qui se sont lancés dans un duo collé-serré. Discrètement, Malandrine fait semblant d'avoir un haut-le-cœur. Miss Maraude et La Buse, quant à elles, tournoient sur la piste sans se soucier de ce qui les entoure.

– Hé, Robine, reprend Gavroche, y a tes parents là-bas !

Effectivement, mon père et ma mère viennent d'entrer en scène. Ça doit faire des années que je ne les ai pas vus danser. Ils sont un peu maladroits, comme s'ils réapprenaient des gestes d'adolescents. Un jour, peut-être, lorsque Bonnie sera sortie de prison et qu'Arsène sera revenu de ses stages de cambriolage, nous serons réunis tous les cinq. Ou peut-être pas, car ça dépend de ce que je vais décider très prochainement, du destin que je vais embrasser.

C'est le moment de leur parler.

26

De ses propres ailes

J'attends qu'ils aient terminé et je m'éclipse du groupe pour me rapprocher d'eux. Ma mère est un peu essoufflée.

– Oh, ça faisait... des années... que je n'avais pas dansé... comme ça!

Mon père singe une révérence. Elle se met à rire et lui donne une petite tape.

– Robine! s'exclame-t-elle en me voyant arriver vers elle. Un de ces charmants élèves ne t'a pas invitée?

– Maman! je proteste, gênée.

– Je ne comprends pas les jeunes. Moi, de mon temps, toutes les filles attendaient ça.

– De ton temps, donc il y a très longtemps!

– Oui, je suppose que ça passe si vite... car te voilà Initiée! Toi, notre petite dernière!

Mon père me décoche un sourire éperdu de fierté. Je n'arrive pas complètement à me réjouir: j'ai été Initiée sur une fausse déclaration. L'assemblée était persuadée que j'avais vraiment volé la Clé des champs. J'aurais pu les détromper, mais j'aurais mis Dina en danger.

D'une certaine façon, je suis une impostrice, maintenant. Je suppose qu'il me faudra vivre avec ce secret. Un jour, peut-être, je leur dirai la vérité. Mais pas tout de suite. Quand je serai plus sûre de moi, quand j'aurai une réussite à mettre en avant. Aujourd'hui, je veux les laisser profiter de la fête.

– Maman, papa, leur dis-je en prenant une grande inspiration, j'ai une annonce importante à vous faire.

– Qu'est-ce que c'est, Robine? demande mon père, soudain sérieux.

– Je dois vous l'avouer, je vous en ai beaucoup voulu de m'avoir envoyée de force à l'école des voleurs.

– Mais... mais..., bégaie ma mère, sur le coup, ça nous semblait la meilleure solution...

Mes parents se regardent, navrés. Je repense à Coësre, avec son épilepsie, à Sélina et Guilleri, abandonnés dans un couffin, à Gavroche, un gamin des rues, à Main-d'Or et à sa main qui ne lui manque pas, à Dina, dont le frère a changé de bord, à Phûlan Maraude, qui n'a jamais pu revoir ses parents, à Chippe, attendant un père qui n'est jamais revenu, à tous ces petits récits. Et je me rends compte qu'ils racontent une histoire éternelle de parents et d'enfants, une histoire qui se rejoue sans cesse de génération en génération, heureuse parfois, mais jamais facile.

J'enchaîne sans leur laisser la possibilité d'argumenter:

– Mais je ne vous en veux plus, car j'ai découvert beaucoup de choses ici. Maintenant, je sais ce que je veux faire: je vais devenir enquêtrice.

– Enquêtrice ? répète mon père, circonspect.

– Oui, enquêtrice ! C'est le nom qu'on donne à la personne qui résout des enquêtes.

– Mais, Robine chérie, dit lentement ma mère, est-ce que ce ne serait pas un métier de Marchandeur, ça ?

– Pas forcément. Les voleurs aussi ont besoin d'enquêteurs, pas vrai ? Nous avons nos chats égarés, nos secrets de famille, nos voleurs de voleurs, même. Mais je ne sais pas encore si j'enquêterai pour les Marchandeurs ou pour les voleurs. Et je ne me sens pas capable de décider tout de suite. Je vais probablement prendre plusieurs années pour y réfléchir. Le moment venu, je vous le dirai.

– Bon... Ça a l'air d'être un sacré projet..., commente mon père.

– Peut-être que tu changeras d'avis ? suggère ma mère, pleine d'espoir.

– Peut-être aussi que je *vous* ferai changer d'avis à ce sujet ! je réponds avec un franc sourire.

Plus tard, la nuit venue, alors que je rêvasse en regardant les danseurs, quelqu'un se laisse tomber sur une chaise longue à côté de moi. C'est La Buse. Elle me toise, un demi-sourire sur son visage d'ordinaire si fermé.

– Alors comme ça, tu t'endors à mon mariage ? demande-t-elle.

Je n'arrive pas à savoir si elle plaisante ou si elle va me coller une heure de retenue pour somnolence aggravée. Mais avant que j'aie le temps de répondre, elle éclate de rire.

– Ça va, je te taquine ! Tu dois pas avoir l'habitude

de faire la fête avec toutes ces histoires d'école, de Clé volée, de dénonciation, d'enquête et j'en passe.

– En effet, les derniers mois ont été pour le moins… mouvementés.

– Ouais, c'est pas faux. Bon, je venais m'excuser d'avoir cassé ton miroir.

– Quoi ?

Je mets un moment avant de comprendre de quoi elle parle. Le vole-face ! Je croyais ne plus jamais entendre parler de lui.

– Celui que t'avais planqué dans le couloir près du cloître, explique La Buse. Je t'avais vue le placer en sortant de chez Phûlan, un soir que j'allais lui rendre visite. T'es pas la reine de la discrétion, m'enfin… J'ai voulu le prendre pour regarder ce que c'était que ce machin, mais je l'ai fait tomber par terre et il s'est cassé. Désolée, donc. Je pouvais pas l'avouer à l'époque, j'avais peur de causer des problèmes à Phûlan. Notre relation était secrète.

– Oh, je comprends mieux !

– Mais qu'est-ce que tu fichais avec ? Tu redécorais le couloir ?

Peut-être à cause de la nuit déjà si avancée, peut-être à cause des rires qui s'échappent de l'assemblée, étendue sur ma chaise longue sous un ciel explosé d'étoiles, je décide de lui raconter ce qui s'est vraiment passé.

– Je cherchais à surprendre le voleur de la Clé des champs. Je croyais avoir senti une présence dans le couloir, certains soirs, et vu son ombre sur les murs…

Elle me regarde très sérieusement cette fois, avant de dire, pesant chaque mot :

– Je crois bien que c'était moi.

– Vous ? La Présence ?

– Je pense que oui, Robine. Je faisais des allers-retours entre le poste des gardes et le cloître, en secret, tous les soirs. J'étais prudente, mais c'est possible que tu m'aies croisée.

– Non, non, ce n'est pas possible. C'était quelque chose de… d'inhumain…

– Tu m'as parlé, un soir, pas vrai ? J'ai cru que tu prononçais mon nom. J'ai filé et je ne suis pas ressortie.

Son nom ? J'ai le souvenir d'avoir dit à voix haute : « Laverna », pas : « La Buse », ce soir-là.

Avant que je puisse protester, Phûlan Maraude arrive à notre niveau et s'assoit lestement sur un accoudoir, contre son épouse.

– De quoi est-ce que vous parliez ? demande-t-elle, la voix chantante.

– J'ai raconté à Robine pour son miroir, explique La Buse.

– Alors vous saviez, Phûlan ? je m'exclame, piquée au vif. J'étais persuadée que c'était la Présence ! Vous auriez dû me prévenir que je me faisais des idées.

– Je ne l'ai pas fait, parce que… moi aussi, je crois que j'ai fini par sentir la Présence. Un soir, en attendant qu'Ève vienne me retrouver.

Je reste bouche bée. Ainsi, je ne suis pas folle !

– Mais on pourrait l'arrêter, cette Présence ? grogne La Buse, en véritable garde.

Miss Maraude cherche ses mots pendant un moment, faisant tourner son alliance autour de son doigt.

– Ce ne sera pas nécessaire. Il est peu probable qu'elle se manifeste de nouveau, maintenant que la Clé des champs est perdue. Robine, je pense que, quand tu as perçu la Présence, en fait, tu sentais l'appel de la Clé. Réfléchis... Quand est-ce que tu l'as rencontrée pour la toute première fois, la Présence ?

– Le soir du vol.

– Exactement ! Au moment précis où la Clé a été libérée.

– Vous voulez dire que la Clé des champs serait... vivante ?

– Je pense qu'elle est capable de détecter quand quelqu'un, quelque part, éprouve un très grand désir de liberté. Je suis sûre qu'elle repère à des kilomètres un adolescent qui a envie de fuguer de chez ses parents, un enfant qui s'ennuie à mourir à l'école, une femme au foyer qui se morfond à la maison. Tu voulais t'enfuir de l'école...

– ... et Mme Cavale est une fugitive traquée par la police, j'ajoute. Elle aussi, elle a senti la Présence.

Phûlan acquiesce vivement.

– Ce n'est pas un hasard. Et ces gens-là, continue-t-elle, la Clé est capable de les influencer au plus profond d'eux-mêmes pour qu'ils se mettent à sa recherche, comme si elle leur murmurait à l'oreille pendant qu'ils rêvent. À condition qu'ils soient prêts à en payer le prix.

– Comment ça ? demande La Buse, les sourcils froncés.

– Eh bien, tous ceux qui ont poursuivi la Clé des champs ont dû sacrifier quelque chose. Le voleur qui a invoqué Laverna s'est fait pendre..., énonce Phûlan.

– Jean-Filou Chippe a perdu sa famille, j'ajoute,

pensive. Mais moi, pourtant, je n'ai rien perdu ! Je n'ai pas « payé le prix », comme vous dites.

Phûlan fixe sur moi un regard insistant, comme si la réponse était évidente.

– ... Spira ! je souffle. Vous croyez que je la reverrai ?

– Je suis désolée, Robine, répond-elle en esquissant un sourire triste. Si la Clé des champs est aussi redoutable que je le crains, il vaut mieux pour nous que Spira ne revienne jamais.

J'ai laissé Phûlan et La Buse en tête à tête, m'éloignant dans le sous-bois, de plus en plus transie par le froid nocturne. Derrière moi, les voix se mélangent et les lumières s'atténuent. Vue de loin, la scène du mariage semble enclose dans une boule à neige.

– Tcha !

Je me fige en entendant ce cri d'oiseau qui ne se confond pas avec le murmure du bois. On aurait juré le chant de Spira. Est-ce qu'elle aurait pu rester si près de l'école, à m'attendre peut-être ? Je scrute la forêt noyée dans l'obscurité, aux aguets, espérant un autre signe. Mais le vent qui se lève, faisant mugir les arbres, emporte avec lui tous les autres bruits.

– Robine ! Robine !

On m'appelle. Des silhouettes indistinctes avancent à ma rencontre.

– Robine, tu viens ?

Tout en jetant un dernier regard à la marée d'ombres qui me fait face, je rebrousse chemin.

– J'arrive ! je crie aussi fort que je peux. Attendez-moi !

Épilogue

Il fait tout vert. Elle aime le vert.

Elle a plus froid que dans la cage, mais c'est mieux. C'est un froid plein d'odeurs et de sons. Elle n'a pas du tout aimé la cage. Ni ceux qui l'ont mise dedans, d'ailleurs.

Un bruit familier, au loin. On dirait la voix de son humaine. Elle l'aime bien, son humaine. Son épaule fait un parfait petit perchoir. Elle lui picore l'oreille et l'humaine dit: «Non!», des fois. Mais, le plus souvent, elle se blottit dans la chair chaude de ce corps sans plumes.

L'humaine n'est plus très loin, désormais. À peine derrière la ligne des arbres. Et pourtant, pour la rejoindre, il faudrait quitter le vert.

Le bruit s'éloigne. Elle ne sent presque plus la pulsation du cœur qui d'habitude la guide chaque fois qu'elle veut retrouver son humaine.

Alors elle reste dans le vert. Elle y a fait son nid, tout à l'heure. En mettant une petite chose dure et brillante dedans. Ça ne se mange pas, mais c'est joli.

Table

Remerciements

Il faut beaucoup de monde pour faire un livre. Aussi, je voudrais remercier sincèrement toutes les personnes qui ont contribué à l'existence de *La Clé des champs*.

Merci à Chloé, pour m'avoir soutenue pendant que j'écrivais, pour m'avoir incitée à participer au Concours du premier roman jeunesse – en un mot, pour avoir cru en moi plus que moi-même.

Merci à mes premières lectrices et à mes premiers lecteurs (qui se reconnaîtront), pour leurs conseils avisés. J'aime à penser qu'il y a désormais des petits bouts de vous dans ce livre.

Merci à toute l'équipe de Gallimard Jeunesse, pour avoir donné à *La Clé des champs* le visage qui est aujourd'hui le sien.

Et enfin, merci d'avance à celles et ceux qui suivent les aventures de Robine. Puissiez-vous trouver votre propre Clé des champs !

Née en 1987, AUDREY FAULOT vit en région parisienne. Après avoir beaucoup parlé de livres avec ses élèves de collège et de lycée, elle enseigne aujourd'hui la littérature du XVIIIe siècle à l'université. Elle aime coudre les mots et les tissus, errer dans des villes lointaines, élever des plantes et se lancer dans de grandes conversations avec ses proches.

Dans sa jeunesse, Audrey s'évade volontiers grâce aux romans et noircit des pages entières d'écriture. Telle Schéhérazade, elle apporte ses histoires, chapitre après chapitre, à ses camarades afin de les amadouer. Plus tard, elle invente des contes pour endormir sa fille, et là lui vient l'idée d'une école de voleurs. Elle écrit *La Clé des champs*, d'abord en compagnie d'une amie qui compose son propre roman, pour s'offrir un soutien mutuel, puis pendant le confinement, comme une fantaisie quotidienne dans cette période difficile. Sur les conseils de sa première lectrice, Audrey reprend le manuscrit pour le Concours du premier roman organisé par Gallimard Jeunesse, RTL et *Télérama*, dont elle devient la lauréate 2021. Elle trouve qu'elle a beaucoup de chance de pouvoir vivre d'amour pour les livres et d'eau fraîche.

Le papier de cet ouvrage est composé de fibres naturelles, renouvelables, recyclables et fabriquées à partir de bois provenant de forêts gérées durablement.

Mise en pages : Françoise Pham

Loi n° 49-956 du 16 juillet 1949
sur les publications destinées à la jeunesse
ISBN : 978-2-07-516066-7
Numéro d'édition : 396056
Dépôt légal : décembre 2021
Imprimé en France par l'Imprimerie Floch (99390)